鹿の王　水底の橋

上橋菜穂子

角川文庫
22203

目次

第三章　鳴き合わせ、詩合わせ

本書は、二〇一九年三月に小社より刊行された単行本を加筆修正のうえ、文庫化したものです。

人物紹介

ホッサル
二百五十年前に滅びた
オタワル王国の末裔で、天才的な医術師

ミラル
ホッサルの助手で恋人

マコウカン
ホッサルの従者

オウロ
リムエッルの弟。
新薬開発に力を注いでいる

カオラ
オタワル聖領の〈奥仕え〉

ラハル
ミラルの父。橋造りの名工

チイハナ
オタワル聖領の〈奥仕え〉の元締め

リムエッル
ホッサルの祖父。高名な医術師

真那《まな》
清心教の祭司医

安房那侯（羽羅那《はらな》）
真那の父。安房那領の領主

梨穂宇《りほう》
真那の姉

汪那《おうな》
真那の兄

亜々弥《ああや》
汪那の娘。難病を患っている

志津弥《しづや》
真那の祖母。オウロの患者

兎季《とき》
真那と梨穂宇の乳母

津雅那《つがな》
清心教の宮廷祭司医で、
次期、宮廷祭司医長の最有力候補

比羅宇《ひらう》侯
那多瑠帝の娘婿で次期皇帝候補

由吏《ゆり》侯
那多瑠帝の弟で次期皇帝候補

王阿《おうあ》侯
東平瑠帝国の次期皇帝を選ぶ
選定侯のひとり。津雅那の後ろ盾

与多瑠《ヨタル》
東平瑠帝国アカファ領を治めている
王幡侯の息子。ホッサルを信頼している

那多瑠《ナタル》
東平瑠帝国の現皇帝。皇妃の命を救った
リムエッルに信頼を寄せている

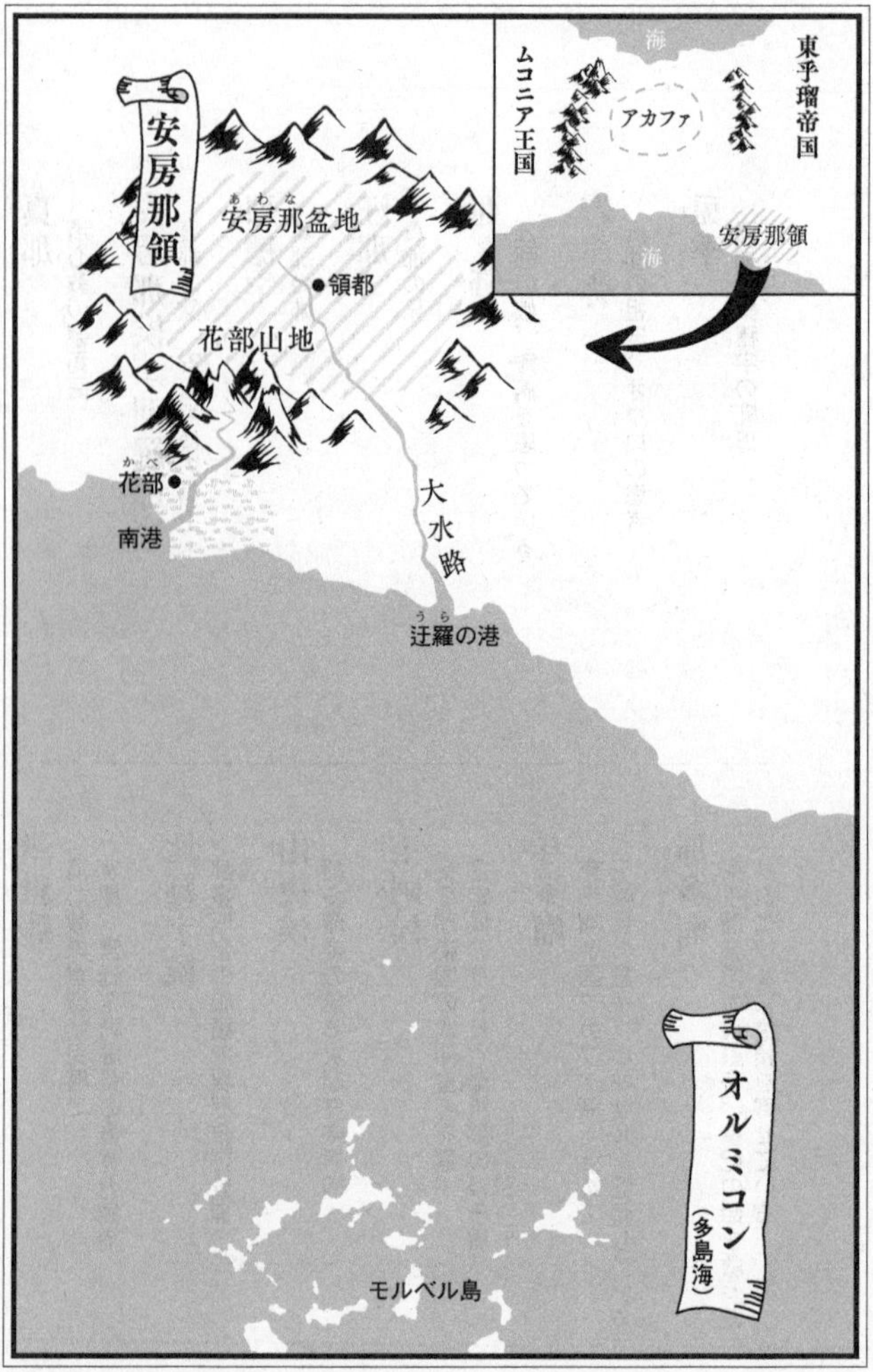
海
東乎瑠帝国
ムコニア王国
アカファ
海
安房那領
安房那領
安房那《あわな》盆地
領都
花部山地
花部《かべ》
南港
大水路
迂羅《うら》の港
オルミコン（多島海）
モルベル島

序章　リムエッルの異変

ひゅう、ひゅうと風が唸《うな》り、無数の雨粒《あまつぶ》が窓硝子《まどガラス》に叩《たた》きつけられては、透明《とうめい》な線を引いて消えて行く。

チイハナは膝掛《ひざか》けを引き寄せて巻き直しながら、部屋の隅《すみ》で床《ゆか》に額をつけている若い娘《むすめ》に目をやった。

「もっと近くにおいで」

娘は顔を伏《ふ》せたまま、音も立てずに滑《すべ》るように近づいて、また、床に額をつけた。

「顔をお上げ」

娘の肩《かた》が、かすかに揺《ゆ》れた。

この地域を支配している東乎瑠《ツオル》帝国《ていこく》の隅々にまで情報網《もう》を張り巡《めぐ》らしている、オタワル聖領《せいりょう》の〈奥仕え〉。その元締《もとじ》めの顔を知る者は、わずかしかおらず、声を知る者すら少ない。

元締めに会うことを許されるのは、〈奥仕え〉の中でも、多くの配下を束ねる上位の者に限られる。

娘は、この部屋に呼ばれたとき、配下を束ねる地位に昇《のぼ》ったことを知った。

そして、いま、自分の目で、これまで自分の暮らしのすべてを動かしてきた人の顔を、初めて見ようとしているのだった。

顔を上げた娘の目に映ったのは、血色の良い老女の、石のように動かぬ目だった。

「ここ最近、おまえの名をよく聞くようになったよ、カオラ」

カオラはじっと、次の言葉を待った。

「どうもおまえは、上役を通さずに、情報を動かすことがあるようだね」

カオラの頬《ほお》が少し白くなった。しかし、目は揺れなかった。

じっとカオラを見つめていたチイハナの唇《くちびる》に、やがて、かすかに笑《え》みが浮《う》かんだ。

「おまえは情報というものがよくわかっているようだ。情報には鮮度《せんど》がある。上役を通していたら、せっかくの情報が腐《くさ》ってしまうこともある。伝えるべきときに、伝えるべき相手に伝えてこそ、情報は活《い》きる」

チイハナの笑みは目元まで広がっていた。

「上役の頭越《ご》しに、他《ほか》の者に情報をやれば、上役はうれしくない。疎《うと》んじられるかもしれぬし、掟《おきて》を理由に罰《ばっ》を与《あた》えられるかもしれぬ。それでも、おまえは、やるべきことをした。

自分が何のために仕事をしているか、その大きな構図と意味が見えているからだ。

我が身を犠《ぎ》牲《せい》にできる覚悟《かくご》もある。――配下を束ねる頭《かしら》にふさわしい素質を示したね、カオラ」

カオラの顔に、初めて生気が宿った。

「……ありがとうございます」

チイハナはうなずき、すぐに真顔に戻《もど》った。

「早速《さっそく》、おまえにやって欲しい仕事がある。――王阿《おうあ》領に行っておくれ」

カオラの目が、わずかに揺れた。目ざとくそれに気づき、チイハナは顎《あご》をしゃくった。

「言ってごらん。何が気になったのか」

「はい。私がこちらに呼ばれたということは、元締めさまが気になっておられるのは宮廷祭司《きゅうていさいし》医《い》の動向のこと、と思いましたが、それでよろしいですか」

チイハナは目を細めた。

「そう。……でも、おまえは、王阿侯より気になる者がいるようだね」

カオラが、うなずいた。

オタワルは国をもたぬ民《たみ》である。

遥《はる》か昔、黒狼熱《ミッツァル》によって王国が滅《ほろ》びた後も、山々に囲まれた地に聖領を築き、土木、建築、金属、硝子、機械工芸など様々な技術を開発、洗練させ、その驚異《きょうい》的な技術力によって、命脈を繋《つな》いできた。

東から津波《つなみ》のように押し寄せてきた強大な東乎瑠《ツオル》帝国に飲み込まれてからも、オタワルの技術者たちは帝国各地に招かれ、橋を造り、城を造り、都市のありとあらゆる施設《しせつ》を造り、交易に益する生産物を作り、もはや、帝国にとって、なくてはならぬ存在となっている。

オタワルの技術の中でも抜《ぬ》きんでて優《すぐ》れているのが医術だったが、これだけは、なかなか東乎瑠帝国に普及《ふきゅう》していかなかった。――東乎瑠の医術を司《つかさど》る祭司医たちが、オタワル医術を真っ向から否定していたからだ。

東乎瑠帝国の国教、清心教《せいしんきょう》の祭司でもある祭司医たちは、オタワル医術を異教徒の穢《けが》れた技《わざ》だと嫌悪《けんお》している。

それゆえ、オタワルの医術師たちは長い間、辺境の属領を中心に活動し、目立たぬように生きてきたのである。

オタワルの医術師が初めて帝国の表舞台《おもてぶたい》に華々《はなばな》しく登場し、注目されたのは、抜群《ばつぐん》の医術の技をもち、神のごとき名医と噂《うわさ》されていたリムエッルが孫のホッサルひとりを伴《ともな》って宮廷に赴《おもむ》き、皇帝、那多瑠《ナタル》の妃《きさき》を難病から救ったときだった。

その話は瞬《また》く間に帝国中に広がり、相反するふたつの大波を引き起こした。

祭司医の技では救われぬ難病に苦しむ貴族たちは、生きる希望をもたらしてくれる名医としてオタワルの医術師にすがるようになり、それを知った祭司医たちは、自分たちの存在そのものを危《あや》うくする脅威《きょうい》として一層激しくオタワル医術を敵視するようになったのである。

医術は人の生死を左右する。それゆえ、魂《たましい》や心の在り様《よう》と深く関《かか》わらざるを得ない。

東平瑠《ツオル》には、〈医術師は神の指なり〉という言葉がある。人の生死を司る医術は神の教えに従って行われるべきであると信じられているからこそ、医術師はみな、祭司でもあるのだ。

清心教の教えを根幹にしている祭司医の医術が否定されることは、東平瑠帝国の国教そのものに疑いをもつことにも繋がる可能性を秘《ひ》めている。命を助ければ、それで良い、という訳にはいかぬ複雑な事情が、オタワルの医術師たちを脅《おびや》かしているのだった。

それでも、愛する妃の命を救われた皇帝は、リムエッルやホッサルはもちろん、オタワルの医術師たちを深く敬愛し、強力な後ろ盾《だて》になってくれている。そのお陰《かげ》で、ここ十年ほどの間に、オタワル医術は、優れた医術として、東平瑠中に広まりつつあった。

とくに、〈奇跡《きせき》の医術〉を施《ほどこ》すと名高いリムエッルは、多くの貴族、領主たちから招かれ、その医術で彼らを救ってきた。

リムエッルは名医であると同時に、知略に長《た》けた男でもある。彼は、那多瑠《ナタル》帝の後ろ盾がなくなった後もオタワル医術師が迫害《はくがい》されぬよう、有力貴族たちに恩を売り、オタワル医術なしには生きられぬように仕向ける努力を続けていた。

幸い、帝国の祭司医すべてを束ねる宮廷祭司医長の於津那《おつな》は、争いを好まぬ穏和《おんわ》な男で、皇帝の意を汲《く》み、オタワル医術の排除《はいじょ》を求める祭司医たちが暴走せぬよう宥《なだ》め、ふたつの医術の争いが政争に発展せぬよう火消しに努めてくれている。

しかし、彼は高齢《こうれい》であり、次の宮廷祭司医長選びが、すでに本格化していた。新しい宮廷祭司医長の最有力候補と目されている津雅那《つがな》は、とてつもなく教条的で、皇帝の前ですら、オタワル医術を邪教《じゃきょう》の穢れた技と言い放つような男である。彼はまだ五十代。皇帝よりも若い。津雅那が宮廷祭司医長になり、那多瑠帝が逝去《せいきょ》したら、オタワル医術は大変な逆風の中に置かれることになるだろう。

津雅那は、名家出身者だらけの宮廷祭司医の中では、さして、有力な家系の出ではない。しかし、他の有力者同士が食い合って倒《たお》れる中を巧《たく》みに泳ぎ抜き、大きな幸運にも恵《めぐ》まれて、最上位へと顔を出してきた。

その幸運とは、彼の孫娘が有力な選帝侯《せんていこう》のひとりである王阿《おうあ》侯の側室となり、寵愛《ちょうあい》を受けている、ということであった。

王阿侯《おうあ》という強力な後ろ盾を得て、津雅那《つがな》は、宮廷祭司医の頂点まであと少し、というところまで来ているのだった。

「王阿侯より気になっているのは、誰《だれ》だね」

カオラは低い声で答えた。

「由吏《ゆり》侯でございます」

チイハナは眉根《まゆね》を寄せた。

「由吏？　皇帝の弟の？」

言ってから、すぐに、ああ、と、つぶやいた。

「あそこにはいま、リムエッルがいるわね。……彼が、何か伝えてきたの？」

カオラは首をふった。

「逆でございます。リムエッルさまとの音信が途絶《とだ》えたのでございます」

チイハナの眼差《まなざ》しがきつくなった。

「監禁《かんきん》されたというの？　そんなことがあったのなら、なぜ最初から言わない！」

「いえ、監禁ではございません。よく城の見晴らし台にお姿を見せて、由吏侯と談《だん》笑《しょう》しておられますから、由吏侯とのご関係が悪くなったご様子はございません。ただ……」

カオラはちょっと唇を舐《な》めてから、言葉を継《つ》いだ。

「リムエッルさまは私を可愛《かわい》がってくださっております。他の〈奥仕え〉たちとの連絡とは別に、私には河荷《かわに》を使って、三日おきにご連絡をくださっていました。薬のやりとりをする河荷に文《ふみ》を忍《しの》ばせる方法だったのですが、五日前からその文が来なくなりました」

カオラはチイハナを見つめた。

「他の〈奥仕え〉の者たちに、それとなく尋《たず》ねてみましたが、みなには、それぞれの方法で定期的に無事を知らせる短い文が来ているとのこと。ならばなぜ、私にだけ文が届かなくなったのか……」

チイハナは、唇の端《はし》をわずかに歪《ゆが》めた。

「リムエッルらしいやり方だね。あの人は、謎《なぞ》かけが好きだから」

膝掛けを少し引っ張り上げながら、チイハナは言った。

「よろしい。由吏領にお行き。何が起きているのか、確かめておいで」

カオラは、静かに額を床につけた。

第一章　真那の故郷

一　真那の誘い

戸が小さく音を立てた。

ホッサルは思わずふり返ったが、戸の外には誰《だれ》もおらず、ただ、半開きの戸から、昼下がりの光が、裏口の三和土《たたき》を白く浮かび上がらせているだけだった。

かすかに花の香《かお》りがした。

(そういえば、シュダが満開になったと言っていたな)

風がでてきたのだろう。戸を鳴らしたのも風だったのだ。

ホッサルの施療院《せりょういん》〈小さき者たちの巣《チミャ・トロス》〉は、アカファの旧王都カザンの目抜《めぬ》き通りから一本奥に入ったロト通りに面している。裏通りとはいえ馬車がすれ違《ちが》えるほどの道幅《みちはば》はあるが、日中でも馬車が通ることは稀《まれ》で、人通りもそれほど多くはない。

それでも、古い町家が多いこの辺りの住人たちは街路に花木を植えて、季節の移り変わりを楽しんでいた。

ロト通りの街路樹はシュダという花木で、この時季に白い花をつける。ミラルはその花が好きで、昨日、うれしそうに、シュダがきれいに咲《さ》いたわ、と言っていた。満開のシュダの香りは、路地を辿《たど》って裏口の方まで漂《ただよ》ってきたらしい。

「……そんなに気になりますか」

部屋の片隅《かたすみ》の大きな机に使い古した地図を広げ、熱心に裏張りをしていたマコウカンが、声をかけてきた。

「なにが」

ホッサルは、マコウカンには顔も向けず、顕微鏡《けんびきょう》に視線を戻《もど》した。

「昼食にでも誘《さそ》われて、話が弾《はず》んでいるのかもしれませんな。ミラルさまは聞き上手だから、女慣れしていない若者でも、つい気持ちがほぐれて余計な話までしてしまうのですよ。このあいだも……」

マコウカンの野太い声を、ホッサルは苛立《いらだ》たし気に遮《さえぎ》った。

「おれが仕事中なのが、わからんか」

マコウカンは眉《まゆ》を上げた。

「私が気を散らさんでも、さっきから充分《じゅうぶん》散っておられるでしょう」

ホッサルは口を開きかけて、閉じた。

そして、ゆっくり椅子《いす》を回して、マコウカンに向きなおった。

「ミラルが出かけたのは、いつ頃《ごろ》だ」

「朝食を召《め》し上がってすぐ、身支度《みじたく》をなさって出て行かれましたよ。ホッサルさまが起きて来られるちょっと前でしたな」

「もう数刻にもなるじゃないか、それなら」

「ええ」

「ええ、じゃないよ！」

　指先で、ミラルの置き手紙をトン、トンと叩《たた》きながら、ホッサルはマコウカンを睨《にら》んだ。

「そもそも、真那《まな》が訪ねてきたなら、なんで、おれを起こさなかったんだ！」

　マコウカンは顎《あご》を掻《か》いた。

「起こすな、と、ミラルさまに命じられたので。——昨夜《ゆうべ》も遅《おそ》くまでお仕事をしてたから、こんな時刻に起こすと怒《おこ》るわよ。中途半端《ちゅうとはんぱ》な時刻に睡眠《すいみん》を断《た》たれると、一日頭が回らなくなって、今日の仕事が台無しになるだろう、ばか！って——と」

「ばか、口真似《くちまね》するな！　気持ちが悪い」

　マコウカンは苦笑《くしょう》した。

「ミラルさまが真那と出かけたというのが、そんなに気に障《さわ》りますか」

　ホッサルは、じっとマコウカンを見つめた。

「おまえ、つくづくばかだな。気に障っているんじゃない。気になっているんだ。

真那がここを訪《おとず》れる理由は医学に関することしかないだろう。だとすれば、なんでミラルは、おれを起こさずに、自分で解決しようとしたんだ？　あいつは、ああいうやつだが、気配りは人一倍できる。たとえ自分で充分できることだったとしても、清心教《せいしんきょう》の祭司《さいし》医《い》が関《かか》わっていることを、おれに一言も相談せずに、勝手に処理するはずがない」

息を吸って、ホッサルは静かに言った。

「そういうことをやるのは、おれを守ろうとするときだけだ。あいつは、母鳥症候群《ははどりしょうこうぐん》の症状が顕著なやつだからな。おまえも、かなりその気がある。……だから、聞いているんだ。隠《かく》していることがあるなら、さっさと吐《は》け」

マコウカンは眉を上げた。

「私はあなたを守るのが仕事です。母鳥であって、悪いことはないでしょう」

「回らん頭で一丁前に胡麻化《ごまか》すな。ほら、吐け」

マコウカンは、折り目が破けて、表面が毛羽立っている古い地図をゆっくりと撫《な》でた。

「二羽の鳥が縄張《なわば》り争いしているのに気づかずに、縄張りの真ん中に立ち入ってしまった鳥は、両側からつつかれるもんです」

「おまえ……！」

ホッサルが声を荒《あら》らげたとき、軽《かろ》やかな足音が聞こえてきて、裏口が陰《かげ》った。

「大きな声ねぇ、外まで聞こえてるわよ」

明るい声でそう言いながら入ってきたミラルは、羽織っていた薄《うす》い外套《がいとう》を脱《ぬ》ぐと外套掛《か》けに掛けた。

「ただいま。思ったより遅くなっちゃったね。スイフ堂のお茶菓子《がし》買ってきたから、お茶にしましょうよ」

歩いてきたせいで頬《ほお》が上気し、目も輝《かがや》いている。唇《くちびる》に、艶《つや》のある紅《べに》が薄く塗《ぬ》られていて、眉もくっきりと描《か》いてあった。

ホッサルはむっつりと黙《だま》ったまま、顕微鏡に視線を戻したが、ミラルは、ちらっとその横顔を見ただけで、菓子をもって台所の方へ行ってしまった。

廊下《ろうか》の奥の台所から、下仕えの娘《むすめ》たちと話している声が、かすかに聞こえてきた。

マコウカンは、お湯が沸《わ》く頃を見計らって立ち上がり、台所へ向かった。

やがて、ミラルとマコウカンが、それぞれ良い香りがするお茶と菓子を載《の》せた盆《ぼん》をもって戻ってきた。

「お茶、飲みましょうよ」

声をかけられて、ホッサルは顕微鏡から顔をあげると、椅子を回した。

マコウカンが机の片隅に盆を置き、広げていた古い地図を畳《たた》み始めるのを見て、ホッサルは、ばか、と言った。

「手順が逆だろ。それを畳んでから、盆をとりに行けよ」

マコウカンは、ちらっとホッサルを見てから、ミラルに顔を向けた。

「起きてこられてから、ずっとご機嫌《きげん》が悪いんです」

白い茶碗《ちゃわん》にお茶を注《つ》ぎながら、ミラルが眉を上げた。

「あら、なんで？　私がいなかったから？」

ホッサルは、じろっとミラルを見た。

「真那《まな》は、なんの用だったんだ」

「それがね、けっこう、びっくり！　びっくり！　だったのよ」

香《こう》ばしく焼いた紅色の薄皮で、爽《さわ》やかな酸味のある甘い蜜漬《みつづ》けの果実を包《くる》み、その上に花弁《はなびら》をあしらった菓子をホッサルと自分の前に置くと、ミラルは椅子を引き寄せて座った。

「真那くんって、すごい家の御曹司《おんぞうし》だったたって、知ってた？」

菓子の皿を引き寄せながら、ホッサルは、ひょろりと背が高い若者の顔を思い浮かべた。

真那は、ここ王幡《オウハン》領の祭司医長である呂那《ろな》の愛弟子《まなでし》で、かつて黒狼熱《ミッツアル》患者《かんじゃ》の治療《ちりょう》を手伝いに来たことがある。

ちょっと猫背《ねこぜ》で、一見頼《たよ》りなく見えるが、治療の腕《うで》は確かだった。

宮廷内にある乎来那《おきな》学堂《がくどう》を出なければ祭司医には成れないのだから、上層階級の出であって当たり前なのだが、治療道具を入れた布袋《ぬのぶくろ》をぶら下げて現れた真那《まな》の素朴《そぼく》な顔と「すごい家の御曹司」という言葉は、どうもうまく結びつかなかった。

マコウカンが、へえ、と太い眉を上げた。

「すごい家って、どこかの貴族の出ですか？」

「それがね、なんと、安房那《あわな》領主の末息子《むすこ》なんですって」

ホッサルは砂糖をとろうとした手をとめて、ミラルを見た。

「安房那？　ラハルさんが橋を造りに行っている？」

ミラルの父である物静かなラハルの、よく日に焼けた顔が目に浮かび、ホッサルは、かすかに狼狽《ろうばい》した。彼のことを思い出すと、いつも胸の底に小波《さざなみ》が立つ。

そのホッサルの狼狽には気づかぬふりで、ミラルはうなずいた。

「そう。あの安房那」

「ラハルさんが入って、もう長いだろう」

「そうね、もう何年になるかな、五年は経《た》っているかな」

子どもの頃から十日続けて父と暮らしたことがなかった、と、ミラルはよく言うのだが、ミラルの父ラハルは、土木技術で名高いオタワルの職人の中でも橋造りの名工として知られており、東乎瑠《ツオル》帝国《ていこく》各地の領主から招かれて働いている。

「では、真那くん、つい先日、久しぶりに里帰りをしたときに、父と会って雑談していて、私たちが父娘《おやこ》だって知って、びっくりしたんですって」

ホッサルは鼻を鳴らした。

「それをわざわざ言いに来たのか。暇《ひま》なやつだな。そんなことぐらいで昼食まで一緒《いっしょ》に食うか、ふつう」

ミラルは瞬《まばた》きをし、それからマコウカンに顔を向けた。

「いいじゃないねえ？　昼食ぐらい一緒に食べたって。久しぶりの休養日なのに、誰かさんは外食に誘ってくれたりしないし、真那くんはアカファ料理の名店ウサムに席をとってくれたのよ。美味《おい》しかったわよ」

マコウカンは、はあ、と、うなずいた。

ホッサルはマコウカンを睨みつけた。

「簡単にうなずくな、ばか。ウサムなんて、あんな遠いところまで行くか、ふつう？　休養日ったって、いつ患者が急変するかわからんのに」

マコウカンは眉根を寄せた。

「いちいちこっちにふらんで、おふたりで会話してください」

ミラルは笑い出した。

「だわね、ごめんね」

コロコロと笑ってから、ミラルは菓子を食べ、お茶を飲んだ。

「話を戻すとね、真那《まな》くん、私を安房那《あわな》に誘ってくれたのよ」

ホッサルとマコウカンは、ふたりとも手を止めてミラルを見た。

「……おまえ、いい加減にしろよ。誘ったって、どういう意味でだ」

ホッサルが冷ややかな声で言うと、ミラルは微笑《ほほえ》んだ。

「あなたも、ぜひ、と言ってたわ」

ミラルは真顔になって、続けた。

「安房那領は、かつては別の領主の統治領で、その領主家が手柄《てがら》を立てて都に近いところに大きな領地を与《あた》えられたので、当主の妻の血族、安房那家が統治権を得たんですって。

でね、その、もともとの領主家というのが、なんと乎来那《おきな》家だったんですって」

ホッサルは目を見開いた。

「乎来那？　清心教医術の宗家《そうけ》の？」

「ええ。正確には宗家ではなくて、源流という感じらしいのよ」

ホッサルは、へえ、と、つぶやいた。

「そういえば、乎来那が宗家だという割には、その家系が代々宮廷祭司医長になっているわけでもないな。むしろ、いま、乎来那家出身の宮廷祭司医が誰だかも知らないぞ、おれは」

「でしょう。平来那宗家というと、平来那学堂の印象が強いわよね」

「ああ。宮廷祭司医はあそこを出ないとなれないんだろ。あそこで旧態依然《いぜん》とした医術しか教えてないから清心教医術には進歩がないんだ、というのがお祖父《じい》さまの口癖《くちぐせ》だしな」

リムエッルの口調を思い出したのか、ミラルは苦笑した。

「真那くんの話によると、平来那宗家は敢《あ》えて政治の外に身を置き、医術を教えることに専念しているんですって。だから当主も宮廷祭司医にはならないそうよ。それにね……」

ミラルは目を輝かせた。

「祭司医という身分が生まれたときに、その初代になった人は、確かに平来那家の子を名乗っていたけれど、実は、彼は辺境の名家から平来那家に養子に入った人の息子で、清心教医術の源流は、その土地で古くから育《はぐく》まれてきた医術だったんですって」

ホッサルはひょいっと眉を上げた。

「へえ！　それも、知らなかったな」

「そうよね。私も初めて聞いたわ」

ホッサルは腕組みをした。

「正直、あまり興味がなかったからな、清心教医術には。真那《まな》に飲まされるまで、彼らが煎《せん》じる薬湯《やくとう》を飲んだことすらなかったし。あの医術が元々どこから興《おこ》ったかなんて、考えてみたこともなかったが、それは確かに意外だな。清心教と共に、東平瑠《ツオル》帝国の宮廷で生まれたわけじゃなかったんだな」

「清心教とは後で結びついたのだろうって、真那くんは言ってたわ。言いづらそうに、声をひそめて。東平瑠料理の店じゃなくて、アカファ料理の店に誘ったのは、祭司医としては、公《おおやけ》には話しづらいことだったからかなって、ちょっと思ったわ」

　ホッサルは唇の端《はし》を歪《ゆが》めた。

「それが話しづらいことなら、なんだって、わざわざ、おまえを安房那《あわな》へ誘ったんだ？」

「私だけじゃないわよ、言ったでしょ？　あなたも誘われてるの。
真那くんね、姪御《めいご》さんのお具合が悪いので、呂那《ろな》師から故郷に帰る許可を頂いたんですって。その姪御さんは、真那くんの兄の娘さんで、家族みんなが可愛《かわい》がっているそうよ。

　呂那師は真那くんに、すでに充分に修業《しゅぎょう》を積んだから、安房那に戻って、しっかり姪御さんを診《み》てあげなさい、そして、今後は安房那の祭司医として務めるがよいとおっしゃったとか。やっぱり、真那くんは信頼《しんらい》されているのよね、呂那師に」

ホッサルは、それには答えなかったが、ミラルは気にせずに言葉を継《つ》いだ。

「でね、びっくりしたんだけど、オウロさまが、いま、その真那くんの姪御さんを診ているらしいのよ」

ホッサルは、思わず菓子から目を上げた。

「オウロ大叔父《おおおじ》が？」

オウロは、ホッサルの祖父リムエッルの弟である。

それなりの功績はありながら、兄の名声の陰で、目立たぬまま年をとった人だった。

「なんで、そんな宮廷祭司医と深い関わりがある領主の孫を、オタワル医術師が診るなんてことになったんだ？」

「それがね、もともとは御領主のお母上さま、つまり真那くんのお祖母《ばあ》さまの治療に招かれたのですって。その方は、長年、全身の痛みで苦しんでおられたらしいの」

「……ああ」

ホッサルは得心した顔になった。

オウロは患者を診るより新薬を生み出すことに情熱を注いできた男で、とくに痛みと熱をとることに著《いちじる》しい効果のあるアチルという薬を生み出したことは、彼の大きな功績だった。

「その方にアチルを使ったわけか」

「ええ。アチルが著効して、御領主のお母上さまは随分《ずいぶん》お楽になったとかで、御領主がオウロさまに、ぜひとも、孫も診て欲しいとおっしゃったのですって」

言いながら、ミラルは顔を曇《くも》らせた。

「でも、どうも、姪御さんの状態は芳《かんば》しくないみたいなの。それで、真那《まな》くんが呼ばれたらしいのね」

ちょっとお茶をすすってから、ミラルは言葉を継いだ。

「真那くん、久しぶりに故郷に戻ったのだけど、姪御さんの病、かなり難しい病みたいで、いったん呂那《ろな》師のもとに戻って相談したらしいんだけど、呂那師でも良い治療法は思いつけなくて……」

「おれに診せてみたくなったわけか」

「ええ」

ミラルは、真顔でホッサルを見つめた。

「あなたならどう診立てるか知りたいけれど、直接お願いすると、あなたに気を遣《つか》わせるかもしれないので、私からそれとなく聞いてみて欲しいって。

お時間を見つけるのは難しいかもしれませんが、清心教医術にご興味がおありだったら、及《およ》ばずながら丁寧《ていねい》に説明させていただきますので、お時間を無駄《むだ》にすることにはならないと思いますって」

ホッサルはうなった。

「興味がなくはないし、その姪っ子のことも気にはなるが、安房那《あわな》まで行くとなると十日やそこらじゃ帰ってこられないだろう」

「それが問題よね。私も、だから、無理だと思いますけど、一応聞いてみますねって答えて帰ってきたのよ。……太弥《たや》さんのこともあるし」

ホッサルは黙ってうなずいた。

幸い、この施療院には、ホッサルの他《ほか》にも有能な医術師が五人もいる。彼らだけで診られないような患者はいないし、熱風邪《かぜ》の流行も峠《とうげ》を越《こ》しているのだが、ひとり、気にかかっている患者がいた。

「真那くん、半月後にアカファを発《た》つんですって。そのとき一緒に行っていただければありがたいがって言っていたけど、まあ、ちょっと難しいわよね」

そう言って、ミラルは冷めてしまったお茶を飲みほした。

ホッサルが気にかけていた太弥という患者の容態が急変したと、太弥の孫が息せき切って呼びに来たのは、その夜だった。

＊

太弥《たや》は東平瑠《ツオル》人の裕福《ゆうふく》な商人で、毛織物の取引でひと財産築いた男だが、六十を過ぎた頃から様々な病を患《わずら》った。

いつの間にやら毛織物の問屋から病の問屋に商売替《が》えをしておりまして、というのが彼のお気に入りの冗談《じょうだん》だったが、食道楽から太り過ぎ、次々とつらい症状を呼び寄せたのだ。

六十二歳のときに肺炎《はいえん》で死にかけたところをホッサルに救われ、それ以来、家族ぐるみでホッサルを頼るようになった。

煙管《キセル》をくゆらすのを止《や》め、甘い物を食べる量を少し減らして、たまには外に出て散歩などをしてごらん、というホッサルの言葉を守るようになってからは、少し身体《からだ》つきもしまってきて元気に暮らしていたのだが、二年程《ほど》前に妻を思いがけぬ事故で亡《な》くしてからは、目に見えてがっくりと気落ちしてしまった。

その後、なんとなく具合が悪いと訴《うった》えることが多くなり、咳《せき》も頻繁《ひんぱん》に出るようになった。背中や肺部の呼吸音には風邪の後などによくかかる肺炎とはまた違う、パリパリという雑音が聞こえるようになり、ホッサルは、彼の肺が硬くなり始めたことに気がついた。

それ以外にも気になる変化があった。血痰《けったん》が出るようになり、やがて、首に、くりくりとしたしこりが現れ、ホッサルは、彼の身のどこか——多分肺——に腫物《はれもの》ができていることを悟《さと》った。

首にしこりをつくるような腫物は、完治させる術《すべ》のない病であることが多い。この病はまた、気落ちすると急速に悪化するので、ホッサルは、いつ、太弥に、人生の終わりが見え始めていることを告げるか、慎重《しんちょう》に考え続けていた。

しかし、それを告げることもないまま、太弥は今年、冬から春にかけて流行《はや》る熱風邪にかかり、そこからまた肺炎になってしまった。

ホッサルとしては施療院に連れてきて、しっかりと見守りたかったのだが、太弥は住み慣れた屋敷《やしき》にいたいと、施療院に行くのを頑《がん》として拒《こば》んだ。

太弥の状態は思わしくなく、手を尽《つ》くしたとしても、さほど長くはないことをホッサルも感じていた。もう食欲もなくなってきていたからだ。

無理に食べさせれば気管に入る危険があるし、ここまでくると、むしろ本人が食べられるだけ、飲めるだけにした方が身体も楽なので、ホッサルは太弥の気持ちに任せることにして、家族に痰の出させ方、水の与え方などを教え、頻繁に往診《おうしん》して、骨の痛みや呼吸苦を和《やわ》らげる薬を投与《とうよ》していたのだった。

提《さ》げ灯《あか》りを揺《ゆ》らしながら施療院に駆《か》け込んできた太弥《たや》の孫、野見《のみ》を馬に乗せてやり、ホッサルとミラルは夜の街を太弥の屋敷へ急いだ。

玄関《げんかん》に出てきた太弥の息子夫婦《ふうふ》は、しかし、待ちわびていたというより、どことなく後ろめたい表情を浮かべて、ホッサルとミラルを迎《むか》えた。

「太弥さん、どうですか」

ホッサルが尋《たず》ねると、太弥の息子はくぐもった声で、

「それが、あの、父は少し前に身罷《みまか》りまして……」

と、言った。

言いながら、彼は、ホッサルたちを連れてきた息子を、ちらっと見た。その目に浮かんでいる苛立ちの色を見て、ホッサルは大体の事情を察した。

いま、太弥の寝間《ねま》には祭司医がいるのだろう。

東乎瑠《ツオル》人は親の死期が近づいたことを感じると、まだ息があるうちから〈魂送《たまおく》り〉の支度を始める。

太弥の息子夫婦としては、祭司医による〈魂送り〉が滞《とどこお》りなく済んでから、これこれこういう次第《しだい》で、とホッサルに伝えるつもりでいたのに、若い野見は、なんとか祖父を助けたくて、親の制止をふりきって、ホッサルを迎えに行ったのだろう。

こういうことは、東乎瑠人の患者を診ているとよく経験することだった。

気力体力があるうちはオタワルの医術師に頼って治してもらおうとするが、気力が衰《おとろ》えてくると、清心教の祭司医を頼るようになる。——あの世で幸福になれるよう、この世の穢《けが》れを洗い出し、心身を清めておこうとするのだ。

太弥も妻を亡くしたのを機に肉と卵を断ってしまった。どんなに諭《さと》しても、口では、わかりましたと言いながら、実際には食べなかった。

お祖父ちゃん子の野見が、心配して、なんとかしてくれとホッサルやミラルに言いに来るので、肉や卵がだめなら、魚や豆を食べさせるように伝えたが、太弥の意志は固くて、好物だった魚も食べなくなった。

身を内側から清めれば、魂《たましい》も清くなる。清い魂は、天ノ苑《その》での幸せな後生を得られる。そういう清心教の教えを太弥は信じていたのだろう。

心配する孫に、
「なあに、いま、ちょっと我慢《がまん》して天の神様にがんばっているところをお見せすれば、天上で、地上じゃ想像もできんくらい美味《うま》いものを、たぁんと食べられる」
と、笑って応じていたという。

肉や卵、魚を食べず、一日の大半を横になって過ごす。それが身体に悪いことをホッサルが説明すると、太弥の息子は頭をかきながら、

「尾那《おな》師もそうおっしゃるんですがねぇ、父は何しろ頑固なもので……」
と、答えるのだった。

尾那師というのは真那《まな》の兄弟子にあたる祭司医で、温厚な男だった。ホッサルも二度ほど会ったことがある。彼も太弥《たや》に、少し外に出れば、食事の量も増えて元気になるし、豆などは不浄《ふじょう》の食ではないので食べるようにと諭していたようだが、豆が嫌《きら》いな太弥は、祭司医の言いつけも守っていなかった。

危篤《きとく》の知らせを受けた親戚縁者《しんせきえんじゃ》が集まっているらしく、太弥の屋敷には多くの人の気配があった。柱ごとに灯《あか》りが灯《とも》っており、香《こう》の煙《けむり》がうっすらと漂っている。廻《まわ》り廊下の欄干《らんかん》に沿って白い花が飾《かざ》られ、家の者に案内されて廊下を行くと、花の回廊を巡《めぐ》っているような心地《ここち》になった。

通い慣れた廻り廊下が、今夜はまるで違って見える。昨日往診したときには、こんな花はなかった。

(……これは)

いつ飾られたのだろう、と、ホッサルは思った。

東乎瑠《ツオル》人の家では、家人が亡くなる前から〈魂送《たまおく》り〉の飾りつけをする。亡くなってから飾りつけたのでは、魂が速《すみ》やかにあの世へ行けない、というのだが、まだ生きているのに、家族が飾りつけを始めるのを見るというのは、どういう気持ちがするものなのだろう、と、ホッサルはいつも思う。

仕事柄、多くの人を看取《みと》ってきた。

アカファ人もオタワル人も、死期が近づくと感覚が鋭敏《えいびん》になるのか、ふだんなら気にもしない些細《ささい》なことに怯《おび》えることがあった。夢と思えぬくらいはっきりとした幻《まぼろし》を見て、怯える者も多かった。

アカファ人なら、己《おのれ》の死期が近づいていることを薄々感じているときに家人が葬儀《そうぎ》の支度など始めるのを見たら、猛烈《もうれつ》に怒るだろう。

（太弥さんは……）

どう思ったのだろう。家人がちゃんと支度を調《ととの》えてくれているのを見て、むしろ安《あん》堵《ど》したのだろうか。

通い慣れた太弥の寝間は、灯りに覆《おお》いがされていて、薄暗かった。

清心教の祭司医が、患者を安らかに逝《い》かせるために焚《た》く瞑魂香《めいこんこう》の煙が部屋に満ちている。

横たわった太弥の傍《かたわ》らにいた祭司医の尾那が、ホッサルに会釈《えしやく》をした。

ホッサルとミラルも会釈を返して、太弥に近づいた。そして、もはや冗談を言うことも頭を掻くこともない、その顔を見つめて、別れを告げた。

〈魂送《たまおく》り〉の振舞《ふるま》いをご一緒にと、太弥《たや》の息子夫婦に誘われたが、ホッサルとミラルは固辞して、早々に屋敷を出た。

夜も深《ふ》けて、街はもう人通りが絶えていた。あるかなしかの夜風に乗って街路樹のシュダの香りが漂ってくる。

「……太弥さん、穏《おだ》やかな良い顔をなさってたわね」

ミラルが言った。

「祭司医に看取られた患者は、ああいう表情をしている人が多いわね」

ホッサルは鼻を鳴らした。

「痛みをとめてやって、香で鎮静《ちんせい》すりゃ、穏やかな死に顔にもできようさ。おれの言うことを聞いて、しっかり肉や卵を食っていたら、まだまだ生きていられただろうに……」

ホッサルの嫌味《いやみ》な言い方に、ミラルは苦笑を浮かべたが、わざわざ異は唱えなかった。

ふたりは黙って馬を歩ませた。

カツ、カツと、蹄《ひづめ》が路面を打つ硬《かた》い音を聞きながら、雲が月を隠すたびに暗くなる道を、ただ、ゆっくりと、馬が歩みたい気持ちに任せて進んで行った。

施療院が見えてきたとき、ホッサルが、ぽつっと言った。

「真那《まな》の姪っ子、診てみるかな」

二　山賊

「……随分と山深いところなのですなぁ」

馬のたてがみに頬を寄せて、頭上の小枝をよけながら、マコウカンがつぶやいた。

天候に恵《めぐ》まれて、街道《かいどう》を行くあいだは、うららかな春の旅を楽しんでいたのだが、安房那《あわな》領に近づくにつれて道は次第に山道へと変わり、晴れていても肌寒《はだざむ》く感じられた。

山道といっても、さすがに馬が通れるように整備はされているが、道の両脇《りょうわき》は鬱蒼《うっそう》と木々に覆われて見通しが悪い。

「申しわけありません、こんな道で」

真那がふり返って、一行に詫《わ》びた。地方領主の息子という身分を感じさせぬ腰《こし》の低さは相変わらずで、平民のミラルにさえも丁寧な言葉で話しかける。

自分は医術師として若輩《じゃくはい》であり、ホッサルやミラルには医術の教えを乞《こ》う立場である、という姿勢を崩《くず》さないので、ミラルも以前のままの気軽な言葉遣いを続けることにしていた。

「大水で金帯橋《きんたいきょう》が落ちる前は、もっと開けた道で行くことができたのですが」

そう言葉を継いだ真那《まな》に、ミラルは、しつこく目に寄って来るブヨを払《はら》いながら、

「橋って大事よね。一本の橋があるかないかで、物流も人の流れも変わってしまうものね」

と、応じた。

真那が微笑んだ。

「まことに。ミラルさんのお父上のお陰で、以前の橋とは比べ物にならぬ、しっかりとした橋ができつつあります」

「そのことなのだけど……」

ミラルが言いかけると、真那は巧《たく》みに馬の速度をゆるめ、同時にミラルは馬の脚《あし》を速め、ふたりは馬を寄せて、橋の建設について話し始めた。

ふたりは話しながら、時折、頭をかがめて、道に張り出している小枝をよけている。

（与多瑠《ヨタル》殿《どの》は、こういう道だと知っていたのだな）

一行の前後左右を守りながら進んでいる騎馬《きば》の東乎瑠《ツオル》兵を見ながら、ホッサルは、安房那《あわな》へ行かれるのでしたら、護衛兵をつけましょう、と言った与多瑠の顔を思いだしていた。

東乎瑠帝国の各藩領《はんりょう》を結ぶ街道には、所々に関所が設けられており、それぞれの藩

領に入る際には通行手形が必要である。

　真那の誘いを受けて、ミラルやマコウカンと共に安房那領へ行くことを決めたホッサルは、施療院の仕事を弟子たちに任せるための細々《こまごま》とした引き継ぎを終えると、王幡《オウハン》領を出る許可を得るために、王幡侯《こう》の嫡子《ちゃくし》である与多瑠の館《やかた》を訪ねた。

　微笑みを浮かべて居室にホッサルを招きいれた与多瑠は、安房那へ行くと聞くと、興味深げな顔になった。

　その目に、何か考えるような色が浮かんでいるのを見て、ホッサルはかすかな不安を覚えた。

「私が安房那に行くことに、何かご懸念《けねん》でもありますか」

　率直《そっちょく》に問うと、与多瑠は、いや、と、言った。

「懸念、ではないのですが。あそこは、なかなか一筋縄《ひとすじなわ》ではいかぬところで……」

　与多瑠は指で顎を撫でた。

「海に近く山も深い風光明媚《めいび》な土地ですが、小さな氏族がいくつもおりましてね。東乎瑠に服従して長いので、別に不穏《ふおん》な動きがあるわけでもないのですが、帝都とあまり離《はな》れていないので、きちんと抑《おさ》えておける領主でないと治められぬ土地で」

　かすかに笑《え》みを浮かべて、与多瑠は言葉を継いだ。

「私は一度、安房那領に伺《うかが》ったことがあるのですが、面白《おもしろ》いことに、御領主の安房那侯や、お子さま方はみな、武張《ぶば》ったところがない、人が良い文人という感じの方ばかりなのです」

真那《まな》の顔を思い浮かべて、ホッサルがちらっと微笑むと、与多瑠《ヨタル》がそれを察したらしく、うなずいた。

「そう、みな、真那殿によく似ておられますよ。当たりは柔《やわ》らかいが、中にはしっかりとした芯《しん》がある」

言ってから、与多瑠は真顔になった。

「ご存じのことと思いますが、あそこは清心教祭司医と深い繋《つな》がりがある土地です。次代の宮廷祭司医長選びが本格化しているので、水面下で様々な思惑《おもわく》が動いているのですが、安房那《あわな》侯は、望むと望まざるとに拘《かか》わらず、その動きと関わらざるを得ない立場にあります」

ホッサルは眉根を寄せた。

「安房那の前の領主家が、清心教医術の宗家であったことは聞いていますが、いまも安房那と関わりがあるのですか？」

「そのことも、ですが……」

少し言いよどみ、与多瑠はホッサルを見つめていたが、やがて、低い声で続けた。

「次の宮廷祭司医長の最有力候補と目されているのがどなたか、ご存じですか？」

ホッサルは答えようとして、ためらった。

ふたりは見つめ合い、互《たが》いが同じ名を思い浮かべていることを察した。

与多瑠は暗い表情を浮かべ、ゆっくりと言った。

「津雅那《つがな》師が宮廷祭司医長になれば、いまよりも……」

与多瑠はそこで言葉を切ったが、ホッサルはため息をついて、続けた。

「私たちオタワルの医術師への風当たりが強くなるでしょうね」

与多瑠はうなずいた。

「風当たりが強くなる、くらいで済めばいいのですが、私はもっと苛酷《かこく》なことにならぬかと危惧《きぐ》しております」

「具体的に、予想されていることがあるのですか」

「いや、具体的にどうこう、というのはまだ。しかし、以前、帝国内で奇妙《きみょう》な新興宗教が流行ったとき、宮廷祭司医たちは、心を侵《おか》すも病なり、放置すれば国全体を病《や》ませると皇帝に進言して、教祖を火刑《かけい》に処したことがあります」

それは、聞いたことがあった。教祖のみならず、影響《えいきょう》力のある信徒も捕《と》らえられ処刑されたはずだ。

「那多瑠《ナタル》帝が皇帝でおられる間は、まさか、そんな苛烈《かれつ》なことはなされないでしょうが……」

与多瑠《ヨタル》は一層声を低めた。

「ご存じのとおり、東乎瑠《ツオル》帝国の皇帝は五人の選帝侯《せんていこう》によって承認《しょうにん》を受けて、初めて皇帝の座につきます。

次代の皇帝候補はおふたり。那多瑠《ナタル》帝がご推挙なされた、弟君の由吏《ゆり》さまと、娘婿《むすめむこ》の比羅宇《ひらう》さま、どちらが皇帝になるかで、選帝侯たちの未来もまた、決まります。

津雅那《つがな》師の後ろ盾《だて》である王阿《おうあ》侯は、選帝侯の中でも強い権勢を誇《ほこ》っておられますが、政敵がいないわけではない。我が父は様子見を決め込んでいますが、積極的に派閥《はばつ》づくりに動いている選帝侯もおられます。

どちらかが優勢であれば、ある意味問題はないのですが、実はいま、両派の数は拮《きっ》抗《こう》しておりまして、たったひとり他派に移っただけでも均衡《きんこう》が崩れ、一気に勝敗が決する可能性があるのですよ」

ホッサルは目を細めた。

「王阿侯は、どちらを推《お》しておられるのですか？」

与多瑠はまた、ちょっと黙った。

「決して他言は致《いた》しません。——祖父にも、漏《も》らしません」

ホッサルが言うと、与多瑠は苦笑した。

「多分、リムエッルさまはすでにご存じでしょうね。あの方の知己《ちき》は広く、多岐《たき》にわたっておられますから」

　そして、唇を湿《しめ》すと、低い声で言った。

「王阿侯は那多瑠帝の娘婿の比羅宇さまを推しておられます。安房那《あわな》侯《こう》はいまだ、どちらにも、明確に支持を表明しておられません」

　ホッサルは眉をひそめた。

「え？　でも、安房那の御領主は選帝侯ではないでしょう？」

「ええ。しかし、安房那侯――真那《まな》殿のお父上の羽羅那《はらな》さまは、友人が多く選帝侯の信頼も厚い。ご自身が積極的に動いておられるわけではなく、人が勝手に集まってくるのですな」

「……ほう」

　与多瑠は微笑んだ。

「私を含《ふく》めて、東平瑠の貴族はミンナルという小さな鷹《たか》に似た鳥を育て、その鳴き声を競《きそ》わせることを好みます」

「ああ、あれは良い声で鳴きますからね。オタワルでも、歌合戦を楽しんでいる者が多いですよ」

　ホッサルが言うと、与多瑠は、ちょっと興味深げな表情になった。

「そうか、そうですね。東平瑠《ツオル》の伝統的な遊びのような気がしておりましたが、ミンナルの歌合戦は、もともとは、ここアカファの王族が好んでおられた遊びでしたな。ま、それはともかく、〈鳴き合わせ〉には様々な遊び方がありますが、オタワルでは詩《うた》と合わせることはありますか？」

「詩と、ですか？　いえ、そういう趣向《しゅこう》は聞いたことがありませんね」

「そうですか。東平瑠では、ミンナルの鳴き声を聴《き》きながら詩を詠《よ》み、諷詠《ふうえい》を楽しむ〈鳴き合わせ、詩合わせ〉は、とくに貴人の嗜《たしな》みとされているのです。……というより、我々の間では楽しみを超《こ》えた意味を持つのですよ」

「諷詠を楽しむ？」

「ええ。その人物の、人となりがわかる、と言われているほどで」

「真那《まな》くんのお父上は、その〈鳴き合わせ、詩合わせ〉が巧みなのですか」

与多瑠の目に明るい光が浮いた。

「巧みどころか、真の名人です。その諷詠を聴いて皇帝陛下が涙《なみだ》されたのを見たことがあります。多くの貴族に敬愛され、その言葉を珍重《ちんちょう》される。そういう御方《おかた》です。初夏はミンナルが良い声で鳴く季節ゆえ、各地で〈鳴き合わせ、詩合わせ〉が行われますが、今年、安房那《あわな》で催《もよお》される会には、陛下の弟君、由吏《ゆり》さまと娘婿、比羅宇《ひらう》さま——次期皇帝候補がおふたりともご参加と聞いております。王阿《おうあ》侯《こう》も、津雅那《つがな》師も

「……」

与多瑠《ヨタル》はそこで言葉を切ったが、ホッサルは彼が言外に含ませた意味を感じとって、苦笑を浮かべた。

「なるほど、そういう時期に、私が安房那へ行く、となれば、ご懸念があって当然ですね」

与多瑠も苦笑した。

「まあ、そういうことです」

そして、笑みを消すと、与多瑠は低い声で言った。

「宮廷祭司医長は、皇帝のお身体を診る者。その選出には、医術以外の思惑も絡《から》んでまいります。そのことを、お心に留《とど》めておいてください」

馬の耳元にブヨがしつこく寄って来る。

長い耳を苛立たし気に動かし、首までぶるっと大きくふるわせる馬を宥《なだ》めながら、ホッサルはぼんやりと、与多瑠の表情を思い出していた。

(早まったか、な……)

漠然《ばくぜん》とした不安が、胸の底にじんわりと湧《わ》いてくる。

この時期に、自分が安房那に行くということは、かなり危険なことなのかもしれない。

底意を感じさせぬ人の良い真那《まな》の誘いであったために、気楽に受けてしまったが、自分が安房那《あわな》に行くことの意味を、もっと慎重に考えておくべきだったのかもしれない。

(お祖父さまは、どう思うだろう)

祖父のリムエッルが、ここ数年、ホッサルを自分の後継者にするために着々と地盤《じばん》づくりをしていることは感じていた。

オタワルの医学院には、経験豊富で、ホッサルより有能な医術師は何人もいる。そういう医術師たちは、しかし、多くが平民の出で、高貴な血統を重んじる東乎瑠《ツオル》帝国では、重く扱《あつか》われず、上流階層の人々への拝謁《はいえつ》も、まず、かなわない。

東乎瑠の皇帝も貴族たちも深く信頼しているリムエッルの後継者として、東乎瑠帝国の祭司医と対峙《たいじ》する人物は、東乎瑠人から見ても、侮《あなど》れぬ貴人でなくてはならない。

東乎瑠人が認めるほどの高貴な血筋のオタワル人医術師となると、リムエッルの弟オウロもいるが、リムエッルはなぜか弟よりホッサルに信を置いていて、そのことを公言して憚《はばか》らず、医学院の医術師たちも、リムエッルの後継者はホッサルであることを当然のこととして受け入れている風がある。

ホッサルは、古オタワル王国の王家の血をひく貴人であり、皇帝の妃《きさき》と、選帝侯である王幡侯《オウハン》を救った医術師として名を知られている。

(おれがお祖父さまの後継者であると、すでに見做《みな》されているとしたら)

宮廷祭司医の標的とされるのは、むしろ、すでに高齢《こうれい》の祖父ではなく、これから先を担《にな》う自分なのかもしれない。

他のオタワル医術師は、皇帝はもちろん、貴族の病を診ることすらできない。

いかに優《すぐ》れた医術の技《わざ》を持っていても、東乎瑠帝国の祭司医たちが恐《おそ》れるような影響力を、彼らは持ちえない。

皇帝や貴族を診ることができるオタワル人の医術師はリムエッルとホッサルだけ。

つまり、宮廷祭司医たちが恐れる必要があるのは、いまのところリムエッルとホッサルのふたりだけ、なのだ。

——宮廷祭司医長は、皇帝のお身体を診る者。

その選出には、医術以外の思惑も絡んでまいります。そのことを、お心に留めておいてください。

そう言ったときの、与多瑠《ヨタル》の厳しく暗い顔を、ホッサルは思い出していた。

物思いに浸《ひた》っている間に、いつの間にか、一行は峠に向かって急坂《きゅうはん》を登り始めていた。

ゆっくりと馬を進め、やがて、峠に差し掛かったとき、突然、前方で複数の人馬が入り乱れて争っているような物音が起こり、かすかに女の悲鳴が聞こえてきた。

マコウカンがさっと馬を一行の前にだし、ホッサルとミラルを自分の陰に入れて、護衛兵の頭《かしら》が配下の二騎に見て来るよう指示した。

峠に駆け登って行った二騎のうち、一騎がすぐに戻って来て、

「山賊《さんぞく》に商人が襲《おそ》われております。山賊は五人。商人は四人。弓矢なし。武器は刀のみ」

と、告げた。

ホッサルが口を開くより早く、真那《まな》が、護衛兵の頭に馬を寄せて、

「たすけてあげてください！」

と、言った。

護衛兵は迷う顔になったが、ホッサルが、

「我々のことはマコウカンが守る。行ってやってください」

と、言うと、うなずいて、背後にいた六騎の護衛兵のうち四騎に、商人をたすけに行くよう命じた。

商人を襲っていたのは、山賊というより、食いつめ者の集まりだったらしく、先行した一騎に四騎が加わって峠を越え、刀を抜き放って怒声《どせい》をあげると、驚《おどろ》いてこちらをふり仰《あお》ぎ、手向かうどころか、ばらばらと山の中へと逃《に》げ込んでいった。

「……山賊は逃げました。商人には負傷者がおります。山賊を追いますか？」

部下の問いかけに、護衛兵の頭は首をふり、

「山賊の再来襲《さいらいしゅう》に備えるだけでよい」

と、言いながら、ホッサルたちをふり返った。

負傷者のもとに駆けつけていく医術師たちを、護衛兵たちは慌《あわ》てて追いかけた。

ホッサルとミラル、真那は、すでに馬に拍車《はくしゃ》を当てていた。

峠道の途中に大きな荷馬車が横転しており、馬が一頭道に倒《たお》れ、もう一頭も捻《ね》じれた轅《ながえ》に押さえつけられて、激しくもがいている。

商人たちは青ざめて、その荷馬車の周囲に集まっていた。中年の男が足から血を流してうめいており、若い女も腕を押さえてうずくまっている。

その姿を見て、ホッサルとミラルは、ちらっと顔を見合わせた。——商人たちが、東乎瑠《ツオル》人ではなく、オタワル人だったからだ。

打ち合わせをすることもなく、ホッサルとマコウカンは男のもとに駆け寄り、ミラルは真那とともに娘へと駆け寄った。

男は御者《ぎょしゃ》なのだろう。御者台に乗っているところを下から斬《き》られたらしく、脛《すね》からふくらはぎにかけて傷があった。暗赤色の血がじわじわと流れだしている。

その色と出方を見てとると、ホッサルはマコウカンに、

「体水《たいすい》！」

と、声をかけた。すでに用意をしていたマコウカンが、間髪《かんはつ》をいれず大きな水筒《すいとう》を手《て》渡《わた》した。

ホッサルは水筒を受け取ると、その中の液体を傷口にかけて、よく洗いながら、男にオタワル語で声をかけた。

「大丈夫《だいじょうぶ》だ。長く斬られているが、さほど深くはない。きれいに治してやるから心配するな」

男は歯を食いしばったまま、わずかに顎を引いてうなずいた。

ミラルもまた、大きな水筒に入れてきた液体で、若い女の傷を洗っていた。娘の傷は前腕《ぜんわん》部にあり、こちらも長い傷だったが深くはなかった。

「手をあげて、刀を防ごうとしたのね？」ミラルは微笑んだ。

娘は青ざめた顔でうなずいた。

「巧《うま》い受け方だったわね。ちゃんと縫《ぬ》って、跡《あと》も残らないようにするから、心配しないで」

ミラルの声音《こわね》が明るかったせいか、娘の頬に、やや血の気がもどってきた。

「さっき、ホッサル師が〈体水〉と言っていましたが、それは水ではないのですか」

真那《まな》が首を伸《の》ばして、ミラルの手元を覗《のぞ》き込みながら尋ねた。

「ええ、人の体液に近い濃度《のうど》にしてある塩水よ」

それを聞いて、真那がわずかに目を大きくした。

「なるほど……小さいことだが、意味のあることですね」

ミラルは微笑み、真那に、荷の中から清潔な当て布をとってくれるよう頼んだ。

真那に渡された布を娘の傷に当てると、ミラルは強く圧して止血を始めた。

「止まりそうですか？　止血のツボを押しますか？」

真那が尋ねると、ミラルは首をふった。

「大丈夫みたい。直接圧迫《あっぱく》だけで止まるでしょう」

真那はうなずくと、自分の荷を入れた袋を開けて、中から油紙に包んだ膏薬《こうやく》をとりだした。

「それは何？」

ミラルが聞くと、真那が微笑んだ。

「金創膏薬《きんそうこうやく》です。縫った後で貼《は》ってください。それくらいの深さの傷であれば、よく効きますよ。痛みを抑えられますし」

ミラルの目が輝いた。

「へえ！　後で、どうやって作っているか教えてくださいね」

真那の頬がわずかに上気した。

「もちろんです」

「……あちらは仲良くやっているようですなぁ」

マコウカンがつぶやくと、ホッサルは、マコウカンをじろっと睨んだ。

「余計なことを言ってないで止血点を押さえろ。こっちは、あっちより傷が深い」

マコウカンは、教えられた通りの場所を太い指で押さえながら、男に声をかけた。

「山賊にやられたのは不運だったが、我らが通りかかったのは幸運だったな。この方はホッサル＝ユグラウルさまだよ」

男が、びっくりして目を見開いた。

ユグラウル家は〈聖八家《せいはっけ》〉――オタワル聖領《せいりょう》を支配している聖家――のひとつである。オタワル人にとっては、ホッサルは名医であるだけでなく、聖なる貴人であった。

「安房那《あわな》に、何を売りに行くところだったのだ？」

気楽な口調でホッサルが問いかけると、男は唇を舐《な》めて、かすれ声で答えた。

「橋脚《きょうきゃく》用の部品でございます」

その答えが聞こえたのだろう、ミラルが、ふり返ってこちらを見た。

「え？　それじゃ、あなた方、父が注文した品を運んでいたのね」

傷を押さえてもらっている娘が、瞬きをした。

「……では、あなたはラハル＝オイ工師長《こうしちょう》さまのお嬢《じょう》さまなのですか？」

ミラルは娘に視線を戻した。

痛みに青ざめてはいるが、その顔は先程《さきほど》より随分落ち着いている。十七、八かと思ったが、こうして見ると、もう少し年上であるようだった。

「ええ。私はミラル＝オイ。ラハル＝オイの娘よ」

娘は痛みをこらえながら、それでも、わずかに微笑んだ。

「すごいわ。本当に私たちは幸運だったのですね」

「あなた、よく父に部品を納めているの？」

「いえ、あの、私は、叔父に同行したのは、まだ二度目ですけれど、でも、ラハルさまにお目にかかったことはございます」

少し息を吸い、娘は言葉を継いだ。

「私共はオヒラ商会の者でございます。建築用の部品から、医術用具まで手広く商《あきな》っておりまして、お父上さまには大変にお世話になっております」

娘は眩《まぶ》しそうに目を細めて、ミラルを見つめた。

「たしかに、お父上さまに、よく似ておられますね。目元が、とくに」

ミラルは苦笑した。

「それ、あまりうれしくないわ。私、あんなに四角い顔じゃないでしょう？」

言いながら、傷口を押さえていた手を少しゆるめて、ミラルは娘の傷の出血具合を確かめた。

「よかった。もう止まりはじめている」

「ありがとうございます。……後程、あらためて御礼をさせてくださいませ」

娘は頭を下げた。

「いいえ。これくらいのこと、気にしないで。あなたの傷は深くはないけれど、長いから、ちゃんと縫った方がいいわ」

治療箱から表面麻酔《ますい》の軟膏《なんこう》と、縫合《ほうごう》用の針と糸をとりだしながら、ミラルは思いついて、娘に問うた。

「そうだ、あなた、お名前は？」

娘は、頰を赤らめた。

「あ、失礼いたしました」

ミラルを真直《まっす》ぐに見て、娘は答えた。

「私は、カオラと申します。今後とも、何卒《なにとぞ》よろしくお願い申し上げます」

三　歓迎の宴

安房那《あわな》領は、与多瑠《ヨタル》が言ったように風光明媚な土地だった。

南は海に面していて港街もあるが、東乎瑠《ツオル》帝国の領地でなかった頃は、海賊の襲撃《しゅうげき》が頻発していたらしく、安房那の領都は海辺ではなく、内陸の、山に囲まれた盆地に作られていた。大小の河川《かせん》に恵まれた安房那盆地は広大で、農作物の出来も良かった。

領都を囲む田畑も集落も、春のうららとした明るさの中に佇《たたず》み、水路の土手には黄色や白の花が咲き乱れて、広い道を行くあいだ、鋤《す》き起こされた田の土の匂《にお》い、肥の匂いとともに、花の香りが風に乗って漂ってきた。

領都は黒瓦《くろがわら》と白壁《しらかべ》の家が立ち並び、いかにも東乎瑠の街という風情《ふぜい》だったが、しっかりとした都壁《とへき》に囲まれていて、ホッサルは、この地には小さな氏族が数多《あまた》おり、それらを抑えておくことも安房那領主の大切な役割、と言っていた与多瑠の言葉を思い出していた。

水路を行き交《か》う船には多くの荷が積まれ、荷揚《にあ》げ場では、逞《たく》しいもろ肌脱ぎの男らが船から降ろした荷を荷車に積み替えている。

船を操《あやつ》っている男らは茶に近い黄金《こがね》色の肌に、麦藁《むぎわら》色の髪《かみ》をなびかせている。明らかに、東乎瑠《ツオル》人ではなかった。

ホッサルは目を細め、背の高い男らを眺《なが》めた。帝都でも見たことのない、珍《めずら》しい姿をした異国人だ。

「モルベル人ですよ」

ホッサルの視線に気づいて、真那《まな》が言った。

「海の向こうから来た船乗りたちです」

「……へえ」

真那は眩しそうに額に手をかざし、白い帆《ほ》を畳んでいる船を眺めた。

「ぐるっと海岸線をまわって迂羅《うら》の港へ入り、上げ潮の風向きが良い時を狙《ねら》って、大水路を船で遡《さかのぼ》って来るんです」

真那の顔には微笑が浮かんでいた。

「子どもの頃は、あの船に乗りたくてね。兄たちと、どうやったら忍《しの》び込めるか、知《ち》恵《え》を出し合ったりしたものです」

ホッサルも微笑んだ。

まだ、どこか子どものような純真さを残している真那の横顔を見ていると、白い帆をあげた船に目を輝かせている少年の顔が透《す》けて見えるようで、おかしかった。

先触《さきぶ》れが委細を告げていたので、領主の城に着いたときには、すでに怪我《けが》人を運び入れる場所の手配も済んでいた。

怪我人がいることを伝えておいたので、迎えに出た貫禄《かんろく》のある用人は、御領主さま方へのご挨拶《あいさつ》は後程ということにして、まずは、どうぞ下ノ館の離れへ、と、案内をしてくれた。

ひんやりと涼《すず》しい、滑《なめ》らかな板張りの広い廻り廊下を歩きながら、

「真那くん、ご家族に会いたいでしょう。患者の様子を診るのは私たちだけで充分よ」

と、ミラルが囁《ささや》いたが、真那は微笑んで首をふった。

「いえ、これからご案内する部屋は、私の治療部屋なので、私が案内させていただきます。城に仕えている祭司医の尾来《おき》師のところより、私の治療部屋の方が、皆《みな》さんには使いやすいと思いまして」

真那は先に立って行き、廊下の奥の部屋の戸を引き開けた。

「へえ！」

真那に続いて中に入ったミラルは、思わず声をあげて、部屋の中を見回した。

広い部屋で、格子《こうし》がはまった大きな窓から夕暮れの光が斜《なな》めに射《さ》し込んでいる。その辺りはとても明るかったが、あとは全体に、ひんやりと薄暗かった。

なにより目につくのは、日が当たらない側の壁全体を覆っている大きな箪笥《たんす》で、無

数の引き出しのひとつひとつに、中身を示す小さな文字が書かれた札がついていた。

日当たりの良い場所には大きな長机があり、薬草を切る両手切り包丁やら、すり潰《つぶ》す薬研《やげん》、乳鉢《にゅうばち》などが置かれている。長机の下には書物が積まれていた。

塵《ちり》ひとつなく掃《は》き清められている清潔な部屋の真ん中に、寝台《しんだい》がふたつ、人が通れるほどの隙間《すきま》を空けて置かれていた。

「……あの、私はもう大丈夫です」

寝台に腰かけたものの、横になるのが申しわけない、という顔でカオラが言ったが、ミラルは首をふった。

「金創は熱がでることがあるから、少なくとも今日はここで休ませてもらいなさい」

そう言ってから、ミラルは真那《まな》をふり返った。

「手の洗浄《せんじょう》をする場所を教えていただける？」

真那が口を開きかけたとき、戸口が陰り、ためらいがちな声が聞こえてきた。

「……いま、入ってもよろしいかしら」

涼やかな声だった。

真那の顔が、ぱっと明るくなった。

「あ、姉上？　いいですよ、どうぞ」

ほっそりと背の高い女人《にょにん》が手に盆をもち、侍女《じじょ》を連れて入ってきた。

「治療のお邪魔《じゃま》をしてごめんなさい。皆さん、喉《のど》が渇《かわ》いておられるのではと思って」
二十六、七ぐらいだろうか。
品の良い細面《ほそおもて》の、美しい人だった。茶色の瞳《ひとみ》は明るく、やわらかな笑みを浮かべている。

その人を見た瞬間《しゅんかん》、ミラルは、

（ルリヤさまに似ている）

と、思った。

オタワル人ではないし、顔の造作も違うのに、見た瞬間、ホッサルの義姉《あね》のルリヤと似ている、と感じた。

ちらっとホッサルを見ると、ホッサルは放心したような表情で、その女人を見ていた。彼がこんなに素直《すなお》に、こういう感情を顔にだしてしまうことは珍しい。やはり、似ていると思ったのだろう。

「姉の、梨穂宇《りほう》です」

梨穂宇はお辞儀《じぎ》をしたが、すぐに、

「ご挨拶はまた後程。どうぞ、治療を始めてください。お邪魔いたしました」

と、言って、部屋から出て行った。

その後ろ姿を見ながら、真那がつぶやくように言った。

「一番気が合う姉なんです。夫に死なれて安房那《あわな》に戻ってきて、もう、そろそろ六年になるかな。早く再縁を、とみんなが思っているのですが……」

それから、気を取り直したように手をこすりあわせ、

「さて、じゃ、手を洗いに行きましょう」

と、言った。

＊

その夜の夕食は、大広間で饗《きょう》された。

オタワルの医術師が領主の城に治療に招かれても、領主の家族と食事の席を共にするということはまずなかったが、ホッサルは上座に迎え入れられることが多かった。

東乎瑠《ツオル》人にとって、オタワル人は遥《はる》か昔に滅《ほろ》びた王国の末裔《まつえい》に過ぎないはずだが、霧《きり》深い山峡《さんきょう》の奥に聖領を築き、魔術とも思えるような技術をもつ不可思議な者たちという印象があるせいか、どこか、その扱いに迷っている風がある。

とくに、ホッサルは、かのリムエッルの孫であり、皇帝の妃を救った名医のひとりとして軽々には扱えない人物と思われているのだろう。彼が古き王国の王家の血を引いていることもまた、貴人に近い扱いを受ける一因かもしれなかった。

ミラルはただの平民であり、通常であれば、マコウカンと同じように別室で食事を供される身分だったが、真那《まな》の口利《くちき》きがあったのだろう、その夜は同じ大広間の下座に席が設《しつら》えられていた。

湯をつかわせてもらって旅の埃《ほこり》を落とし、真新しい東乎瑠風の衣《ころも》に着替えさせてもらったミラルは、食卓《しょくたく》に並んでいる豪華《ごうか》な料理に目を見張った。

皮をぱりっと焼いてある雛鳥《ひなどり》や、ちょっと焦《こ》げ目をつけて、香ばしい湯気が立ち上っている炊《た》き込み飯、硝子《ガラス》の器《うつわ》に盛られた、みずみずしく、つややかな赤い果実などが所せましと並んでいる。

とくに目をひくのは大皿に盛られた魚料理だった。

濃紺《のうこん》の絵皿の模様が見えるほど薄く切られている新鮮《しんせん》な刺身《さしみ》の上に、ごく細かく刻んだ色とりどりの野菜が載っている。

「オハリの薄造りですよ」

隣《となり》に座っている老女が、小声でささやいた。

「もうすぐ、肝《きも》を魚醤《ぎょしょう》で溶《と》いたタレが来ますから、それをつけて食べてください」

「……肝？　魚の肝ですか？」

ミラルが問うと、老女がうなずいた。

「ええ。オハリの肝です。オハリは、なにしろ肝が美味しい魚なのですよ。でも、魚醤に溶いて時間が経ち過ぎると生臭《なまぐさ》さが増しますから、さっと溶いて、さっとつけて食べるのが一番なのです」

老女は、にこっと微笑んでささやいた。

「あなたのご接待役にしていただいたお陰で、今日は私も御馳走《ごちそう》をいただけます」

品の良い老女だが、笑顔になんともいえぬ愛嬌《あいきょう》があり、ミラルはいっぺんで彼女が好きになった。

「まあ、ご接待役をつけていただくなんて、私はただの平民ですのに」

ささやき返すと、老女は、いえいえ、と言った。

「あなたは、とても腕の良い医術師でいらっしゃるそうで。しかも、真那《まな》さまが大変お世話になったとのことで、しっかりとお世話するよう申しつかっております」

老女はそう言ってから、ちょっと慌てた顔になった。

「ごめんなさいね、ご挨拶が前後してしまって。私、食いしん坊《ぼう》なもので、お魚の話ばかりして、名乗りもしておりませんでした。

私、兎季《とき》と申します。真那さまと、真那さまのすぐ上のお姉さま、梨穂宇《りほう》さまの乳母《ば》でございます」

「まあ！ そんなご身分の御方のお隣に座らせていただいて、光栄でございます。……私、こちらの御作法を知りません。失礼をしたらどうしようと不安で。どうか、ご指導くださいませ」

ミラルが小さく頭を下げると、兎季は、ええ、ええ、と微笑んでうなずいた。

「ここにいらっしゃる間、ちゃあんとお世話をさせていただきますので、なにもご心配なさいませんよう」

「ありがとうございます」

ミラルは、失礼にならないよう、見るともなく上座を見渡した。

上座の中央に座っている初老の男が真那の父——安房那《あわな》の領主だろう。真那の母は数年前に心ノ臓の病で急逝《きゅうせい》したとのことで、その傍《かたわ》らの朱色の座布団が敷かれた奥方の席には人の姿はなかった。

真那には兄と三人の姉がおり、すぐ上の姉の梨穂宇以外はみな結婚《けっこん》していて、子どもも多いと聞いているが、子どもの姿はこの大広間にはなかった。別室で食事をしているのだろう。

難病を患っているという真那の姪は、部屋で寝ているのだろうか。

ホッサルの大叔父オウロは、足りなくなった薬をとりにオタワル聖領に戻っているのだそうで、行き違いになってしまったのだが、ホッサルはそれを聞いて、むしろ、ほっとした顔をしていた。

安房那《あわな》侯が、小さな卓上鐘《たくじようがね》を持ち上げて、チンッ！　と、良い音を立てた。

途端《とたん》に、それまでざわついていた室内が、しん、と静まった。

兎季《とき》が囁いた。

「感謝の祈《いの》りを致します。目を閉じてくださいな」

目を閉じると、朗々とした声が聞こえてきた。

「――天の御神《おんかみ》、清らかな御神、今宵《こよい》も海の幸《さち》、山の幸を私共にお与えいただきましたことに、心から感謝仕《つかまつ》ります。数多の命をいただき、この身を育み、御神にお仕え致します」

チンッ！　と、もう一度鐘が鳴り、兎季が、

「もう目を開けて良いですよ」

と、教えてくれた。

チン、チンと杯《さかずき》を合わせる音がしはじめ、大広間は一気に食事どきのざわめきに包まれた。

「……こんなことを申しては失礼かもしれませんけれど」

ミラルは兎季に囁いた。

「御領主さま、美しいお声をしておられますね」

兎季がうれしそうな顔になった。

「大殿《おおとの》さま、良いお声をしておられますでしょう」

ミラルは、ホッサルから聞いた話を思いだし、

「たしか、ミンナルの〈鳴き合わせ、詩合わせ〉の御名手であられるとか……」

と、つぶやいた。

「あら！　ご存じなのですね！」

兎季の顔が輝いた。

「やはり、大殿さまのご名声は津々《つつ》浦々《うらうら》まで広がっておりますのですね！　でも……」

そのとき、侍女たちが、小さな器を持ってきて、それぞれの皿にトロリとしたつけダレのようなものを注いでいった。

「あ、これこれ。これが肝を魚醤で溶いたものです。さ、薄造りをこうして……つけて……召し上がってくださいな」

ミラルは兎季が教えてくれたとおり、上に載っているみじん切りの野菜を包むようにして薄造りを持ち上げ、ちょっとタレにつけてから、口に運んだ。

新鮮な魚の身の甘味と、歯ざわりの良い野菜のシャキシャキした食感、濃厚なコクのあるタレの旨味《うまみ》が、いっぺんに口の中に広がり、ミラルは思わず笑顔になった。

「美味しい！」

兎季は、もぐもぐと口を動かしながら、うれしそうにうなずいた。

「ここで、このお酒を一口いただくと……」

ついっと杯を干し、兎季《とき》は満足げに吐息《といき》をついた。

「さっき言いかけていたのですけれどね」

と、兎季が言った。

「大殿さまは、それはもう、ご名人であらせられますけれど、梨穂宇《りほう》さまが良い仕事をしておられるからこそ、というところもございますのよ。それをご存じの方は少ないでしょうけれども」

ミラルは手をとめて、兎季を見た。

「梨穂宇さまは、どんなお仕事をしておられるのですか？」

「ミンナルを育てておられるのです。梨穂宇さまが育てたミンナルは、それはもう、良い声で鳴くのですよ！」

「まあ……」

名家の姫《ひめ》が、小さいとはいえ猛禽《もうきん》のミンナルを育てているというのが意外で、ミラルは、上座に座っている梨穂宇を見やった。

すらりと背が高い梨穂宇はホッサルの隣におり、少し顔を寄せてホッサルと話し込んでいる。

ホッサルが何か巧いことを言ったのだろう、ぱっと笑顔になった。気さくな人柄が知れる、良い笑顔だった。

ホッサルも笑っている。こういう場でいつも見せる社交上の笑顔ではなく、腹から笑っていた。

「……肝ダレが新鮮なうちに召し上がった方がいいですよ」

兎季に促《うなが》されて、ミラルは薄造りを口に入れたが、さっきほど美味しいとは思えなかった。

食事が和《なご》やかに進み、皆の箸《はし》の進みがゆるやかになった頃、侍女が広間に入ってきて領主のもとに行き、なにか囁いた。すると、安房那《あわな》侯は微笑んでうなずき、また卓上鐘を持ち上げて、チン、チンと鳴らした。

皆が注目すると、安房那侯はにこやかな顔で言った。

「子どもらが挨拶に参ったようだ」

言われてみると確かに、大広間とは引き戸で隔《へだ》てられている次ノ間から、子どもらが囁き合っている声が聞こえてくる。

やがて、引き戸が両側から引き開けられると、可愛い衣装《いしょう》を身に纏《まと》った八人の子どもたちが現れた。一列に並んで、かしこまって正座し、床《ゆか》に額をつけてお辞儀をしている。

八人の子どもたちが顔をあげると、食事の手をとめて見ていた大人たちが、一斉《いっせい》に噴《ふ》きだして、笑った。

子どもらは皆、紙で作った鳥の嘴《くちばし》を鼻のところにつけていたのだ。

大人たちが笑ったので、子どもらはうれしそうな顔になった。

十二、三歳ほどに見える少女が、ちょっと緊張《きんちょう》した声で、

「お客さま方、ようこそいらっしゃいました」

と、言うと、年下の子どもたちも一斉に、ようこそいらっしゃいました！　と、大きな声を上げた。

大きな声を上げ過ぎて、七つか八つぐらいの男の子が咳《せ》き込み、とたんに、子どもらが声を上げて笑いだしたので、最年長の少女は、だめよ、ふざけちゃ！　と、小さい子らを叱《しか》った。

「……ほら、みんな立ち上がって！　ちゃんと並んで！」

少女は子どもらを立たせると、広間の方に向きなおった。

「これから、皆さまに歓迎《かんげい》の舞《まい》をご披露《ひろう》いたします。〈子鴨《こがも》の舞〉でございます。みんなで、一生懸命《けんめい》練習しましたので、どうぞ、お楽しみくださいませ」

彼女の合図を受けて、侍女たちが横笛を吹《ふ》きはじめると、子どもらが白い扇子《せんす》を広げて、両手をパタパタさせながら舞いはじめた。

年嵩《としかさ》の少年少女たちは、なかなか堂に入った所作で舞っていたが、幼い子どもたちは笛の音に合わせるどころか、てんでんばらばらに足を踏《ふ》み鳴らしていて、おおよそ舞にはなっていない。

ただ、幼子たちは、ときどき止まって恰好《かっこう》をつけては、子鴨の声を真似て、ぴぃぴぃ鳴くので、食事の手をとめて見ている大人たちはもう笑って、笑って、息もできぬ、という状態になっていた。

なかでも五つ、六つほどの、赤い衣を纏《まと》った幼い女の子がなんとも可愛らしくて、ミラルはその子ばかり見ていた。

どうも嘴飾りの紐《ひも》が緩《ゆる》んでいるらしく、しょっちゅうずり落ちてくる嘴を、慌てて鼻まで持ち上げては、ぴぃ！と鳴いている。

お兄ちゃん、お姉ちゃんたちの仕草をちらちら見て真似ようとしているのだが、どうにも手足の動きが追いついていない。

それでも、その子はあきらめず、つぶらな黒い瞳をきらきらさせて、たどたどしく手足を動かしながら一生懸命舞っていた。

「可愛いお子たちですね」

ミラルが囁くと、笑い過ぎて涙を目尻《めじり》に溜《た》めている兎季《とき》が、赤い衣を纏った子を見つめたまま、しみじみとした口調でつぶやいた。

「亜々弥《ああや》さまが、ああして元気にしておられるのを見ると、芯からうれしい。ほんに、うれしい……」

ミラルは、はっとして兎季《とき》を見た。難病を患っているという姪のことを、真那《まな》が亜々弥と呼んでいたのを思い出したからだ。

「あの赤い衣を纏っておられるお嬢さまが、亜々弥さまなのですか？」

兎季は亜々弥に目をやったまま、うなずいた。

「真那さまからお聞き及びと思いますけども、あの亜々弥さま、まだお小さいのに、つらい病を患っておられるのですよ。ここしばらくお元気で、お元気なときは、ああして、ふつうに見えるのですけれどもねぇ」

ミラルはあらためて、少女の動きを目で追った。

幼い子にありがちな、気持ちに手足がついていっていない、たどたどしい動きだと思って見過ごしていたが、注意して見ていると確かに、動きがぎこちないようにも見える。

ちらっとホッサルを見やると、ホッサルも梨穂宇《りほう》から、あの子が亜々弥であることを聞いたのか、笑みの欠片《かけら》もない目で、じっと幼い少女の動きを追っていた。

四　ミラルの横顔

ヒョー、ヒョー、と、遠くから、鳥の鳴き声がかすかに聞こえてくる。風がでてきたのだろう。雨戸をおろしてある窓が、ときおり、カタカタと音をたてた。

ホッサルは低い寝台に腰を下ろすと、ふくらはぎと足首をさすった。東平瑠《ツオル》では椅子も食卓も丈《たけ》が低いので、長い饗応につきあうと足がむくんでしまう。

「……料理は悪くないが、あの椅子はいただけないよな」

つぶやきながら、ホッサルは自分に与えられた広い寝間を見まわした。

清潔で、豪華な寝間なのに、どうも、うすら寒いような落ち着かない気持ちがするのは、ミラルがそばにいないからなのだろう。

あれがああだった、これがこうだったとミラルと話すことで、読んだ書物を閉じるように一日が終わる――もう長いこと、そういうふうに日々を過ごしてきた。

恋人《こいびと》というより夫婦のようなものだから、旅先でも別の部屋に眠《ねむ》るということはないのだが、さすがに東平瑠の領主家に滞在《たいざい》するとなれば、正式な妻ではないミラルと、ひとつ部屋で眠るというわけにはいかない。

真那は細やかに気を遣ってくれているが、ミラルはオタワル人の平民に過ぎず、ホッサルと同じ待遇《たいぐう》を受ける身分ではない。大広間で夕食を振舞われたというだけでも破格のことで、寝間はこの上ノ館ではなく、ある程度身分がある職人や商人たちの宿舎になっている下ノ館に用意した、と、真那《まな》が言っていた。

まだ顔をあわせていないが、多分、ミラルの父のラハルもそこにいるのだろう。今頃は、久方ぶりに、積もる話でもしているのかもしれない。

(一方的に、ミラルがしゃべっているんだろうけどな)

そう思ってホッサルは唇の端を歪めたが、無口なラハルの髭面《ひげづら》を思うと、いつものように胸の底をざらっとしたものがさすっていった。

ため息をついて、ホッサルは寝台に寝転がった。

まだ虫が飛ぶ季節ではないのに、寝台の四方には緑の蚊帳《かや》のようなものが垂らされている。夜になると冷えてきたので、これは蚊帳ではなく、この地方独特の、寒さ避《よ》けの緞帳《どんちょう》なのかもしれない。

部屋のあちこちに燭台《しょくだい》があり、高価な太い蠟燭《ろうそく》に火が灯っていて、壁に複雑な影《かげ》を躍《おど》らせている。

(横になる前に、消しておけばよかったな)

いっぺん横になってしまうと四肢《しし》に疲《つか》れがでてきて、わざわざ立って行くのが億劫《おっくう》だった。

窓の下に置かれた香炉《こうろ》に火の気はなかったが、少し前まで香が焚かれていたのか、寝間はうっすらと甘い香りに包まれていた。

その香にしては軽やかな、何かの花のような香りが、夕食の席で隣に座っていた梨穂宇《りほう》を思いださせた。

梨穂宇は物静かだが、話してみれば気さくで、話しやすい人だった。

なにを考えているのか知りたくて、つい、こちらから話しかけたくなってしまう。

(そういうところも、義姉上に似ているんだよな)

東平瑠《ツオル》人なのに面高で、どこか異国の匂いを感じさせる顔立ちのせいだけでなく、ふとした表情や仕草も義姉のルリヤを思わせて、梨穂宇のそばにいると胸がざわめいた。

ホッサルは寝台の天蓋《てんがい》を見上げて、ため息をついた。

幼い頃、再婚する父に連れられて初めてルリヤに出会ったときから、ずっと、美しい姉に変わらぬ想《おも》いを抱《いだ》いてきた。

幼い頃ですら、己の内にある想いを決して外に出してはならないと承知していたが、想いを寄せられていることをルリヤも気づいていたはずだ。

それでも、ルリヤは別の人の妻になった。

当然だ。聖なる血筋の名家に生まれた者が、血は繋がっていないとはいえ、姉弟《してい》の関係となった者と、どうこうなるわけにはいかない。

ルリヤが嫁《とつ》ぐことを知った日、ホッサルは聖領を出た。その日から今に至るまで、聖領にある館には、一時的に帰宅することはあっても、長く住んだことはない。

ミラルと出会ってからは、あの当時の焼けつくような、のたうち回りたくなるような想いは鎮《しず》まっていったが、ルリヤに会えば胸がうずく。

ヒョー、と、また、どこかで鳥が鳴いた。

ルリヤの微笑みが瞼《まぶた》の裏に浮かんだ。それが梨穂宇《りほう》の微笑みと重なり、やがて、夢の中に溶けていった。

*

「珍しいですな、起こされる前に起きてこられるなんて」

マコウカンの軽口に、ホッサルは渋面《じゅうめん》で答えた。

「鳥の鳴き声がうるさくて寝ていられなかった。毎朝これだと、たまらんな」

うすい雲の切れ間から朝の光が射し、廻り廊下に白い斑《ふ》を落としている。広大な中庭には色とりどりの花が咲き、新緑の木々の枝から枝に小鳥の群れがせわしなく飛び交っていた。磨《みが》き抜かれた廊下の床板に、ときおり小鳥の影が躍る。

朝食の前に、昨日山賊から救った怪我人を診ようと思ったのだが、真那《まな》の治療部屋にはすでに誰かいるようで、話し声が廊下まで聞こえていた。

　マコウカンを廊下で待たせて中に入っていくと、ふり返ったミラルが、

「あら、お早いですね」

と、いささか堅苦《かたくる》しく敬語で言いながら、場所を空けてくれた。

　廊下で聞いた声で、ミラルと真那がいるのはわかっていたが、もうひとり、商人の傍らに座って足の傷を診ている人を見て、ホッサルは驚いた。

「……安房那《あわな》侯さま」

　真那の父は顔をあげて、微笑んだ。

「おはよう。よい朝ですな」

　安房那侯はもう六十近いはずだが、細面に澄《す》んだ黒目が目立つ穏和な面立ちで、こうして近々と顔を合わせると、真那によく似ていた。

　ホッサルは頭をさげ、挨拶を返した。

　安房那侯は商人の足の傷に視線をおとし、傷の周辺を慎重に触《さわ》った。

「見事な縫合ですな、腫《は》れもない。そちらの女人の縫合も実に見事。あれなら、さほど経たずに跡も目立たぬようになるだろう」

　それから、ちらっと笑みを浮かべて息子を見た。

「間近で見たか。よい経験をさせていただいたな」

真那《まな》は真面目《まじめ》な顔でうなずいた。

「ミラル殿の縫合は、丁寧なのに、とても速くて驚きました」

ホッサルは真那を見、それから、安房那《あわな》侯に視線を戻した。

「……侯は、祭司医でいらっしゃるのですか」

安房那侯が答えるより先に、脇から真那が言った。

「清心教医術を学ぶ者で、父の名を知らぬ者はおりません」

言ってしまってから、その言い方ではホッサルの無知を暗に批判していることになる、と気づいたのだろう、真那はちょっと赤面した。

「申しわけありません、ホッサル師は、ご存じなくて当たり前ですが……」

安房那侯は苦笑して、ホッサルに謝った。

「お許しを。末の子なもので、どうもいつまでも稚気《ちき》が抜けぬ」

ホッサルは顔をほころばせた。

「失礼などと、とんでもないことです。私も初対面の人に会うと、真那くんのような口調で祖父のことを語ってしまうことがよくあります」

「ああ……」

安房那侯がうなずいた。

「しかし、リムエッル殿ならば、わざわざ申されずとも、オタワル医術師のみならず、東乎瑠《ツォル》の医術師すべてが存じておろう」

　ホッサルは首をふった。

「あ、いえ、祖父の自慢をするのではなくて、若輩者だと舐められぬよう、祖父の名を出して、その威《い》を借りてしまうのです」

　その、いささか開けっ広げ過ぎる言い方に、安房那侯はしばし黙り、それから声をたてて笑いはじめた。朗《ほが》らかな、なんの構えもない笑い声だった。

「なるほど、リムエッル殿の威なら、借りたくもなるだろうな」

　笑顔のままで安房那侯は立ち上がり、ミラルに商人の脇に座るように仕草で促した。

「私も若い頃、よくやった。不安げにこちらを見ている患者に、若輩に見えようが、乎来那《おきな》宗家の直弟子ゆえ、ご安心めされ、と」

　ホッサルは瞬きをした。

　安房那侯について語りながら、言いよどんだ与多瑠《ヨタル》の表情が、稲妻《いなずま》のように頭に閃《ひらめ》いた。

「……乎来那宗家の直弟子であられるのですか。これは、大変な失礼をしたのは私の方ですね。まさか御領主さまご自身が、宗家の医術を継いでおられるとは思いもよらず。オタワル人ゆえの無知、お許しいただければ……」

「いや、いや」

安房那《あわな》侯は顔の前で手をふった。

「領主が祭司医であろうとは、まず思わぬものです。東平瑠《ツオル》人でも驚く者は多いでしょう」

安房那侯は窓際《まどぎわ》の椅子に腰をおろし、ホッサルにもそばに座るよう、椅子を示した。

ホッサルが腰を下ろすと、安房那侯は話しはじめた。

「もうすぐ朝食の知らせが来ましょうから、手短にご説明いたすが、安房那は他の土地とは少し違う習わしをもっているのです。

真那《まな》から聞いたかと思うが、ここはもともと清心教医術の宗家、乎来那《おきな》家の領地でした。この土地を譲《ゆず》られた私の高祖父は、乎来那家に敬意を示すために末の息子を宗家に弟子入りさせたのです。

それ以来、安房那では、領主家の末の息子が祭司医になるという習わしが出来まして」

安房那侯は、ちらっと真那に目をやって、

「真那も末息子ですから、まずは宗家に弟子入りさせ、その後、他の流派も学ばせるために、王幡《オウハン》領の呂那《ろな》師のもとに送ったのです」

ホッサルは、なるほど、と、言った。

「……しかし、では、御領主さまも末息子であられた？」

安房那侯はうなずいた。

「ええ。私には兄がおりました。姉もふたり。兄が落馬事故で急逝しまして、私が領主の座につくことになったのですが、私はどうも武張ったことが苦手で、医術の方が性《しょう》に合っております」

安房那侯は、商人の傷を診ているミラルに目をやった。

「オタワルでは女人も医術を究《きわ》められるのですな」

目を上げたミラルの頬が、かすかに緊張しているのに、ホッサルは気づいた。

「東乎瑠人の女人は、清心教医術を学べないのですか」

ホッサルがつとめて普通《ふつう》の口調で尋ねると、安房那侯は、いや、と言った。

「産ノ術や、看護ノ術などは女人の技とされていますから、医術を学べぬ、というわけではありませんが、祭司医になることはありませんな。

女人には子を産み育てるという大切な務めがありますので、一生を医術に捧《ささ》げる祭司医の生き方とは相容《あいい》れぬ、と思われてきたのです」

言いながら、安房那侯はミラルに顔をむけた。

「オタワルでは、どのようにして、ふたつの道をひとりで辿っておられるのかな」

商人の当て布を巻き直しながら、ミラルは少し考えていたが、やがて顔をあげて安房那侯を見た。

「お尋ねのことに、少し回り道をしながら、お答え申し上げてよいでしょうか」

安房那《あわな》侯は興味深げな表情になった。

「どうぞ」

ミラルは小さく頭をさげて、話しはじめた。

「私どもオタワル人は、この世のすべては変わるもの、と思っております。栄華を極《きわ》めた国が滅びた後に始まった私どもの生き方は、晴れた空の向こうに、嵐《あらし》が隠れていると思うような、とても臆病《おくびょう》な生き方なのです」

チチッと窓の外で鳥が鳴いた。ミラルの頬は、朝の光に白く浮かび上がっていた。

「親が子を守り育て、夫が妻と子を守る、というようなことすら、私たちは、絶対のこと、とは思えないのです。親が死に、夫が死に、守ってくれる組織が消えて、ひとりきりになってしまっても、なんとか生きられるように、と、常に考えてしまうのです。嵐が来ても、嵐から身を守る技術を知っていれば生きることができます。技術は、いつの時代、どんな人々にとっても大切なもの、必要とされるものですから。

オタワル人は優れた技術によって重宝され、生きる道を拓《ひら》いてきました。それゆえ、息子が生まれても、娘が生まれても、親はその子に最良の技術を身につけさせようと努めます。

まずは自分が暮らしを立てられねば、子を産み育てることもできぬ、と。父も、私をそう言って育てました」

ミラルはそこで言葉を切った。なにか付け加えかけたが、口をとじ、かすかな微笑みを浮かべた。どこか陰のある微笑みだった。

安房那侯は、深くうなずいた。

「良い話を聞かせてもらった。オタワルの人々が技術を磨いてきた、その思いを知ることができた。ありがとう」

ミラルは、ぱっと頬を赤らめた。

「……調子に乗って、長々と、偉《えら》そうなことを申し上げました。お許しください」

安房那侯は微笑んだ。

「いやいや。理から路《みち》を見せる語り方、やはりラハル殿の娘御、よく似ておる」

そのとき、どこかから鐘の音が聞こえてきた。

「お、ようやく朝食の支度ができたようだ。さ、参ろう」

立ち上がった安房那侯に、ホッサルが、

「私たちは少し遅《おく》れて伺ってもよろしいでしょうか。ほんの少しですが、ミラルと話したいことがございますので」

と、言うと安房那侯は微笑んでうなずいた。

「どうぞ、どうぞ。私が余計なことを話しすぎ、時間をとってしまったな。お許しあれ」

彼が出ていくと、ホッサルは真那《まな》を見た。

「お父上は近習《きんじゅ》をお連れにならないのだな」

王幡侯《オウハン》など東乎瑠《ツオル》の領主たちは、自分の城の中でも腕の立つ近習たちに囲まれて動いている。

「廊下に近習がいなかったから、まさか御領主さまがここにおられるとは思わなかったよ」

真那は、ちょっと困ったような顔になった。

「いえ、いますよ。いまも、いざというときは守れるところから父を見守っているはずです。でも、父はああいう人で、なんというか、他の人を威圧することを嫌うのです。目立たぬようにせねばならない近習たちは、むしろ苦労しているのでは、と思うのですが」

真那が口を閉じると、しばし、沈黙《ちんもく》が落ちた。

ミラルとホッサルを交互《こうご》に見て、真那は、あの、と言った。

「思ったのですが、ミラルさん、今夜からは、下ノ館ではなくてホッサル師のところで寝ますか？」

ホッサルが、ひょいっと眉を上げた。

「おっと、なかなか直截《ちょくせつ》な言い方をするな、君は」

とたんに真那は赤くなった。

「いえ、他の言い方がわからなくて……」

ミラルはホッサルを睨んでから、真那に向きなおった。

「そうしてもらえるとうれしいけど、でも、遠慮《えんりょ》しようかな。ホッサルさまが悪い印象で見られたらいけないし」

真那は真面目な表情で言った。

「ミラルさんと一緒におられるからといって、ホッサル師の印象に傷がつくということはないと思いますが。

東乎瑠では確かに、結婚していない男女がひとつ部屋で寝るというのは、あまり良い印象のことではありませんが、おふたりはオタワル人ですし」

ホッサルが苦笑を浮かべたとき、背後から、あの、という声がした。

みながふり返ると、カオラが寝台に座ってこちらを見ていた。

「……私のようなものが、差し出がましいと存じますが、ひとこと申し上げても、よろしいでしょうか」

ホッサルがうなずいた。

「かまわないよ。なんだい？」

カオラは唇を湿してから、口を開いた。

「ミラルさんと、ホッサルさまが、ひとつお部屋で休まれるのは、お避けになった方がよいのではと思います」

真那《まな》が眉をあげた。

「なぜ？」

カオラは真那を見上げた。

「真那さまがおっしゃるように、そのことで、ホッサルさまのご評価が下がるというようなことはないでしょう。でも、ラハルさまには、あまり……」

ミラルが、さっと顔をしかめた。

「父は一時滞在者だし、そんなことは……」

言いかけて口を閉じ、苦し気な顔になった。

その顔を見ながら、カオラは静かな口調で言った。

「確かにラハルさまは東平瑠《ツオル》各地を渡り歩かれる方ですし、名工として名高い方ですから、お仕事に差し障りがあるとは思いませんが、私は、職人方とのご商売をしておりますので、東平瑠の職人気質《かたぎ》をよく知っております。——東平瑠の職人たちは、自分たちはともかく、妻や娘には身持ちの堅さをきつく求めるものです。ラハルさまは、そういう方々と、これからも数年は一緒にお仕事をされるので……」

パンッと、いきなり大きな音がしたので、皆がはっと驚いた顔になった。

手を叩いたホッサルは、その手をひらひらと振《ふ》ってみせた。

「やめ、やめ。そのあたりにしてくれよ。聞いていて、身の置きどころがなくなるぜ」

そして、真那を見上げた。

「基本、いまのまま別に寝るよ。でも、欲しくなったら合図するから、ミラルが夜這《よば》いしてくる手引きを頼む。おれが忍んでいったら、ラハルさんに叩き殺されるから」

ミラルが苦笑した。

「ばか。夜這いなんてしないわよ」

ホッサルは真顔になった。

「いや、冗談抜きで、夜這いは頼みたいな。積もる話をしたい夜もあるだろうしさ」

ふっと、ミラルも真顔になった。

「……そうね。ずっとばらばらっていうのも、ちょっとね」

真那がうなずいた。

「わかりました。それでは、及ばずながら私が夜這いの手引きを致しましょう」

その真面目な言い方に、ホッサルとミラルはちらっと目を見合わせて、苦笑した。

朝食が供される朝食ノ間に向かって廊下を歩きながら、ホッサルはミラルにささやいた。

「ラハルさん、お元気だったか」

ミラルは前を向いたまま、答えた。

「元気、元気。相変わらず無口で、一緒にいると気づまりだったけど、元気は元気だったわ」

「一度、挨拶をしないとな。いつがいいか、聞いてくれよ」

相変わらず前を向いたまま、ミラルは首を横にふった。

「挨拶なんていらないわよ。今日はもう現場に出ちゃうって言ってたし」

頑《かたく》なにこちらを見ようとしないミラルの横顔をちらっと見て、ホッサルは心の中でため息をついた。

＊

足音が遠ざかり、部屋の外から人の気配が消えると、寝台に横たわっている商人がカオラに顔を向けた。

「……安房那《あわな》の御領主、なにを考えていると思う？」

カオラはかすかに肩《かた》をすくめ、答えなかったが、商人は構わずに言葉を継いだ。

「おれは初見だが、噂《うわさ》通り、腹の底が見えぬ御仁だな」

そして、わずかに目を細めた。

「おまえはどう見た？　安房那侯が、こちらの動きを察して謀《はか》ったと思うか？」

カオラは目を細めた。

「それはない、と思うけれど、その可能性も考えておかねばね。少なくとも息子がひとりで考えて、ということはなさそうだし」

商人は腕を撫《な》でた。

「しかし、なかなか複雑になったな。この時期にホッサルさまが安房那にいる、となると。考えておかねばならんことが増えた」

カオラは苦笑した。

「確かに」

そして、すっと笑みを消した。

「思いがけぬことで整えた場が乱れるのはよくあることだけど、今回は……難しい」

チチチ、と鳥が鳴いた。

羽ばたいて窓を横切っていく鳥たちの影が、すっすっと床を走った。

商人は怪我をした足に触《ふ》れながら、うなった。

「忘れぬうちに言っておくが、奴《やつ》はもう二度と使うなよ」

「下手だった？」

「ああ。斬り方が深過ぎる」

カオラは自分の腕に目をやった。

「こちらは上手《うま》かったわ。──ま、急なことだったから下手な奴が紛《まぎ》れこんだわね。今後は予備の人選を予《あらかじ》めやっておくわ」

五　ふたつの道、ひとつの行き先

「……これは、広いな」

朝食のあと、下ノ館に設けられている〈諸診《しょしん》ノ間〉に案内されて、ホッサルは思わず声をあげた。

領主家の家臣たちはもちろん、重い病にかかった領民もここで診るという〈諸診ノ間〉は、城の大広間がふたつ、すっぽり入るくらいの広い板張りの部屋で、患者が横たわる寝台は、衝立《ついたて》で仕切られていた。

ホッサルとミラル、マコウカンを導いて真那《まな》が入っていくと、祭司医たちが気づいて立ち上がり、頭を下げた。

真那もまた、きちんと腰を折り、彼らに深く頭を下げた。

顔をあげた真那は、ホッサルの表情に気づくと、微笑んだ。

「ここにいる祭司医はみな父の教えを乞い、修業している弟子で、私の兄弟弟子です。医の道に仕える者同士。領主の息子であることは、ここでは関係ないのです」

祭司医たちはそれぞれの患者の治療に戻ったが、ホッサルたちのことを意識している気配が、ありありと感じられた。

「こちらへ」

真那《まな》は、部屋の奥の衝立にホッサルたちを導いた。

寝台には白髪の老女が横たわっていて、真那に気づくと身体を起こそうとした。

「あ、焦《あせ》らずに起きよう、ゆっくりと」

真那は穏やかに声をかけて老女の肩を支えて座らせてから、寝台からずり落ちそうになっている上掛けをとって、丁寧な仕草で折りたたんで寝台の脇に置いた。

「さてさて、どうですか、胸の痛みは」

真那が尋ねると、老女は、

「おかげさまで、まるで痛みません。昨日はぐっすり眠れました」

と、小声で答えた。

「それは良かった。……では、ちょっと診ましょうか」

真那は老女の両手をとって脈を診、それから舌の表と裏を見た。そして、首の両側に指をあてて目を閉じ、しばらくじっとしていたが、やがて目を開けた。

「いいようですね」

老女の顔が明るくなった。

「では、家に帰ってよいでしょうか」

真那は微笑んで首を横にふった。

「いや、もうしばらくここで休んでください。家に帰ると、弥乎《やお》さんのことだから、つい仕事をしなくちゃとがんばってしまうでしょう」

「……でも、お蚕《かいこ》さんが」

「それそれ。蚕棚《かいこだな》のところへ行こうと階段を上ってしまうのが一番怖《こわ》い。気になるだろうが、今年はお嫁《よめ》さんたちに任せなさい。今年は絶対に階段を上っちゃいけない」

真那は老女の肩に手を置いて、わかったね、と、意外に強い声で言った。

老女は気圧《けお》されたようにうなずいた。

それを見て、真那は表情をゆるめた。

「ところでね、昨日からすごい名医が安房那《あわな》に来ている。せっかくだから、診てもらおう。いいかね？」

老女は口の中で何かもごもご言いながら、上目遣いでホッサルをちらっと見たが、小さくうなずいた。

「弥乎さんは六十八です。夫は長く庭師頭として城に仕えていた人で、家は養蚕《ようさん》もやっているのですが、三日前に階段を上ろうとして、気を失って転げ落ちかけたので、息子に連れられてここに来ました」

真那が伝える経緯《けいい》をホッサルは黙って聞いていた。

「幸い、すぐ後ろに息子がいたので下に落ちることはなく、怪我もなかったのですが、これまでも階段を上るときに胸が苦しくなったり、息切れがしていたようです。熱はありません。腹の状態も良いようで、便通にも問題はありません」

「なるほど」

うなずいて、ホッサルは椅子に腰をおろし、老女に向き合った。

「こんにちは、弥平《やお》さん。真那《まな》くんの友人のホッサルといいます。ご覧の通りオタワル人ですが、なかなか良い男でしょう？　女人に想いを寄せられることが多くて困っています」

弥平はホッサルの滑らかな軽口に、一瞬面食《めんく》らったように口を半開きにしたが、やがて、ふっと顔をほころばせた。

ホッサルも笑顔になった。

「後ろに立っている、まあまあきれいな女人も医術師ですが、私に惚《ほ》れていて、ここまでついてきているんです」

ミラルは、やれやれ、という顔をして、老女に眉を上げてみせた。

それには構わず、ホッサルはミラルをふりかえって、手をだした。ミラルは携《たずさ》えていた鞄《かばん》の中から聴診《ちょうしん》ノ管をだし、ホッサルに手渡した。

「私たちオタワル人は、こういう道具を作るのが好きでね。これなんか、いつも持ち歩いているのだけど、軽いので邪魔にはならない。ほら、持ってみて」

ホッサルが長い管の先に金属の円盤がついた聴診ノ管を手渡すと、弥乎はそれを両手に載せて、物珍しそうに触った。

「ほんに、軽いものですね。これは何の道具で？」

「これはね、身体の中の音を聴《き》くものなんですよ」

ホッサルは聴診ノ管を返してもらうと、真那を手招きした。

「悪いが、ミラルに頼むわけにもいかんし、真那くん、ちょっとそこに座って、胸をはだけてくれるか？」

真那が興味津々《しんしん》という顔で椅子に腰を下ろし、襟《えり》を解いて、上衣《うわごろも》を帯から抜くと、胸をはだけた。

金属の小さな円盤を手で温めてから、ホッサルは管のもう一方の端、二股《ふたまた》になっている金属の管を両耳に入れて、円盤の方を真那の胸に当てた。

胸の他に首にも円盤を当て、しばらく静かに聴いていたが、やがて、にこっと笑った。

「うん、良い音だ。問題なし。ありがとう。衣を整えていいよ」

ホッサルは老女に向きなおると、円盤をちょっと持ち上げてみせた。

「弥乎さんの身体の音も聴きたいんだけど、いいかな。男の前で胸をはだけるのは恥《は》ずかしいだろうから、ミラルにやってもらってもいいけど」

すると弥乎は、笑いながら首をふった。

「……もう恥ずかしがる年でもありませんので。しわくちゃですが、笑わんで」

そう言って、すいすいと衣を帯から抜いて、胸をはだけた。

「お、ありがとう。では、聴かせてもらうね」

ホッサルはそっと円盤を弥乎《やお》の胸に当て、真那《まな》のときと同じように、何か所か動かしながらじっくりと音を聴き、首の付け根の音も聴いてから、うなずいた。

「弥乎さん、真那くんの言う通りだ。弥乎さんは働きたいだろうけど、身体の方は休ませてくれって言っているよ。階段を上ると胸が苦しかったんだろう？」

「……はあ」

「寝ているときはどう？　座って食事したりしているときに苦しくなることはあった？」

「いえ、そういうことはなかったですねぇ」

「うん、そうか。なら、やっぱり階段は上っちゃだめだよ。坂道の上り下りも、ゆっくりと、胸が苦しくないか気をつけて。重い物も持っちゃだめだ。あ、それから、湯につかることがあるなら、そのときは娘さんか、お嫁さんか、誰かと一緒にいた方がいい。急に具合が悪くなったら、支えてもらえるから」

弥乎は神妙な顔でうなずいた。

ホッサルは弥乎の肩に手を置いて、微笑んだ。

「大丈夫だ。身体が休め、無理をするな、と言っている声をちゃんと聞いてやれば、長生きできるよ」

それを聞いて、弥平は笑顔になった。

ホッサルは脇に立っている真那を見上げた。

「真那くんも聴いてみるかい」

真那はつかのまためらったが、すぐにうなずいて、聴診ノ管を受け取って椅子に座った。

ホッサルは丁寧に使い方を教えてから、自分の衣の胸をはだけた。

「まずは、おれの胸でお試《ため》しだ」

笑いながら、自分の心基部に円盤を当てさせた。

とたんに、真那の目が、ぱっと見開かれた。

「……これは、すごい」

真那が魅《み》せられたように音を聴きながらつぶやいた。

「これほどはっきり聞こえるとは」

「血流の音や、様々な雑音も聞こえると思うが、鼓動《こどう》がはっきり聞こえるだろう？」

「はい」

「ダ、タ、ダ、タ、と聞こえると思う」

ホッサルがそう言ってから口を閉じると、耳を澄ませていた真那《まな》がうなずいた。

「よく聴いてみて。最初のダより、後のタの方が、音が大きいはずだ」

「……ああ、はい」

ホッサルは真那の手をとって、今度は心尖部《しんせんぶ》に当てさせた。

「音が変わったのが、わかるかい」

目を閉じて聴いていた真那が、うなずいた。

「はい。今度は最初のダの方が大きく聞こえます」

ホッサルは微笑んだ。

「お、さすが真那くん。良い耳をしている。——じゃ、今度は、弥平《やお》さんの音を聴いてごらん」

ホッサルは真那の手をとって、胸骨の右縁《うえん》や頸動脈《けいどうみゃく》など、聴くべき位置に、次々に円盤を当てさせ、最後に心尖部から第二肋間《ろっかん》胸骨の右縁に当てさせた。

「おれの時とは、また違う音がするだろう？」

真那は眉根を寄せて、じっと聴き入っている。

「ええ」

うなずきながらも、いまひとつ違いがわからないようだった。

「じゃあ、聴診ノ管の先をひっくり返して、もうひとつの側で聴いてごらん」

「もうひとつの側？　あ、この裏側でも聴くことができるのですか？」

「うん。いままで使っていた平たい側は高い音を聴き取りやすいから呼吸の音などを聴くときは、そちらで聴く。でも、心音の場合、低い音を聴き取るのが大事だから、我々は、その裏側の、椀《わん》を伏《ふ》せたような形の方で聴くんだよ」

真那は興味津々という顔で聴診ノ管の先を裏返し、弥乎の胸に当てた。目を細めて慎重に聴いていたが、やがて、真那の目が大きくなった。真那は顔を上げて、ホッサルにうなずいてみせた。

　ホッサルは微笑んだ。

「違いがわかったかい？　ダッハータ、ダッハータと聞こえないか？　ハの部分が大きく聞こえると思うが」

「……はい。なんとなく、ですが」

「すぐに聴き分けるのは無理だけど、慣れてくると、この音を聴けば心ノ臓の動きが感じられるようになる」

　弥乎を寝かせ、衝立の外に出て、真那は三人を〈諸診ノ間〉の隅にある板敷《いたじ》きの小部屋に案内した。

　医術師たちが休む部屋らしく、若い医術師が、火鉢でお湯を沸かしながら書見にふけっていたが、真那《まな》たちが入っていくと、驚いて立ち上がりかけた。

「あ、いいよ、気にしないで。休んでいてくれ」

手で抑える仕草をして、真那は火鉢のそばに三人を導き、お茶を淹《い》れ始めた。

部屋の小窓は開け放たれていて、涼しい春風がときおり緑の香りを運んでくる。

三人にお茶を出してから、真那はホッサルに黒表紙の薄い冊子をわたした。

「弥平《やお》さんに関する私の診立てはここに書いてあります。ホッサル師の診立て、聞かせていただけますか」

ホッサルは、にやっと笑った。

「腕比べかい？」

真那は苦笑した。

「そういうわけじゃありませんが」

「まあ、いいさ」

真顔にもどり、ホッサルは冊子を閉じたまま脇に置いて、言った。

「もう少しきちんと診察しないといけないが、初診の段階では、心ノ臓の大動脈弁が狭《せば》まっている病だと思う」

真那は、眉根を寄せてホッサルを見つめた。

「……大動脈弁、とは？」

ホッサルは部屋を見回して、机の上に紙と筆があるのを見てとると、机の脇にいる若い医術師に、

「それ、使ってもいいものかな」

と、尋ねた。

彼はうなずき、紙の束と筆を手渡してくれた。

「あ、一枚でいいけど……、ありがとう」

ホッサルは床に紙を置き、さらさらと絵を描いた。

「これ、なんの絵かわかるかい？」

真那も、若い医術師も絵を見つめ、それからホッサルの顔を見た。

「心ノ臓、ですか？」

真那が言うと、ホッサルはうなずいて、真那たちに問うた。

「実物、見たことあるかい？」

若い医術師は首をふったが、真那はうなずいた。

「一度、見ました。幼い頃ですが。野盗《やとう》に胸を斬られた商人が運ばれてきたとき、父が私を呼んで、しっかり見よと、見せてくれました」

「そうか。動きが見えたかい？」

「はい。でも、血でよく見えませんでしたし、すぐに……止まってしまったので」

「清心教医術では、解剖《かいぼう》術は行うのかな？」

真那《まな》はゆっくりと言葉を選びながら答えた。

「行いません。私たちは、見るべきものはすべて体表に現れていると思っておりますので。とはいえ、胸を斬られた商人のお話をしましたが、そういう外傷の治療もしますし、戦場などで斬られた戦士たちの治療もしますので、身体の内側についてまったく知らぬわけではありません。ただ……」

真那は自分の胸をさすりながら、言葉を継いだ。

「傷から見える身体の内側に目を奪《うば》われ過ぎてはいけない、と、父が常々言っておりました。我らの内側で起きていることは、一瞬の滞りもなく動きつづけており、それは、死んだ身体からはわからぬことだ、と」

ホッサルは大きくうなずいた。

「それは本当にその通りだと思う。私も祖父から、そう教えられたよ。だからこそ、私たちは、なんとかして、生きて動いている身体の内側でどんなことが起きているのか知ろうとしているんだ」

ホッサルは筆で、心ノ臓の絵を指し、これまでわかっている心ノ臓の働きについて話しはじめた。

聞くにつれて、真那の後ろから覗き込んでいる若い医術師の表情が曇っていくのを見て、ホッサルは苦笑した。

「……私の説明が信じられないかい？」

若い医術師は、いえ、と、口の中でつぶやいたが、すぐに思い直したようにホッサルを見つめた。

「正直に申せば、信じがたいです。胸を開けば心ノ臓がどう動くか見えるでしょうが、いまのご説明の通り動くとわかるほど、長く見続けることはできますまい。そんなことをすれば死んでしまいます」

　ホッサルはうなずいた。

「その通り。だから、いま話したことが本当に正しいかは、私たちもまだ確信は持っていない。ただ、ある程度は正しいと思っている」

「……その根拠《こんきょ》は？」

「オタワルには、これまで何百年にもわたって、多くの医術師たちが、獣《けもの》や人で観察を続けてきた結果の積み重ねがある。

　例えば、血管を指でつまんでしばらく押さえて、つまんでいる場所の左右どちらに血が溜まるか見れば、血流の方向がわかる。どの血管の、どの方向からどこへ血が流れていくか、詳細《しょうさい》に調べた医術師が、オタワルにはいるんだ。私も……」

　ホッサルは、ちらっとマコウカンに目をやって、唇の端をゆがめた。

「剣闘士《けんとうし》の傷を診るときに、よく血管と血流を観察している。剣闘士は、医術師にとってはありがたい患者だよ」

それから真顔に戻り、若い医術師を見た。

「こうした知識の積み重ねは、まだまだ充分とは言い難《がた》いし、むしろわからないことばかりだけれど、この理解に従って治療すると、効果がでることもある」

ホッサルは真那《まな》を見た。

「さっき、聴診ノ管で心音を聴いたね。心音は心ノ臓の動き、とくに弁の開閉の音であるらしい。弥乎《やお》さんの音には、私の心音とは違う雑音があっただろう？」

「ええ」

「私は心ノ臓に様々な病を抱《かか》えた多くの人々の心音を聴いてきた。そして、亡くなったあと解剖して病態を確かめた。弥乎さんの心音は、心ノ臓の、ここが狭まっているときの特徴《とくちょう》的な音なんだ」

真那はしばし無言で絵を見つめていたが、やがて、顔を上げてホッサルを見た。

「この部分が狭まると、どのような病態が生じるのですか」

「病態が生じているその実態を、実際に観《み》たわけじゃないから、本当にそうであるか確信をもって言えるわけじゃないが、血流がこう流れてきて、こう流れることはわかっている。とすれば、ここが狭まれば、この小さな部屋のような部分の圧力が高まるはずだ。

長い年月、ここに圧力がかかり続けると、ここの筋肉が厚くなる。ほかの弁でも同じようなことが起きるだろうが、ここの弁の場合は特徴的な症状がでる。

ひとつは階段を上ったときなどに現れる胸の痛みだ。それから失神」

真那は眉根を寄せた。

「それらは、他の心ノ臓の病でもでませんか？」

「でるよ。だからこそ、聴診ノ管で音を聴くわけだ。他にも細かいことはあるが、弥乎さんの場合は特徴的な心音と症状が揃《そろ》っていたので、まずはひとつの有力な病の可能性として、頭に置いたわけだ」

真那はうなった。

「……で、治療はどのように？」

ホッサルは筆を置いて、ため息をついた。

「これが、つらいところでね。心ノ臓の病の場合はだいたいそうなのだが、打てる手は正直、あまりない。血流の圧力を下げる薬を処方することと、あとは日常生活でいくつか気をつけさせるくらいで。真那くんが弥乎さんに言っていたのと、同じようなことだが」

それを聞くと、真那は、ホッサルがさっき脇に置いた冊子を指さし、読むように促した。

「あ、そうか。どれどれ、君の診立ては……」

冊子を開いて中を読み、ホッサルは考えこんだ。

「……なに？　私にも見せてよ」

ミラルが出した手に、ホッサルは冊子を載せた。

真那《まな》の几帳面《きちょうめん》な字を目で追って、読み終えると、ミラルは、なるほど、とつぶやいた。

これまでずっと黙っていたマコウカンが、初めて口をはさんだ。

「どんな診立てなのです？」

ホッサルが口を開きかけたとき、入り口の方から、真那の名を呼ぶ声が聞こえてきた。

真那が立って行って小部屋の戸を開けると、下仕えの者らしい若者が戸口に立ったまま、言った。

「真那さま、御領主さまがお呼びでございます。上ノ館へお戻りください」

真那が、つかのま困ったようにホッサルを見た。

「構わないよ、おれたちはここで待たせてもらうから」

ホッサルが言うと、真那はうなずいた。

「ありがとうございます。長引くようなら、小者に言伝《ことづて》を届けさせますので」

真那が出ていくと、マコウカンが、ミラルの手元にある冊子を指さした。

「教えてください。どんな診立てだったんです？」

ホッサルは眉を上げた。

「おまえ、意外にしつこいな。おまえが診立てを聞いたって、わからんだろうに」

ミラルがホッサルを軽く睨んだ。

「また、そういうことを言う。だいたい、あなたに聞いたんじゃないわよ。マコウカンくんは、私に聞いたの」

ミラルはマコウカンに冊子を渡した。

冊子に視線を落とし、マコウカンは口の中でつぶやきながら真那の診立てを読んだ。

「……心ノ臓病《や》みて、血脈の巡りに不調あり。頸の脈触れにくく、振動《しんどう》を感ず。圧を減じ、労作を避けるべきなり……」

マコウカンは顔をあげて、ミラルを見た。

「これは、当たっている……わけですな？」

ミラルはうなずいた。

「単純で、あっさりとした診立てだけど、治療の方針は私たちと同じよ。――歩いてきた道は違うけど、辿り着いた先は同じっていう感じね」

ホッサルが口の端を歪めた。

そして、若い医術師に目を向けた。

「患者の病歴を聞いて、脈を診るだけで、この結論に達することができるわけか」

若い医術師は気負った表情になった。

「私たちは、もっと全体を診ています。顔色、表情、話し方、歩き方、息の匂い、舌の状態、目の状態、尿《にょう》の色や匂いなど。脈は、ただその打ち方を感じ取るだけでなく、脈を診るために手首に触れることで、肌の感触《かんしょく》もわかりますし、なんというか、患者とのつながりもできるのです」

「患者とのつながり？」

「はい。羽羅那《はらな》大師——安房那《あわな》侯さま——は、患者とつながり、患者から信を置かれ、患者に信を置くことが第一、と、常々、私たちを諭しておられます」

「……」

「患者と真につながることができれば、病を己のこととして感じることができるようになり、自《おの》ずと正しい治療の道が見えるもの。私なぞは、まだまだですが、真那《まな》さんは凄《すご》いです」

ホッサルは、しばらく黙って何か考えていたが、やがて、口を開いた。

「オタワルの医術師は、身体の内側で何が起きているか、その原因について慎重に探《さぐ》ることを第一に考える。同じ心ノ臓の病変でも、その病変の在り方は千差万別《ばんべつ》で、それに気づかずに治療をすると大きな間違いを犯《おか》しかねないから」

　そう言ってから、かすかに微笑んだ。

「我らは、事を分けて、分けて、分け続ける。分かちがたい真実へ辿り着くまで。君らは、むしろ、まずはまとまりを知り、そこから変化の予兆を感じ取るわけだな」

　ホッサルはミラルに明るい目を向けた。

「面白いな。おまえが言う通り、歩いている道は違うが、行き先がひとつだとしたら、これは、本当に面白いな」

六　禁じられた薬

安房那《あわな》侯の居室は、上ノ館の奥まったところにある。

真那《まな》が到着《とうちゃく》を告げて、戸を開けると、安房那侯と話し込んでいた兄がふり返った。

「……兄上」

「おう、来たか」

兄の汪那《おうな》は太い声で言って、自分の隣に座るよう椅子を示した。

兄と言っても、十も年が離れているので、こうして父と兄に囲まれると父親ふたりに囲まれているような、やや畏《かしこ》まった気持ちになる。

兄の顔は赤らんでいた。怒《いか》りを抑えているとき、兄はこういう顔になる。

「……何事ですか」

兄は目顔で机の上を示した。巻文《まいぶみ》が長々と広げられている。

「読んでみよ」

促されて巻文をとりあげ、読み進めるうちに、真那は青ざめていった。

読み終えて、真那は父と兄を見た。

「陶那《とうな》師まで宮を追われるとは……！　昨年、野那《のな》師が追われたばかりなのに」

真那は、兄弟子の陶那のすっきりとした細面の顔を思いだして、顔を歪めた。

陶那は安房那侯の愛弟子で、宮廷に仕える宮廷祭司医の中でも人望の厚い好人物だ。

巻文は、陶那が安房那侯に宛《あ》てて送ってきた便りで、宮廷祭司医の資格を剝奪《はくだつ》されて宮を追われた経緯と、安房那侯への深い陳謝《ちんしゃ》が綴《つづ》られていた。

先月、皇帝に仕える侍従長の娘が、突然、魂が抜けたようにぼうっとして、人の問いかけにも応《こた》えぬようになり、心の病に詳《くわ》しい陶那がその治療に当たった。

陶那は、その娘に、ある薬を飲ませた。これが著効を示して、娘は数日経つうちに、目に光が戻り、問いかけに応えるまでに回復した。

侍従長は非常に喜んだが、薬を作る過程を盗《ぬす》み見た津雅那《つがな》の弟子が、陶那が作っていたのが古流の薬であることに気づき、仰天《ぎょうてん》して津雅那に伝えたのだという。

津雅那は激怒《げきど》し、清心教医術がとうに捨て去ったはずの穢れた薬をいまだに用いている者は宮廷祭司医の格に非《あら》ずと、祭司医長に詰《つ》め寄った。

祭司医長は津雅那の訴《うった》えを認め、陶那は宮廷祭司医の位を剝奪された。

「……父上」

真那は巻文から目を上げ、真剣な表情で、安房那侯を見つめた。

「昨年、野那師が宮廷祭司医の位を剝奪されたのも、古流の薬を使ったことが理由でしたが、父上は、このことをどう思っておられるのですか。古流の薬というのは、本当に、それほど穢れた薬なのですか？」

言ってから、すぐに真那《まな》は言葉を継いだ。

「もちろん、上師《じょうし》の資格がない私には語れぬことであるなら、尋ねてはいけないことなのかもしれませんが……」

祭司医には下師《かし》、中師《ちゅうし》、上師という三つの位があり、位を昇《のぼ》るに連れて、使うことが出来る薬の種類が増えていく。上位の医術師のみが使うことを許されている薬について、下位の医術師が知ることは堅く禁じられている。

陶那《とうな》の巻文の中にあった「古流の薬」というのは、かつて存在していたが、いまは使うことが禁じられている種類の薬のことであり、その詳細を知ることが出来るのも上師に限られていた。

安房那《あわな》侯は末の息子を見つめて、しばし考えていたが、やがて、穏やかな声で言った。

「そう……それは、まだ中師のおまえに語るのは、難しいな」

真那の目に落胆《らくたん》の色が浮かぶのを見ながら、安房那侯は言った。

「ある薬が禁止薬とされたことには、それなりの理由がある。野那《のな》も陶那もその理由を知りながら使ったわけだ。彼らは独り立ちして長年医術に携わってきた上師。その判断には彼らなりの理由があったのだろう」

「……」

真那は、もう一度巻文に目を落とした。

陶那の筆致《ひっち》は淡々《たんたん》としていて、事実のみが綴られていたが、文末近くの、

――いまは、至極《しごく》晴れ晴れとした心地でおります。宮の外にも人の暮らしはあるもの。救える患者を救えぬ日々を過ごすより、余程、医術師の天分を全《まっと》うできましょう……。

という言葉に、彼が、最近の宮廷祭司医の暮らしに抱いていた思いが読み取れた。

「……父上」

兄の声に、真那は、はっと顔を上げた。その声に、不安の響《ひび》きがあったからだ。実際、兄の顔はかすかに青ざめていた。

「これほど短い期間で、野那師に続いて、陶那師まで古流の薬を用いたというのは、いささか、津雅那《つがな》派に都合が良過ぎませぬか？

野那師の場合は……仕方がない。むしろ、こともあろうに、津雅那の愛弟子が見ているところで古流の秘薬を使ったのだから。あれは、彼の大失策……」

安房那《あわな》侯は長子をたしなめた。

「そう言うな。愛娘が土毒《どどく》に当たって、目の前で苦しんでいたのだ。娘が、自宅ではなく、お招きを受けて宮に滞在している間に発症したというのが野那《のな》の不運だった」

兄は身を乗り出して、声を低めた。

「いや、しかし、父上、こう続くとなると不運で片付けてはならぬように思います。あれは本当に偶然《ぐうぜん》だったのでしょうか？　津雅那《つがな》の手の者が、野那師の娘に土毒を盛ったということは……」

安房那侯は首をふった。

「それはなかろう」

「……しかし」

安房那侯は長子を見つめ、ほろ苦い笑みを浮かべた。

「津雅那師は確かに教条的で融通《ゆうずう》の利かぬ男だが、それは、彼の、清くあろうとする心が強過ぎるゆえ。決して我欲《がよく》で動いているわけではない。

彼ほど清心教医術を真直ぐに信奉《しんぽう》している医術師は、他にはおるまい。神に向かい合う心で医術に向き合っている男だ。自分が宮廷祭司医長になるために、人に毒を盛るようなことは決してすまいよ」

汪那《おうな》は首をふった。

「いや、いや、父上！　私も、津雅那がやったとは思っておりません。父上がおっしゃるとおり、彼は清廉《せいれん》潔白を絵に描いたような男ですから。だから、私は、手の者、と言ったのですよ。津雅那に心酔している一派は、彼が祭司医長に推されているいま、他の有力な祭司医たちを、なんとかして排除《はいじょ》しておきたいでしょうから」

「……ああ」

安房那侯はため息をついた。

「その可能性は、ないとは言えぬな」

汪那は父を見つめた。

「それに、ことは単に宮廷祭司医の勢力争いに留まっておりません」

汪那と真那《まな》は、しばし、黙って見つめ合った。心に去来しているものは同じで、わざわざ口にだす必要もなかった。

しかし、安房那侯はいつものように、淡々とした表情で巻文に視線を落としており、その顔からは何を考えているのか、まるで読み取れなかった。

真那は眉をひそめて父を見つめた。

（……父上は）

何を心に秘めておられるのだろう、と、真那は思った。

自分には知らされていないことがある。判断をさせてもらえないことが、まだ、たくさんある。それが、真那《まな》には口惜《くちお》しく、そして、恐ろしかった。

七　亜々弥の病

ホッサルの大叔父オウロは、ホッサルたちが安房那《あわな》に着いた三日後に、城に戻ってきた。

廊下にまで聞こえてくる笑い声に、ホッサルは思わず苦笑を浮かべた。

大叔父の笑い声には特徴がある。もう長く顔を合わせていないが、笑い声を聞いただけで、その部屋にオウロがいることがわかった。

真那に導かれて部屋に入っていくと、長椅子に腰かけている老婦人の脇に座っていたオウロがふり返り、おお、と、言った。

「来たか。おまえがいると聞いて、びっくりしたぞ」

祖父のリムエッルは長身だが、その弟のオウロは、男にしては短躯《たんく》で腹が出ており、肩も丸く、全体に柔らかい感じがする。

顔つきも柔和《にゅうわ》で、笑顔がよく似合った。

「なんだ、随分老《ふ》けたな、おまえ！」

ホッサルはつかのま言葉を返せずにいた。

老けたというなら、大叔父の方がびっくりするくらい老けていたからだ。祖父のリムエッルより七歳若いはずだが、リムエッルより老けて見える。

「そりゃ老けもしますよ、もう十年近くお目にかかっていないのですから」

オウロは真っ白になった眉を上げた。

「そうか？　そんなに経つか。確かに最後に会ったときは、おまえはまだ二十歳《はたち》前だったな」

言いながら、ホッサルの背後に控《ひか》えているミラルに視線を向けた。

「お、ミラル！　そなたはあまり変わらぬな、もともと童顔だったからかな」

ミラルは、ホッサルの施療院に引き抜かれる前、創薬の仕事をしていたので、オウロとは面識があった。

ミラルは笑顔になり、深く頭をさげてお辞儀をした。

「お目にかかれて幸せでございます」

笑顔でうなずいてから、オウロは長椅子に腰かけている老婦人をふりかえった。

「志津弥《しづや》さま、紹介《しょうかい》させてください。これが、私の兄の孫ホッサル＝ユグラウルです」

老婦人はおっとりと微笑んだ。真那《まな》の祖母、安房那《あわな》侯の母である志津弥は小柄で、柔和な感じのする人だった。

志津弥はホッサルを傍らに招いた。

「安房那にようこそ。お噂はたくさん聞いておりますよ。歓迎の宴《うたげ》に出ず、ごめんなさいね」

ホッサルは招かれるまま、志津弥のそばの椅子に座った。

志津弥はいかにも東平瑠《ツオル》の貴人らしく、行儀よく膝《ひざ》に手を置いていたが、その指は両手ともに、手首に近い第二、第三関節が腫れて、やや変形している。

「志津弥さまは関節熱を患っておられるのだ。清心教医術では湿関痛《しっかんつう》と呼ぶそうだが、産後に発症されて、もう五十年近く患っておられるとのことでね」

オウロの言葉に、ホッサルは驚いた。

「五十年ですか。それほど長く患っておられるとは思えぬ指をしておられますね」

関節熱はつらい病だ。軽い病態の人もいるが、五十年も患っていれば、通常は指がもっと変形している。

志津弥は微笑んで手をさすった。

「私は幸せ者なのですよ。安房那は医術の郷《さと》。息子も孫も、よく私を診てくれますの」

言いながら、すっとオウロに目を向けた。

「それでも、指やら膝やらがとても痛い日もありましてね。困っていたのですけれど、オウロさまが処方してくださったお薬を飲んだら、まあ、良く効いて。いまはもう、あのお薬が手放せません」

それを聞いて、オウロが満面の笑みを浮かべた。

「アチルですか？」

ホッサルが聞くと、オウロがうなずいた。

「うむ。よく効いてくれているよ。あれは本当に良い薬だ」

アチルはオウロが創《つく》った薬で、炎症を抑え、痛みを鎮める効果がある。原材料の樹皮に鎮痛《ちんつう》の薬効があることは昔から知られていたが、非常に苦く、飲むと胃《い》ノ腑《ふ》が痛むことがあった。長く創薬の仕事をしていたオウロは、この薬を胃に障りにくくする方法を見出《みいだ》し、子どもでも飲める薬に変えたのだった。

「兄上がな、安房那《あわな》侯におっしゃったのだそうだ。私なら良い薬を処方できると」

「お祖父さまが？」

「うむ。それで、安房那にお招きいただき、志津弥《しづや》さまにお目にかかれたというわけだ」

口調は平然としていたが、大叔父の頬は上気し、目が輝いている。

ホッサルは志津弥の手に視線を落とした。大叔父の、親に褒《ほ》められた子どものような顔を見ていたくなかった。

戸の外で小さな鈴《すず》の音がした。とたんに、志津弥の顔がぱっと明るくなった。

「あ、亜々弥《ああや》が来たようね」

その声にかぶさるように、

「お邪魔してよろしいでしょうか？」

という、涼やかな声が聞こえてきて、ホッサルは、はっと戸口の方をふり返った。

「お入り」

志津弥の答えを受けて、幼い少女の手を引いて入ってきたのは、梨穂宇《りほう》だった。侍女がふたり、お茶と茶菓子を持って後に続いている。

少女は小さな鈴がついた髪飾りをつけており、歩くたびにその鈴がチリチリと良い音をたてた。

「おお、おお、亜々弥、よく来ましたね」

志津弥は幼いひ孫の両肩を手で優《やさ》しくつつみ、

「今日は、足は痛くないかえ？」

と、尋ねた。

亜々弥は首をふって、小さな声で、

「痛くありません、大お祖母さま」

と、答えた。それから、少し舌足らずな口調で、

「大お祖母さまは？　きょうは、痛くないですか？」

と、尋ねた。

その声に、不安そうな響きがあるのを感じて、ホッサルは思わず少女の横顔を見直した。これほど幼い子が、本気で曾祖母《そうそぼ》の痛みを案じているのが、なんだか珍しく思えたからだ。

亜々弥《ああや》は大きな黒い瞳でまっすぐに曾祖母を見つめていた。

「亜々弥さん、ほら、お土産《みやげ》を買ってきましたぞ」

オウロが声をかけると、亜々弥はびくっとオウロをふり仰いだ。

オウロは床に置いていた袋から、美しい着物をまとった人形をとりだして、亜々弥に差し出した。

「……ありがとう」

蚊《か》の鳴くような声で言いながら人形を受けとり、赤ん坊を抱くように人形を抱くと、亜々弥の顔にゆっくりと笑みが広がった。

「亜々弥、良かったわね」

梨穂宇《りほう》が言うと、亜々弥は微笑んだまま、こくっとうなずいた。

「長くお待たせしてしまったが、今度は多めにお薬を持ってきたよ。しばらく切らすことはないから安心しなされ」

オウロが優しい口調で言うと、亜々弥は、ちょっと顔を曇らせ、それから、かすかにうなずいた。

「……亜々弥」

真那《まな》が姪の脇に座り、そっとその手をとった。真那が大好きなのだろう。亜々弥の顔が、さっと明るくなった。

「叔父さんの大切なお友達を紹介しよう」

目顔で促され、ホッサルは真直ぐに少女の目を見て、微笑んだ。

「こんにちは。叔父さんの友達の、ホッサルだ。あの丸っこいおじいちゃんの……」

オウロを指さすと、丸っこいおじいちゃん、という言葉が可笑《おか》しかったのだろう、亜々弥の目にちらっと笑みがひらめいた。

「お兄さんの、子どもの、子どもだ……と言われても、こんがらがっちゃうかな」

ホッサルが、にやっと笑うと、亜々弥も、つられて、白い小さな歯をみせた。

「真那叔父さんに聞いたんだけど、亜々弥ちゃんは、どっかが痛いことがあるんだって？」

亜々弥はこくっとうなずいた。

「どこが痛いの？」

尋ねると、亜々弥はちょっと顔をしかめ、指で、膝や足首などをちょん、ちょんと示した。

「お、そうか。膝が痛いのか。痛くしないから、ちょっと触ってみてもいいかな？」

真那《まな》に視線を向けると、真那はうなずいて、亜々弥《ああや》を別の長椅子に連れて行って座らせた。梨穂宇《りほう》がすっと立って行って、優しい手つきで亜々弥の上衣を脱がせた。そのとき、突然、ホッサルが鼻歌を歌いだしたので、真那はびっくりしてホッサルをふり返った。

志津弥《しづや》や梨穂宇も驚いた顔になったが、ミラルはただ、じっとホッサルを見守っていた。

幼い子どもを診るとき、ホッサルはよくこうして鼻歌を歌う。調子が良くて明るい鼻歌で、聴いているとふんふん、一緒に歌いたくなるような鼻歌だ。

長椅子に座らされて緊張していた亜々弥は、目を丸くしてホッサルを見ている。ホッサルは傍らに腰を下ろし、ふん、ふん、と鼻歌を歌いながら、眉をひょこひょこ動かした。

あまりに見事に眉が動くので、亜々弥が、こらえきれずに、くすくす笑いだした。

「さあて、さてさて、お嬢さん、これなる指がそなたにふれるぞ」

妙な調子をつけて歌うように言いながら、ホッサルは亜々弥の肩から、ゆっくりと診察を始めた。

「優しい手でも、痛いところにふれたなら、ちょいとは痛いこともある。痛かったら、おじちゃん、そこ痛いよ～と、言うのじゃぞ？」

ふざけた口調で言うと、亜々弥はくすくす笑いながらうなずいた。

肩関節と鎖骨《さこつ》の間のくぼみをゆっくりと親指で押しこみながら、ホッサルは尋ねるように亜々弥を見たが、亜々弥は痛くない、というように首を横にふった。

ホッサルは、今度はてのひら全体で小さな亜々弥の肩を包むようにした。それから、細い腕をもってゆっくりと動かして、その動きを観察した。

ときおり痛いかい？　と声をかけ、亜々弥の表情を見ながら、肩から肘《ひじ》、頸椎《けいつい》や顎と、両手の指を一本ずつ、丹念《たんねん》に上半身を診察し、それから、そっと亜々弥を横たわらせて、今度は下肢《かし》の診察を始めた。

太ももに両手を並べて当てて、太ももを包むようにし、ゆっくり、てのひら全体で押すと、亜々弥はちょっと身を硬《かた》くした。

「痛い？」

亜々弥はうなずいた。

「ごめんね。そしたら、ちょっと膝を立ててみようか」

膝裏に手をそえて膝を持ち上げ、少し立てた状態にして、その形状を見つめ、ホッサルはかすかに目を細めた。

「これも、つらいね？」

亜々弥はまた、顎をひくようにしてうなずいた。唇をきゅっと結んで、じっと天《てん》井《じょう》を見ている。

その目が何かを追うように動いているのを見て、ホッサルは小さい声で尋ねた。

「なにを見てるの？」

亜々弥《ああや》は瞬きをして、ちらっとホッサルを見た。

「……のね」

かすれた、小さな声だった。思わず口元に耳を近づけると、亜々弥の息が耳たぶにかかった。甘栗《あまぐり》のような香ばしい、温かい息だった。

「ピッピさんを見てるの」

ホッサルは、小首を傾《かし》げた。

「ピッピさん？」

「……鳥さん。ちょっと嘴が短いの」

亜々弥は小さい声で、それでも一生懸命答えてくれた。

「天井にいるのは、ほんとのピッピさんじゃないけど、ピッピさんの顔をしてるの。嘴が短いの」

天井を見上げると、長い年月を経て飴《あめ》色に変色している木目が見えた。どれが鳥に見えているのか、正直よくわからなかったが、いくつか、そう見えなくもないという木目はあった。

「……いつもピッピさんを見ているの？」

　尋ねると、亜々弥はうなずいた。その大きな黒い瞳には、笑みはなかった。

　亜々弥と他愛ないおしゃべりをしながら、全身の関節を診終えると、ホッサルは亜々弥の背に手を入れて、

「ご苦労さまだったなぁ！　さ、じゃ、お茶にしよう。美味しいお菓子も食べよう」

と言いながら、ゆっくりと起こしてあげた。

　それを合図に皆で食卓を囲み、和やかなお茶のひとときがはじまった。

　木の実をたっぷりと入れて焼いた黄金色の菓子は香ばしくて、口に入れると、蜜の濃厚な甘みが広がった。

「お菓子を食べたら、お薬を飲むんだよ」

　オウロが言うと、亜々弥の顔がくもった。それを見て、ホッサルが声をかけた。

「丸っこいおじいちゃんのお薬、飲むの、嫌なのかい？」

　亜々弥の瞳がゆれた。

　志《し》津弥《づや》が脇から、たしなめるように言った。

「我儘《わがまま》を言ってはだめですよ。痛いときに飲むと、痛くなくなるでしょう？」

　亜々弥はうなずいたが、その顔はくもったままだった。

オウロは笑いながら、亜々弥《ああや》の頭を撫でた。

「苦いから、嫌なのだろうな。よおし、今日は特別に甘い蜜湯で飲ませてあげよう」

頭を撫でられながら、うつむいている亜々弥の顔を、ホッサルはじっと見つめていた。

菓子を食べ終わり、亜々弥が侍女に連れられて部屋を出ていくと、真那《まな》が、さて、と、ホッサルに顔を向けた。

「どう思われますか」

ホッサルはちらっと大叔父を見た。

「大叔父上は、どう診立てておられるのでしょうか」

オウロは、にやっと笑った。

「や、まずはそなたの診立てを聞こう。わしは後出しをさせてもらう」

ホッサルは苦笑したが、すぐに真顔になって、真那を見た。

「あくまでも関節を診た限りでは、という段階の診立てだが、関節には確かに問題があるようだね。私たちは……」

ホッサルは三本指を立てた。

「関節については、まず三つのことを診る。熱感があるか、腫れがあるか、疼痛《とうつう》があるか。それから可動域を見る」

真那は微笑んだ。

「私たちも、まったく同じことを診ます」

「そうか。では、教えて欲しいのだが、今日診た限りでは、両膝と足首の関節以外には大きな異状は見られなかったけれど、これまでもそうかな？」

真那は少し考えてから答えた。

「そう。明らかな異状があるのは、膝と足首ですね」

うなずいて、ホッサルは梨穂宇《りほう》を見た。

「梨穂宇さんは、亜々弥さんの寝起きの様子などご存じですか？」

いきなり問われて、梨穂宇は少し驚いた顔になったが、すぐに穏やかな声で答えた。

「乳母から聞いていることで、私が直接見たわけではないのですけれど、亜々弥は寝起きが悪くて、朝は目が覚めていても、じっと寝《ね》床《どこ》で動かないようです。起きてからも、しばらくは足取りがあやういので、転ばぬよう気をつけているそうです」

ホッサルは笑顔になった。

「いや、たすかります。聞きたいことをすべて答えていただいた」

そして、真那とオウロを見た。

「こういうことを考え合わせると、やはり、まず頭に浮かぶのは関節熱……」

とたんに、志津弥《しづや》が、ああ、と、うつむいた。

「いや、志津弥《しづや》さま、そこまでご心配にならずとも、まだ、そうと決まったわけではありません。関節が痛む、という病は、たくさんあるのです。いま、こうして診ただけで、これこれ、と確定できるようなものではないのです」

真那《まな》が、小さくうなずいた。

「たとえ関節熱であったとしても、あのくらいの年の子どもで、痛みのある関節が膝と足首の四か所だけ、というような場合は、貴方《あなた》さまの病よりはずっと軽いことも多いのですよ」

志津弥が、ぱっと顔を上げた。

「え、そうなのですか？」

「ええ。自然に治っていく子もおります」

オウロがにやっと笑った。

「ほうら、私が申した通りでしょう、過度に心配なさるな、と。子どもでも全身の関節に痛みがでたり、腋《わき》の下や鼠径《そけい》部に腫れがでたりする場合は難物ですが、亜々弥《ああや》さんのように、下肢の数か所だけ、というような場合は軽いのですよ」

ぱたぱたと自分の足をはたきながら、オウロは続けた。

「この病は、痛みと腫れを薬で抑えるのが何より大事なのです」

ホッサルはちらっと真那を見た。真那は無表情だったが、オウロの方を見ず、お茶に視線を落としている。

「……大叔父上、亜々弥さんにアチルを処方しておられるそうですが、効果はどうですか」

オウロは瞬きをした。

「まだ二回処方しただけだが、よく効いたよ。ただ、子どもゆえ、処方する分量の見極めが難しい。初回は、強い痛みに苦しんでいたから、かなり多い量を飲ませたが、やはり胃ノ腑を荒《あ》らしてしまったようだ。それに、アチルは苦いしな」

オウロは苦笑した。

「長く、良い状態を維持《いじ》するためには、適量を見つけねばならん。飲みやすくする工夫も考えようと思っているところだ」

平然としている大叔父の顔を見ながら、ホッサルは漠然とした不安が胸の底をさすっていくのを感じた。

＊

その夜、亜々弥の膝が腫れあがった。

八　アチルが見せたこと

夕食が終わると、真那《まな》は、ホッサルたちを自室に招いた。

それぞれが低い椅子に腰を下ろし、盃《さかずき》に注《つ》がれた上等の花酒を片手に、今日のあれこれを話しはじめたとき、廊下を駆けてくる足音とともに侍女の切迫した声が聞こえてきた。

「何事だ？」

真那が戸を開けると、侍女が、亜々弥《ああや》さまのお具合が悪いので、すぐにいらしていただきたい、と言った。

真那について、長く複雑な廊下を巡り、辿り着いた亜々弥の寝間には、すでに安房那《あわな》侯とオウロがいた。

「どうしたのですか？」

ホッサルが尋ねると、安房那侯が手招きをした。

絹の夜具に寝かされている亜々弥は身もだえして泣きじゃくっており、母親が彼女の手をとって、髪をなでながらあやしている。

「……失礼」

亜々弥の脇に座ると、その膝が痛々しいほどに膨《ふく》れ上がっているのが見えた。

「亜々弥ちゃん、ごめんね、ちょっとさわるよ」

そっと、その腫れあがっている膝をてのひらで包むようにすると、明らかな熱感がてのひらに伝わってきた。皮膚《ひふ》は滑らかで、傷などは見られない。額はひんやりと冷たかった。

「いつから、このように？」

亜々弥の母に尋ねると、彼女はホッサルに顔を向けた。

「気づいたのは、つい先程です」

「虫に刺《さ》されたとか、躓《つまず》いたとか、何かきっかけが？」

「いえ、それが、気づかなくて。夕刻までは、従姉《いとこ》たちと、とんだり跳《は》ねたりして元気に遊んでいたのですけれど、乳母の話では、お夕食をいただいて、着替えさせるときから、少し足を引きずっていたようで。横になってすぐに泣きだして……」

そのとき戸が開いて、侍女たちが盥《たらい》と白い布などを持って入ってきた。

寝床の脇に置かれた盥に氷が入っているのを見て、ホッサルは安房那侯を見た。

安房那侯は無言でホッサルを見つめていた。

「……治療をなさいますか」

尋ねると、安房那侯は黙ったまま首をふった。

ホッサルはちらっとオウロを見上げたが、オウロはややこわばった顔で、首をふった。

「ミラル」

声をかけると、ミラルが脇に座り、手際よく氷を布で包んだ。それをホッサルに手渡してから、

「これ、よろしいですか？」

と、亜々弥《ああや》の母に声をかけて確かめてから、亜々弥の足をそっと持ち上げて、足首の下に小さな枕《まくら》を入れた。

亜々弥の腫れあがった膝に氷を当てながら、ホッサルは安房那《あわな》侯に尋ねた。

「こういうことは、もう何度も？」

安房那侯はゆっくりと口を開いた。

「……二度目だが、前回はこれほどではなかった」

「前回は、どのような状況《じょうきょう》で？」

安房那侯はホッサルを見つめて、答えた。

「今夜と、よく似た状況だった。夕食前に少し足首を痛がり、夕食後、しばらく他の子らと遊んでいるうちに足を引きずるようになり、やがて、少し腫れた」

それから、オウロに視線を移すことなくホッサルを見つめたまま、言葉を継いだ。

「そのときも、足首の痛みはさほどでなかったゆえ、オウロ殿が、夕食後に、アチル

を少な目に飲ませていたと聞いている」

＊

激痛が少し治まって、亜々弥がうとうとと眠りはじめたのを見届けてから、ホッサルは、ミラルとともに部屋に戻った。

真那《まな》は安房那侯とともに亜々弥の部屋を去り、オウロも、ホッサルに声をかけられるのを避けるように、無言のまま、自分に与えられた部屋に戻っていった。

ホッサルの寝間に行き、小卓を囲んで腰を下ろすと、マコウカンが茶筒《ちゃづつ》を持ち上げながら、

「今夜の一幕は、どういうことだったのですか？」

と、問うた。

ホッサルは、ミラルと目を合わせた。

「あれは関節の内出血よね」

ミラルが言うと、ホッサルはうなずいて、伸びをするように腕を頭の後ろにまわし、椅子の背もたれをギイ、と鳴らした。

「女の子だけど、可能性はあると思う？」

ミラルが続けると、ホッサルはまた、うなずいた。

「男の子より稀だが、あることはあるからな」

「志津弥《しづや》さまのあれは、でも、違うわよね？」

「違うだろうな。もう少しきちんと診てからでないと、なんとも言えないが。しかし、いかにオウロ大叔父が創薬一筋で現場に疎《うと》くても、志津弥さまの病態が同じなら、亜々弥《ああや》にアチルを使うことをためらっただろう」

ふたりの顔を交互に見ながら、そのやりとりを聞いていたマコウカンが割って入った。

「申しわけないですが、私にもわかるように話していただけませんかね」

ため息をついて、ホッサルは手を膝においた。

「亜々弥は、出血病を患っているかもしれない」

マコウカンが眉根を寄せた。

「出血病？」

「血が止まりにくくなる病だ。我々の身体はよくできていて、怪我をしても、きちんと止血をすれば大体は血が止まる。おまえなんぞ何度も斬られているが、止血して、しばらくすれば血が粘《ねば》って傷口を塞《ふさ》ぐだろう」

「ええ」

「出血病を患っている者は、なかなか血が粘らない。止血しても止まりにくいのだ」

マコウカンは瞬きした。

「つまり、怪我をしたら、血が止まらずに……死んでしまう？」

「適切に止血できれば、それほど簡単には死なないが、それでも、そう、我々よりは危険だ」

「……切り傷もだけれど」

小卓の脇に置いてあった、小さな火鉢の埋火《うずみび》を熾《おこ》し、お湯を沸かしながら、ミラルが口をはさんだ。

「外からは見えない、身体の内側の出血が恐ろしいのよ」

「え？　身体の内側に血が出ることがあるのですか？」

「ええ。打ち身で内出血したことあるでしょう？　ぶつけたところに青染《あおじ》みが出来るとか」

「……ああ」

「私たちの身体の中は血管だらけなの。例えば頭の中やお腹《なか》の中の血管が切れたら大変なことになる」

ミラルは暗い顔をしていた。

「幼い子どもは、まだ手足がしっかりしていないから、よく転ぶでしょう。転んで頭を打って、こぶが出来るなんて、しょっちゅうのことよ。

でも、重い出血病を患っている子にとって、転んで頭を打つのはとても危険なのよ。私はひとり、それが原因で逝ってしまった子を診たことがあるわ」

ミラルが口を閉じると、沸き始めたお湯が土瓶《どびん》の蓋《ふた》をカチャカチャ揺する音が耳についた。

「……でも」

土瓶を火から下ろしながら、ミラルはホッサルを見た。

「亜々弥《ああや》ちゃんが出血病なら、幼い頃から様々な機会に出血の症状がでて、もうとうに気づかれているでしょうに。他の家ならともかく、安房那《あわな》さまがお孫さんの病に気づかないはずがないと思うけど」

ホッサルはちょっと唇の端を歪めた。

「おれたちが来る前に、氷を用意していたしな」

「ええ。まあ、でも、それは、他の関節の腫脹《しゅちょう》でもやる処置だし、清心教医術では出血病は知られていないのかもしれないけど……」

そのとき、マコウカンが手をあげて、ふたりに注意を促した。

ミラルが口を閉じると、廊下を歩いてくる足音が聞こえ、やがて、戸の外から、

「入ってもよいかな」

という、オウロの声が聞こえてきた。

マコウカンがさっと立って行き、オウロを部屋の中に導きいれた。

安房那は山に囲まれた盆地であるせいか、この時季昼は暑いほどだったが、夜は冷えた。廊下も寒いほどだっただろうに、オウロの額には汗《あせ》が浮いていた。

勧《すす》められた椅子に腰を下ろすと、オウロは大きく息をついた。

「おまえ、あの子の病をなんと診た」

ホッサルは首をふった。

「まだ、わかりません。ただ、いまも話していたところですが、出血病の可能性が高いように思います」

オウロは小さい瞳を瞬《またた》かせた。

「女児だぞ。それに、安房那侯の話では、親族に出血病の者はいないそうだ」

「清心教医術でも、出血病の病態は知られているわけですか」

「うむ。香枝《こうし》ノ病というそうだ」

「香枝ノ病？」

オウロは腕を撫でながら、うなずいた。

「安房那侯に教えてもらったのだが、東乎瑠《ツオル》の古記に由来する病名のようだな。遥か昔、香枝という貴族の一族がいたそうで、東乎瑠の王祖に連なる高貴な家系だったが、その一族では、なぜか男児ばかりが早死にすると言われていたそうな」

　ホッサルは苦笑した。

「なるほど。とすれば、出血病と同じ病を指していると考えてよさそうですね」

　マコウカンが眉をあげた。

「一族の男児が早死にする病なのですか？」

　ミラルが哀《かな》しげな顔をした。

「嫌な話だけれど、そういう言われ方をしたかもしれないわね」

　オウロにお茶を勧めながら、ミラルは言った。

「出血病は、なぜか男児がなることが多いの。しかも、ある一族に多い、ということがあってね。

　でも、この病だからって、必ず早死にするわけではないわ。出血しやすいことをちゃんと心に置いて、気をつけながら、長く幸せに生きている人だっているもの」

　はあ、と、うなずきかけて、マコウカンは、ふと首を傾《かし》げた。

「いや、しかし、男児の病なのでしょう？　亜々弥《ああや》さまは女児ですし、血の繋がりで伝わる病だというなら、安房那《あわな》の一族にはそういう子が多いのでしょうかね？」

　ミラルが首をふった。

「さっき話していたのは、それよ。男児に多いのは確かだけど、父親が出血病で、娘も、ということもあるし、家系を辿っても誰も出血病患者がいない場合もあったという報告を読んだことがあるわ」

　ホッサルがカチリと音を立てて茶碗を小卓に置いた。

「それが病の難しいところさ。大叔父上の前で、偉そうなことを言ったら笑われそうだが、ほとんどがそうだから、こうじゃないか、と思っても、例外があったりする。これだ、と思い込んで治療をしてみたら、取り返しがつかないことが起きたりもするわけだ」

　オウロが、汗が小さく浮いている口元を歪めた。

「いや、さすがに、よいことを言う」

　そのつぶやきに被《かぶ》せるように、ホッサルは尋ねた。

「大叔父上、今日、亜々弥ちゃんに飲ませたアチルは、少量だったのですか」

　オウロは苦い顔になった。

「……わかっている。わしは思い込みで失敗をしたのだ。そう、責めるな」

　敢えて感情を交えぬ平板な声で、ホッサルは言った。

「責めるなんて、とんでもない。でも、それなら、やはり少量だったのですね」

　ため息をつき、オウロはうなずいた。

「あの小さな身体だ。初回は胃痛が出たし、な」

マコウカンが、もの問いたげな顔で口を開きかけたとき、ミラルが横から言った。

「当然の御処置だと思います」

オウロは鼻で笑った。

「まあ、な。しかし、わしはあの娘《こ》の病が出血病だとはちらっとも思っておらなんだ。思っておったら、減量せず満量で飲ませた。それで、また胃ノ腑の不調がでたらアチルの処方はあきらめていただろう」

マコウカンを見つめ、オウロは言った。

「アチルはな、痛みを止め、炎症を抑える素晴らしい薬だが、出血を促すことがあるのだ」

「……はあ」

マコウカンが、首を傾げた。

「しかし、それなら、むしろ量が多い方が、出血が増えるのでは？」

オウロがにやっと笑った。

「そこが、この薬の不思議なところでな。アチルは満量なら、さほど出血を促す作用はないのだが、少量にすると、とたんに出血を促す作用が高まるのだ」

粒《つぶ》のような汗が浮いた口元を手でぬぐい、オウロはため息をついた。

「今夜、あの娘がひどい関節内出血を起こしたのは、わしが、アチルを少量にしたせいだろう。……だが、やはり、満量は危険だろうな。何度も飲ませれば、あの幼い小さな身体では、胃ノ腑以外にも悪い影響がでる」

　ホッサルは静かな声で問うた。

「大叔父上、二回目は、どのくらいの分量だったのですか」

「初回の半量だ」

「今回は？」

「二回目の更《さら》に半量だった」

　ホッサルが眉をひそめた。

「二回目のときも、今夜のような症状がでたと安房那《あわな》侯がおっしゃっていましたが」

　とたんに、オウロの顔に怒気が浮かんだ。

「違う。今夜とは、違った。確かに痛みがあり、膝を曲げにくくはなったが、今夜のように腫れあがって関節内出血だとはっきり見て取れるような病態ではなかったのだ」

　ふだんの温厚さからは想像もつかぬ、激しい声でオウロは怒鳴った。

「そこまで、わしを侮るなよ、ホッサル！」

　オウロは頬をふるわせながら立ち上がり、宥めようとしたミラルの手をはらって、部屋を出て行ってしまった。

　追おうとしたミラルを、ホッサルは止めた。

「追うな」

「……でも」

ホッサルは首をふり、ミラルを椅子に座らせた。

オウロが手をつけずに残していった菓子を、自分の皿に移しながら、マコウカンがつぶやいた。

「あの言い方はまずかったですな」

ホッサルは顔をしかめた。

「まずかったな、確かに。――別のことが気になっていて、大叔父への配慮を忘れた」

マコウカンが訝《いぶか》しげに眉をあげた。

「別のこと？」

ミラルが、じっと自分を見ている、その視線を頬に感じながら、ホッサルが黙って茶碗を持ち上げてお茶をすすったとき、再び足音が聞こえて、誰何《すいか》する間もなく戸が引き開けられた。

入ってきたオウロは、立ったまま、ホッサルを見おろして言った。

「……安房那《あわな》侯がな」

「はい？」

「安房那侯か、真那《まな》か、まあ、どちらでもいいが、今回のことはアチルのせいかと尋ねても、答えるでないぞ」

ホッサルが口を開くより前に、オウロは続けた。

「保身のためではないぞ。アチルに出血を促す性質があると知れば、安房那侯ならすぐに原材料を察するからだ」

じっとホッサルを見据《みす》えて、オウロは言った。

「アチルほど優れた鎮痛消炎の効果をもつ薬は、清心教医術にはない。オタワル医術の有利さを、わずかでも失するような真似はするなよ」

九　鳥と梨穂宇

鳥のさえずりで起こされて、ホッサルは寝床で伸びをしながら、うなった。

（……たまらんな、まったく）

昨夜は眠りが浅かった。いくつもの懸念が交錯《こうさく》して、うとうと眠りに落ちても妙な夢ばかり見た。

大叔父は、安房那《あわな》侯にアチルの原材料を明かすな、と言ったが、安房那侯はとうに察しているのではないか、という気がする。

昨夜、何度も目に浮かんできたのは、痛みに身悶《みもだ》えし泣いていた亜々弥《ああや》の顔と、その傍らに座り、じっとこちらを見ていた安房那侯の顔だった。

湖面のように静かだが、その底に何か触れ難いものが潜《ひそ》んでいた、あの顔……。

ホッサルはため息をついて起き上がり、洗面を済ませた。

洗面所の小さな窓から白い光が溢《あふ》れている。

相変わらず鳥の声が騒《さわ》がしい。何種類もの鳥が競って鳴きかわしているようで、四方八方から聞こえてくる。

どんな鳥が鳴いているのか気になって、ホッサルは中庭に通じる大窓へ歩み寄り、遮光《しゃこう》布を引き開けた。

とたんに、眩しいほどの白い光につつまれた。

光に目が慣れてくると、今度は、まばゆい緑に目を奪われた。朝露《あさつゆ》に濡《ぬ》れた若葉が、あるかなしかの風に揺れている。だが、鳥の姿はなかった。

この寝間には夜に戻って来るだけだったので、これまで窓の外を見ることもなかったのだが、寝間が面しているのは中庭というより広大な菜園だった。遠くには山なみも見える。

相変わらず鳥の声は聞こえている。

(声はすれども、か)

ホッサルは窓を引き開け、窓の下に揃えて置いてあった草履《ぞうり》をつっかけて庭に出た。

少し歩いて振り返り、ホッサルは、ははぁ、とつぶやいた。

風通しを良くするためなのか、ホッサルの寝間は回廊の角に突《つ》き出ていて、三方が庭に面していた。この角度から見ると、ちょっと四阿《あずまや》のようにも見える。

(ということは……)

部屋の角を曲がり、向こう側に出て、ホッサルは、

「へえ……!」

と、目を見開いた。

そこには、網《あみ》で四方と上部を囲まれた、驚くほど広大な空間があった。

その中には木々もあり、池もあり、色とりどりの花が咲き、ひらひらと蝶《ちょう》が舞っている。

そして、鳥がいた。同じ種類の鳥が七羽、広範囲《こうはんい》に散らばって、高い枝にとまっている。

鷹に似ているが、鷹より小さい。金色の目は鋭《するど》いが、嘴の形は鷹のそれではなかった。いかにも地味な茶色のその鳥たちが、嘴を開くや、艶のある高い声が長く遠く糸を伸ばすように響き渡った。

一羽が鳴きはじめると、別の鳥がそれを受けて鳴きはじめ、また別の鳥が、という風に、あっという間に四方八方から鳴き声が交叉《こうさ》していく。

高い声もあれば、震《ふる》え声もあり、驚くほど低い声もある。

鳥の声で織り上げられていく織物に包まれて、茫然《ぼうぜん》と立ち尽くしていると、背後から声をかけられた。

「おはようございます」

はっとふり返ると、梨穂宇《りほう》が微笑んでいた。大きな籠《かご》を小脇に抱えている。

「ああ、おはようございます。……あれは、みな、ミンナルですか」

「ええ」

うなずいてから、申しわけなさそうな顔になった。

「ごめんなさい、朝早くからうるさくて眠れなかったのではないですか？」

ホッサルは苦笑した。

「まあ、正直に言えば、ええ」

「別の寝間にご案内した方がと弟に言ったのですけれど、もう少しすると客が多くなるものですから、その方々とは離れた場所の方が良いと言うので……」

客、と聞いたとたん、与多瑠《ヨタル》の言葉が頭に浮かんだ。

「身分の高い方々が来られるのですか」

梨穂宇はうなずいた。

「〈鳴き合わせ、詩合《うたあ》わせ〉、今年は安房那《あわな》が催す年なものですから、準備が大変で」

「皇帝陛下もいらっしゃる？」

「いえいえ！」

梨穂宇は笑いながら首をふった。

「でも、陛下の弟君の由吏《ゆり》さまも、娘婿であられる比羅宇《ひらう》さまもお出《い》でになりますし、選帝侯の方々もいらっしゃるので」

「そんな時期に、私たちまでお邪魔してしまって申しわけないですね」

「いえ、そんな」

梨《り》穂《ほ》宇《う》はまた、おっとりと笑いながら首をふった。

「ミンナル、秋なら中に入ってご覧になっていただけるのですけれど、いまは子育ての時季なので」

「いや、ここからで充分ですが……あなたは中に入られるのですか？」

「ええ」

うなずいてから、梨穂宇はちょっと、いたずらっぽい笑みを浮かべた。

「この籠の中に入っているものが私の宝物なのです」

傾《かたむ》けて、中が見えるようにしてくれたので覗き込んだが、見えるのは草ばかりだった。

「草、ですね」

「草です。安《あ》房《わ》那《な》秘伝の、ミンナル用の薬草」

「薬草？ 鳥にですか」

「ええ。ミンナルは、姿は鷹に似ていますけど、鷹ではありません。肉だけでなく草もついばむのです」

「へえ！」

愛《いと》おしそうにミンナルを見ながら、梨穂宇は言った。

「一羽一羽、性格も体質も違いますし、同じ鳥でも日によって体調は違います。それは、人も同じですね」

　ホッサルは思わず梨穂宇の横顔に目を向けた。

　考えてみたこともなかったが、鳥もまた、それぞれ体質が違うというのは、なるほど、そういうこともあるのか、と思った。

「それは面白いな。さすがは安房那の姫、生き物を深くご覧になっておられる。ミンナルを育てるのも、意外に医術に通底しているところがあるのかもしれないなぁ」

　気恥ずかしげに首をふりながら、梨穂宇は、いえいえ、と言った。

「私がやっていることなど、医術と比べていただくには、あまりにもお粗末《そまつ》なことですけれど……でも、確かに、時々、父上や真那《まな》の言葉で、あ、と気づくことがあったり致しますね。ミンナルの振舞いを見ていると、人も獣も妙なところで似ていると思ったりすることもありますし」

「ほう、例えばどんな？」

　パッ、パッと枝から枝へ飛ぶミンナルを目で追いながら、梨穂宇は言った。

「良い声で鳴くミンナルを生み出すためには、父母の組み合わせが大切で、例えば、艶のある高い声で鳴くミンナルが欲しい場合は、親たちも高い声に特徴があるものを選びます。

　低い声と、高い声の両方が絶妙に響く、というミンナルが欲しければ、やはり、そういう、なんというか、発声の勘《かん》の良いミンナルを交配させるわけです。子は親に似ますから。

でも、必ず、ではないのです。ときには、素晴らしい両親から、え？　と思うような声で鳴く子が生まれたりしますし、その逆も……」

梨《り》穂《ほ》宇《う》はかすかに苦笑を浮かべた。

「そもそも、うまく掛け合わせたくても、当のミンナルたちが、どうしてもその気になってくれない、ということもありますし」

ホッサルは思わず笑った。

「なるほど。鳥にも好みはあるのですな」

「ええ。傍《はた》から見れば、この雄《おす》の方がずっと魅力《みりょく》的と思うのに、雌《めす》がどうしてもその気にならなかったり。いったいどういう基準で、と思いますけれど、人もそういうところがありますし……」

「それだけは、説明せよと言われても、答えられないものですしね。だいたい、自分でも、なぜだかわかっていなかったりするし」

「ええ」

梨穂宇は微笑んだが、ふと、その笑みが陰った。

「ミンナルの場合は、だめなときはだめで、人がどう強要しようと、どうしようもないのですけどね……」

そのとき、朝食の支度ができたことを告げる鐘が鳴りはじめた。

「あ、これは悪いことをした、朝食前のお仕事の邪魔をしてしまいましたね」

ホッサルが謝ると、梨穂宇はおっとりと首をふった。

「邪魔だなんてそんな、思いがけずお話しができて楽しゅうございました。ただ、申しわけないのですけれど、私はこれを済ませてから参りますので、どうぞ、お先に朝食ノ間の方へ……行き方はおわかりになりますか？」

「ええ。大丈夫です」

梨穂宇に手をふって歩きだしながら、ホッサルは、なにか大切なことを聞きそびれたような、奇妙な物足りなさを感じていた。

思わずふり返ると、梨穂宇もこちらをふり返ったところだった。

お互い、ちょっと見つめ合ったが、やがて、微笑んで頭を下げ、今度は無言で別れた。

寝間に戻って着替え、廊下に出ると、マコウカンが控えノ間から出てきた。

「朝食の前に、亜々弥《ああや》の様子を見たい。寝間に伺っていいか、聞いてこい」

と、言うと、マコウカンが首をふった。

「いえ、実は、先程真那《まな》さんから言伝がありまして、朝食の後で、亜々弥さんのところへいらしていただきたい、とのことです」

「……ふうん」

ざらっとしたものが胸の底をさすったが、ホッサルは表情を変えずにうなずき、マコウカンを連れて、足早に朝食ノ間に向かった。

廊下の途中でミラルが待っていた。

「おう、おはよう」

声をかけると、かすかに微笑んだが、顔色がくすんでいる。

「どうした、具合でも悪いか」

ミラルは首をふった。

「大丈夫。それより、朝食の後で、亜々弥《ああや》ちゃんのところへ行くでしょう？」

「ああ。おまえのところにも、真那《まな》くんから言伝があったのか」

ミラルの瞳がかすかに揺れた。

「ええ」

ホッサルに歩くよう促して、ミラルはその後について歩きはじめた。

「なんだ？　なにがあったんだ。話せよ」

ふり返らずにホッサルがささやくと、ミラルは低い声で答えた。

「……後で。いまは、まだ、私の中でも整理がついてないから、ごめん。後で話すわ」

ホッサルは顔をしかめた。

「なんだ、そりゃ。思わせぶりなこと言うじゃねぇか。真那くんから恋文でも届いたか」

ミラルは答えなかった。

ふたりは、それきり黙って、新緑の葉影が躍る長い廊下を歩いて行った。

十　清心教医術の源流

亜々弥《ああや》の寝間は、新緑の香りがした。

窓は開け放たれていて、薄布を揺らしながら、そよ風が入ってくる。

真那《まな》に導かれてホッサルとミラルが部屋に入っていくと、侍女が布団《ふとん》の脇から立ち上がり、亜々弥の食器を載せた盆を持って廊下に出て行った。

亜々弥は背に大きな枕をふたつ当ててもらって、布団の上に半身を起こしていたが、膝はまだ大きく腫れていて、その頬には涙のあとがついていた。

「おはよう。まだ、痛いかい？」

ホッサルが声をかけると、亜々弥はうなずいた。小さな手をぎゅっと握《にぎ》りしめている。額はひんやりとしていたが、少し汗ばんでいる。脈はわずかに速かった。

ホッサルは亜々弥の手をそっと布団におろすと、正座をした。そして、亜々弥に深く頭を下げた。

「亜々弥ちゃん、痛い、つらい思いをさせて、本当に申しわけない」

背後で真那が身じろぎをした気配を感じながら、ホッサルは顔をあげて、亜々弥を見つめた。

「私がもう少し、しっかりと気を回すことができていたら、こんなに痛い思いをさせずに済んだのだ……」

そのとき、背後で戸が引き開けられる音がして、安房那《あわな》侯が入ってきた。

安房那侯は真那とミラルたちの脇を通って、亜々弥の向こう側に座った。

「ホッサル殿」

安房那侯が口を開いた。

「なにか謝っているような言葉が聞こえたが、誰に謝っておられたのかな」

ホッサルは安房那侯を見つめた。

「亜々弥さんに謝っておりました。詫びて済むことではありませんが」

安房那侯はわずかに目を細めた。

「なにを詫びられたのかね」

「私の不明により、苦痛を与えていることを詫びておりました」

「あなたの不明？」

安房那侯が不思議そうに言った。

「アチルを処方したのは、あなたの大叔父上であって、あなたではなかろう」

ホッサルは、しばし、安房那侯を見つめた。

それから、静かに問うた。

「では、侯も、アチルが原因であるとお考えですか」

安房那《あわな》侯はうなずき、そっと孫娘の頭を撫でた。

「亜々弥《ああや》に謝らねばならぬのは、私も同じ。かわいそうなことをした。二回目の処方で痛みと腫れがでたとき、すでにその可能性は頭に浮かんでいたのに、まさかという思いがあって、三回目の処方の結果を見たいと思ってしまった」

安房那侯はホッサルを見た。

「罪の重さで言えば、処方の結果を知っていた私の方が、あなたより重い」

ホッサルは、きょとんとした顔で、祖父とホッサルを交互に見上げている亜々弥に視線をおとした。

「医術師の不明は患者の不幸。患者にしてみれば、罪の軽重など問題ではないでしょう。ただ、ただ、つらさをとって欲しいと思うのが先で」

安房那侯はうなずいた。

「ありますか、オタワルには、良い治療法が？」

自分を見ている安房那侯の目に、思いがけず、願いにも似た光が浮かんでいるのを見て、ホッサルは胸を突かれた。

しばし、答えられず、ホッサルは、ただ、安房那侯を見つめていた。

ホッサルの表情を見て、安房那侯の目にあった光が薄れていった。

「……亜々弥」

孫娘の頭を愛おしそうに撫でながら、安房那侯は話しかけた。

「もうしばらくの辛抱《しんぼう》だ。大人しく寝ておれば、今日は昨日より、明日《あす》は今日より楽になる。腫れもだんだんにひいてくるからな」

亜々弥はうなずいたが、その目には、辛抱するのもつらくて、もういやだ、という思いがありありと浮かんでいた。

安房那侯は立ち上がりながらホッサルに言った。

「ちと、お話ししたきことがあるので、私の部屋へ来てくださるか」

目を真那《まな》とミラルに向け、

「亜々弥の看護を行う者は廊下で控えておるゆえ、亜々弥のことは気にせず、そなたらも」

と、言った。

＊

安房那侯の自室は実にさっぱりとした部屋で、豪奢《ごうしゃ》な家具などはなく、ただ多くの書物が壁一面に整然と並べられていた。

ホッサルたちに椅子を勧め、自分も椅子に腰を下ろすと、安房那《あわな》侯は、さて、と言った。

「先程のやりとりからも、どうも、私と同じ病を疑っておられるように思ったが、亜々弥《ああや》の病、あなたは何であるとお考えか」

ホッサルは安房那侯を見つめた。

「その前に、お伺いしたいことがいくつかございます。もちろん、ここで伺ったことは一切《いっさい》口外致しませんが、伺ってもよいでしょうか」

「どうぞ」

「ならば、まず、なぜ、香枝《こうし》ノ病のことを大叔父にお話しになったのでしょうか？」

それを聞くや、安房那侯の目元に、かすかに笑みが浮かんだ。

「大叔父殿に聞かれたか、そのことを」

ホッサルはうなずいた。

「ええ。侯からその話を教えてもらったと聞いたとき、ああ、侯は、大叔父に、それとなく警告をされたのかな、と思ったのですが、穿《うが》ち過ぎでしょうか」

「いや、まあ、そういう気持ちも、確かにあった。香枝ノ病の話を聞いて、アチルの処方をためらわれるなら、アチルという薬は、やはり、我らが用いる樹皮と似た原材料から作られているのかな、と思いながら話したのだが……」

ホッサルはわずかに、うなずいた。

「そうですか。大叔父の名誉《めいよ》のために申し上げるなら、安房那侯の御血筋のどなたかに、出血病——侯のおっしゃる香枝ノ病——の方がおられると知っていたなら、大叔父は決してアチルを亜々弥さんに使うことはなかったでしょう」

安房那侯は首をふった。

「それは、そうであろう。大叔父殿のお人柄を疑う気はござらぬ。それに、私の血筋、あるいは妻の血筋、亜々弥の母方の血筋のいずれにも、香枝ノ病の者がいた、という話は聞いたことがない」

「そうですか。亜々弥さんの母方にも、おられないのですね」

安房那侯はうなずいた。

「私とて、一族、姻族《いんぞく》の誰かに香枝ノ病の者がいると知っていたら、いかに女児でも、その可能性は頭に置いて治療にあたった」

ため息をつき、安房那侯は続けた。

「あの病にも軽重があるようだが、あの病の子の多くは、つかまり立ちしたり、歩きだすようになると、青染みを頻繁につくったり、わずかな打ち身で大きなこぶをつくったりと、様々な兆候が見えるものだ。だが、亜々弥にはそういうこともなかった。ただ、二歳になった頃から膝と足首の関節が痛むようになり、いくつかの病を疑っていたが、その当時でも、擦《す》り傷、切り傷で血が止まらぬということもなかったのだ」

ホッサルは眉根を寄せた。

「そうですか。それでは、やはり、別の病の可能性も……」

「いや」

安房那《あわな》侯は首をふった。

「今年に入ってから、頻々と兆候が現れるようになった。ちょっとぶつけただけで大きな内出血を起こし、風邪をひいてくしゃみをしただけで鼻血がでて、止めるのに苦労をした。そのことがあって、もしやと思いながらも、女児であるし、一族には誰もおらぬということが頭にあって」

苦い笑みを目元に浮かべ、安房那侯はまた、ため息をついた。

「そうでないことを祈る気持ちが、我が目を曇らせた」

安房那侯が口を閉じると、風に押された窓布が窓枠《まどわく》を撫でる音が聞こえた。

出血病はつらい病だ。すぐに命をとられる病ではないが、痛みや命の危険を心に置いて生きなくてはならない。

安房那侯は目をあげて、ホッサルを見た。

「先程も尋ねたが、オタワルには、この病の治療法は……?」

ホッサルは首をふった。

「残念ながら、治す方法はわかっておりません。止血薬はいくつかあるのですが、出血病をそれらのみで治せたという報告はないのです。

ただ、命を救う、という一点で考えるのであれば、多分、清心教医術にはない方法をオタワルでは使います」

真那《まな》の顔が、さっと明るくなった。

「それは、どのような？」

　ホッサルは静かに答えた。

「この病が命に関わるのは大きな怪我などでの大量失血と、脳内や内臓などでの出血」

「ええ」

「怪我などの大出血――もはやこれまでか、と思うほどの大量失血の際には、私たちは他者の血を患者の身体に入れる〈輸血〉という方法をとるのです」

　とたんに、真那の顔が歪んだ。

　ホッサルは、安房那侯に視線を移した。安房那侯は、ゆっくり首をふった。

　ホッサルは身を乗り出して、安房那侯に言った。

「やはり、だめですか。清心教医術では、他者の血を患者の身体に入れることを禁忌《きんき》としておられることは存じておりますが……」

「孫娘が失血して死に瀕《ひん》した場合は、どうするか、と？」

ホッサルは真直ぐに安房那《あわな》侯を見つめたまま、うなずいた。

安房那侯はその視線を受け止めて、静かに答えた。

「いまは医術談義より、孫の身体の話を致そう」

「はい」

「つまり、オタワルでは、怪我などの失血の場合は他者の血を身体に入れることによって、香枝《こうし》ノ病の者を救うのだね？」

「はい。命を救うだけでなく、元気な他者の血を入れることによって内出血の痛みが消え、症状が改善したという事例もございます。

ただ、これは確かに非常に危険な治療で、他者の血が入ることで患者の身体に異変が起きて死に至ることも多いので、私たちも、輸血は、もはや手の打ちようがなく、そうせねば命が保てぬ、というときにのみ行っております。……それに」

自分の腕をゆっくりとさすりながら、ホッサルは言葉を継いだ。

「脳内の出血などは、それでは助けることができません」

ふむ、と、安房那侯がうなずいたとき、真那《まな》が口を開いた。

「それは、香枝ノ病でなくとも同じでしょう」

ホッサルが瞬きした。

「そう、それは、確かに。ただ、通常は脳内の出血などの病は、ある程度年をとってから起こりやすくなるもので、子どものうちにというのは、あまりないからなぁ」

真那は首をふった。

「出来ぬこと、叶《かな》わぬことを考えればきりがないですが、亜々弥《ああや》の場合、いま一番の問題は関節の内出血です。先程、止血薬があるとおっしゃっていたが、使えませんか？」

「使えぬことはないが……」

ホッサルは顔を曇らせ、ミラルに目を向けた。

「この薬については、君の方が詳しいな。君から話してくれ」

ミラルはうなずいた。

「私どもが創りだしたいくつかの止血薬は、出血病の人にも有効です。実際、オタワルでは出血病の人の虫歯を抜くときなどには必ず使います。

先程、亜々弥さんが鼻血をだされたとき、止めるのに苦労された、と、おっしゃっておられましたね？」

「ええ」

「そういうときには使えますし、炎症を抑える効果も期待できます。ただ……」

ミラルも顔を曇らせた。

「例えば、この止血薬を予防的に飲むことで、亜々弥さんがいま苦しんでいるような、繰《く》り返し起こる関節内の出血を治せるか、といえば、それは無理のようですね。オウロさまが率いておられるオタワルの創薬部門の製薬師たちの中に、かつて、数十年にわたって、このことを調べた者がおりますが、無効であったという結果がでております」

ホッサルは真那《まな》に言った。

「ご存じのことと思うが、度々《たびたび》関節に内出血を起こしていると、やがて、関節と筋肉に障害がでてくる。そういうことを我々の止血薬だけで避けるのは、難しいと思う」

真那は口を閉じたまま、しばし、何か考えていたが、やがて、片手で顔をぬぐった。

そして、苦い笑みを浮かべて、言った。

「アカファで、ホッサル師の鮮《あざ》やかな医術を目にしておりましたから、もしや、何か、我らが知らぬ良い薬があるのではと淡《あわ》い望みをかけて、はるばる安房那《あわな》までご足労いただきましたが……」

それを聞いて、ホッサルはうなずき、安房那侯に向きなおった。

「私も亜々弥《ああや》さんを治したいと心から思っております。しかし、いまは、対症療法しか思いつきません。——ご期待に添《そ》えず、申しわけございません」

そして、ホッサルは胸に浮かんだ言葉を率直に口にした。

「清心教医術の名医であられる安房那侯に、オタワル医術の優れたところをお見せすることも出来ず、口惜しい限りです」

と、安房那侯は、かすかに微笑んだ。

「私は、オタワル医術の素晴らしさを、充分に存じている」

ホッサルはわずかに眉根を寄せて、安房那侯を見つめた。その視線を受けても表情を変えず、安房那侯は続けた。

「皮肉ではないよ。オタワル医術は我らの医術より優れているところが、いくつもある」

窓の方に顔を向け、窓から見える山なみを眺めながら、安房那侯は言った。

「もう随分前のことだが、あなたの祖父上、リムエッル殿と話したおりに、〈消毒〉の徹底《てってい》を勧められた。

私たちも、患者を診るときは身を清めるようにしている。しかし、リムエッル殿が勧めた〈消毒〉は、それよりも、はるかに厳しく徹底したものだった」

安房那侯はホッサルに視線を戻し、微笑んだ。

「穢れを祓《はら》い、身を清めることは、清心医術の根幹。リムエッル殿のその勧めは、私たちにとっても受け入れやすいことだった。

患者に触れる手も、器具も、すべて、薬剤《やくざい》を用いて清める。患者に触れた後も、手も器具もすべて清める。——それを行った結果、安房那では治療後に亡くなる患者が確かに減った」

安房那《あわな》侯は、淡々と続けた。

「私たちの間にある問題は医術の優劣《ゆうれつ》ではない。そんな単純なことであれば、解決の糸口はたやすく見つかっただろう」

安房那侯は、そこで口を閉じた。

窓から風が忍びこみ、机の上にあった書物の表紙が、かすかに動いた。

「……かつて、この土地には」

風が捲《めく》っている書物に、ぼんやりと目を落としたまま、安房那侯が言った。

「香枝《こうし》ノ病によく効く薬があったようだ」

ホッサルたちが驚くより先に、真那《まな》が、え！と、声をあげた。

「本当ですか父上！　私は、そのような話、聞いたことがございませんが」

安房那侯は眉をあげて、末の息子を見た。

「おまえには、まだ告げていないことがいくつもある」

そう言うと、安房那侯はホッサルに視線を戻した。

「我ら安房那がこの地を治めるようになる以前、ここが乎来那《おきな》家の土地であったことはご存じか」

「はい。真那くんがミラルに話してくださったので」

「おお、そうか。では、宮廷祭司医の宗家たる乎来那家の祖が、もとは、花部《かべ》という土地の氏族の出で、乎来那家に養子に入ったということも？」

花部、という地名を聞いたとたん、真那が、弾《はじ》かれたように目を見開いた。その顔には激しい驚愕《きょうがく》の色が浮かんでいた。

真那が思わず身を乗りだし、口を開こうとするのを、安房那侯は目顔で制して、ホッサルに視線を戻した。

ホッサルは眉をひそめて、真那と安房那侯を交互に見ながら答えた。

「そのような話を真那くんから聞いたとミラルが言っていましたが、地名までは知りませんでした。……なにかあるのですか、その地名に？」

安房那侯は微笑んだ。

「祭司医には上中下の位があるのは、ご存じかな」

「はい」

「そうか。では、位が上がるたびに、それまで秘されていた知識に触れられるようになることは？」

「いや……それは知りませんでした。そうなのですか」

うなずいて、安房那侯は、まだ青ざめている息子を見やった。

「下位の者が、己の分を越えて、上位の知識に触れることは許されておらぬ。

乎来那《おきな》宗家の祖が安房那《あわな》領内の出であることは、最下位の祭司医でも知っていることだが、その土地がどこで、どの氏族の出なのかということは、上師《じょうし》の中でも最上位の数人しか知らぬ秘中の秘なので、な、真那《まな》はこのような顔をしておるわけだ」

真那は本当に真っ青だった。唇もふるえて、いまにも倒れそうな顔をしている。

ホッサルは当惑して、安房那侯を見た。

「……そのような、秘中の秘を、私に明かしてよいのですか」

安房那侯は、それには答えず、真那に目をやり、

「呼気を整えよ。整うたら、な、地図をここへもて」

と、言った。

真那は大きく息を吸い、目をつぶって、何度か、ゆったりと深い呼吸を繰り返した。

それから目を開けると、立って行って、大きな領地図を持ってきて、机に広げた。

一瞥《いちべつ》して、ホッサルは目を見開いた。——それが、山の位置や高さ、海岸線、道の幅まで描《えが》かれている詳細な地図だったからだ。

このような地図を領外の民《たみ》に見せることなど、通常あり得ない。

しかし、安房那侯は平然としている。

安房那の領主が見せているのだ。もちろん、見て構わないのだろうが、ホッサルは胸が圧されるような緊張を覚えていた。

「花部《かべ》は、ここ」

安房那侯が示したのは、海にほど近い山地だった。

「花部の民は、東乎瑠《ツオル》の支配下に入る前はこの山地一帯を治めていた。いまはもう、ほとんどが東乎瑠人の居住地だが、それでも花部らしい風俗《ふうぞく》が残っているところもある」

安房那侯は絵解きをするように、語りはじめた。

「花部の民は、いまでこそ穏やかに我々と共に暮らしているが、東乎瑠が花部山地を飲み込みはじめた当初は激烈な抵抗《ていこう》を示したそうだ。

東乎瑠にしてみれば、海岸線まで支配下に置かねば様々な不利益があるので、この山地はぜひとも支配したい。しかし、ここら辺りは、なにしろ山が険しく、ま、いわば天然の要害で、攻《せ》めるに難く、守るに易《やす》いところ。

そこで、東乎瑠は無理に攻めるより、ここら一帯を……」

と、安房那侯は、山地と、現在の領都や街道などがある一帯を指でぐるりと示した。

「分断する策をとったそうだ。まあ、海があるから、それでも花部の一族は飢《う》えることはなかっただろうが、穀物は不足しただろうし、あたり一帯が東乎瑠の領土になって、いよいよ孤立《こりつ》すると、そのまま膠着《こうちゃく》状態を続けても意味がないことを悟ったのだろう。

あるとき花部の長《おさ》が幼い息子を連れて、当時、この領都を治めていた乎来那侯の城に現れ、この子を侯の養子とし大切に育ててくれるのであれば、花部《かべ》は東乎瑠《ツオル》に降《くだ》りましょう、と、言ったのだという。

乎来那《おきな》侯にしてみれば恰好の人質《ひとじち》を得ることになるわけで、否《いな》と答えるはずもない。花部の提案を受け入れて、その子を養子にしたのだが、その子がまあ、実に聡《さと》く、心根もよく、やがて、乎来那の領主はこの子にほれ込んでしまったらしい」

安房那《あわな》侯は、朗らかな口調で滑らかに語った。

「当時の乎来那侯に息子がなかったことも、花部の息子にとっては幸運だった。乎来那侯はこの子が十七になった年に、いったん花部に戻し、あらためて、自分の娘の婿として迎え入れた。——その花部の若者と乎来那侯の娘の間に生まれた子こそ、後に帝都に出て、清心教医術の基《もと》を築くこととなる太祖、乎来那ノ大樹《たいき》だ」

安房那侯が口を閉じると、ホッサルは尋ねた。

「それは、いつ頃の話なのですか」

安房那侯は、ちらっと笑った。

「二百年ほど前の話だ」

「……え！」

ホッサルは、まじまじと安房那侯を見た。

「それでは、清心教医術は、まだ……」

「そう。まだ二百年ほどの歴史しかもたぬ」

真那《まな》が身じろぎをした。真那の顔はまた、青白くなっていた。

その息子の様子を気にした風もなく、安房那侯は穏やかな口調で続けた。

「とはいえ、いまお話ししたのは、あくまでも乎来那ノ大樹についての話。それ以前にも、花部には脈々と医術が伝わっていたし、東乎瑠にも医術師はいた。——それらすべてを融合し、ひとつの医術と成したのが、乎来那ノ大樹なのだ」

真那は極度に緊張した顔で、じっと父親を見つめている。

その表情が醸《かも》し出しているものが意味することを、ホッサルは目まぐるしく考えていた。

(……多分)

とても大切な何かを、いま、安房那侯はあっさりと自分に示したのだ。

それは、清心教医術を守る祭司医にとって、最上位の者しか知ることを許されぬ秘事で、オタワルの医術師に語ることなどありえぬ——あってはならぬ事柄なのだろう。

(ならば、なぜ、安房那侯は……)

いま、それを語ったのか。——リムエッルの跡を継ぐと思われている、まさに敵の親玉になろうとしている者に。

息子の緊張も、ホッサルの忖度《そんたく》もまったく気にする様子もなく、安房那侯は穏やかな目でホッサルを見て、言った。

「先程、この土地にはかつて香枝《こうし》ノ病の妙薬があった、と言ったが、その土地とは花部《かべ》なのだ。あなたにその気持ちがあるなら、真那《まな》に案内させるが、行ってみるかね、花部に」

第二章　秘境　花部

一　濁流

朝早くに山際《やまぎわ》の宿を発《た》ったときには輝《かがや》くような晴天だったが、山道に入ってしばらくすると、木々の梢《こずえ》の間から見える空が雲で覆《おお》われはじめた。

すでに雨が降っているところもあるのだろう、吹《ふ》いてくる風がひんやりとしている。

「この先、随分《ずいぶん》道が細くなるそうですが、こいつで大丈夫《だいじょうぶ》なのですか」

マコウカンが、先を行く真那《まな》の背に声をかけた。

真那を乗せたロバは、岩の多い山道を着実に登っていく。

ホッサルたちもみなロバに乗っていたが、巨漢《きょかん》のマコウカンはロバに跨《またが》っていても足裏がかすかに地面をこすった。

真那が首をねじって、答えた。

「大丈夫ですよ。そいつは大の男ふたり乗せても、この道を登れます」

マコウカンを乗せているロバの長い耳がぴくっと動き、ふんっ、という鼻息が聞こえた。意外に、いまの会話の意味がわかっているのかもしれない。

ロバは山道に強い。

旅立つ朝、城の中庭に、馬ではなくロバが曳《ひ》き出されてくるのを見たとき、マコウカンは花部《かべ》への道の険しさを察して、胸の中でため息をついた。

もともと山地の生まれだから山道には慣れているが、だからこそ、山道の怖《こわ》さも骨身に沁《し》みて知っている。

山では、なにが起こるかわからない。慣れた山でも天気が急変したり、子育て中の獣《けもの》に行き合ったり、いくらでも異変は起こり得《う》る。

花部へは領都から一泊《ぱく》二日ほどの距離《きょり》だそうで、最初の夜は宿に泊《と》まることができるが、その後は花部に着くまで宿はなく、天候が悪くなれば山中で野宿をすることになる。そのための装備を積んだロバを馬喰《ばくろう》たちが曳いているので、けっこうな大人数での旅となった。

その上、昨夜からミラルの父ラハルとその部下がふたり合流した。

彼らは花部山地への登山口にある小さな宿に先に着いていて、一行を出《で》迎《むか》えてくれたが、ラハルは相変わらず無口で、挨拶《あいさつ》を交《か》わしたあとは部屋に引っこんでしまい、今朝出発してからも、案内役とともに先頭に立って進み、ホッサルはもちろん、ミラルとも言葉を交わすことはなかった。

（……ま、気持ちは、わからんでもないがな）

創薬と治療《ちりょう》の腕《うで》に秀《ひい》で、しっかりと独り立ちしているミラルだが、父親にとってみれば、いつまでも可愛《かわい》い娘《むすめ》なのだろう。その娘が、こともあろうにオタワル聖家の若様の愛人になっているのだ。心中複雑でないわけがない。

ホッサルはオタワル人にとって貴重な存在だ。

古オタワル王国の始祖の血をひくオタワルの聖家は、子どもに恵《めぐ》まれない家が多く、〈至聖三家《しせいさんけ》〉で跡継《あとつ》ぎがいるのは二家のみ。〈聖八家《せいはっけ》〉の方も、三家には、いま、跡継ぎがいない。

聖なる血筋を保つために、聖家同士での婚姻《こんいん》が多かったことがまずいのだ、とホッサルが言っていたが、かと言って、古オタワル王国の聖王の血を連綿と伝えてきた人々が、平民と血を交えるというわけにもいかない。

相変わらず、ホッサルとではなく真那《まな》とロバを並べて進んでいるミラルの背を見ながら、マコウカンは顔を曇《くも》らせた。

(ミラルさまは……)

すべて承知でホッサルと暮らしているのだろうが、先のことを思わぬ日はないだろう。

正式な妻になることはあり得ない。子を産んでも、ホッサルの子であることは決して公《おおやけ》にできない。

（……それに、若主人《モハル》も、もうそろそろ跡継ぎを望まれる年だし）

いや、そろそろどころか、もう遅《おそ》過ぎるくらいだ。

ホッサルには、聖なる血を後世に伝える大切な務めがある。なるべく多くの子を作らねばならないのだ。

口の悪いホッサルは、

——おれは、見目はいいけど種なし馬らしい。なにしろ種なしで有名な聖八家の血を継いでいるからな。

などと、人に聞かれたら大問題になりそうなことを言っては笑っているが、オタワル人にしてみれば、笑いごとではない。

聖八家でなくとも、貴人の血をひく傍系《ぼうけい》の娘たちから正室と側室を迎えて、一刻も早く跡継ぎを複数人もうけるようにと、あちらこちらから圧力がかかっていることを、マコウカンは聞き知っていた。

ホッサルが未婚のままでいる年月が長くなるにつれて、ミラルに対する風当たりも強くなってきている。

いままでは黙認《もくにん》されていたが、オタワルのためを思うなら、ミラルは一刻も早く身をひいて、ホッサルに貴人との婚姻を促《うなが》すべきだという声を耳にするようになった。父親のラハルにも、当然そういう声は届いているだろう。いや、それどころか、早く娘を諭《さと》してホッサルから引き離《はな》し、それなりの男に嫁《とつ》がせろと、あちらこちらから言われているに違《ちが》いない。

他人から言われるまでもなく、ラハルだって、娘が日《ひ》陰者《かげもの》のまま子を産める時期を逃《のが》し、寂《さび》しい老後を迎えることを思うと、心穏《おだ》やかであるはずがない。

マコウカンはため息をつき、涼《すず》しい顔でロバを進めているホッサルの後ろ姿を見やった。

（やはり、若主人《モハル》がよくないよな）

つらいことだが、添《そ》い遂《と》げる未来はないのだから、ホッサルがなんとかすべきなのだ。

（……とはいえ、おれでも）

別れよう、とは、なかなか言えないだろう。

ホッサルとミラルを見ていると、夫婦《ふうふ》になるように生まれてきたふたりだという気がする。ふたりとも、互《たが》いがいない日々を想像できないのだろう。

そっとしておいてやれたらと思う。——しかし、それは、叶《かな》うまい。

マコウカンは片手で顔をぬぐい、また深いため息をついた。

道は次第《しだい》に細くなり、やがて森が開けると、深い峡谷《きょうこく》が現れた。道は谷筋に沿って延々と刻まれている。

風に乗って先頭を行く人々の声が聞こえてくる。ミラルの父ラハルが、盛《さか》んに何か案内役の男と話していた。

切れ切れに聞こえてくる断片《だんぺん》を繋《つな》ぎ合わせると、橋がどうとかと、言っているようだった。

ふたりが指さしている方に目をやって、マコウカンは、あ、と、小さく声を漏《も》らした。

（……あれは、吊橋《つりばし》の残骸《ざんがい》か？）

鬱蒼《うっそう》と茂《しげ》っている草と木々、葛《くず》の緑に埋《う》もれて見えづらいが、深い峡谷の向こう岸、そそり立っている崖《がけ》の途中《とちゅう》に人工物の残骸が、かすかに見える。

ラハルたちがロバを止めているので、みな、自然と彼らのそばに近づく恰好《かっこう》になり、声がよりはっきりと聞こえるようになった。

「……そうっすな、橋が落ちて、もう十年ぐらいかな。いや、もっとかな」

案内役の男がラハルに答えている。彼の声は高いせいか、よく聞こえた。

「ええ、大嵐《おおあらし》ですよ。あの年はひどくてね、何度も、何度も大嵐にやられて……」

男は峡谷の底を流れる、美しい碧色《みどり》をした川を指さした。この辺りでは、まだ川幅《かわはば》がそれなりにあるので、流れはゆるやかに見える。

「これから降りて行くんすが、あそこに渡《わた》し場があります。吊橋が落ちてからは舟《ふね》を使うしかなくなっちまったんで」

ここからでは、こちら岸はよく見えないが、向こう岸は見える。

案内役が指さしている辺りに、確かに、舟が何艘《そう》かもやってある渡し場があり、ロバなどを連れた荷運び役らしき人影《ひとかげ》も数人、小さく見えた。荷揚《にあ》げ場からは道がついていて、河岸から少し上った辺りにいくつか建物も見える。

（なるほど、このロバたちはこちら側に置いて、向こう岸で新しいロバに乗り換《か》えるわけか）

胸の中でそうつぶやいたとき、冷たい風が山頂の方から吹きおろしてきて、頰《ほお》をさすった。その風がいやに生臭《なまぐさ》かったので、マコウカンは顔をしかめた。

ラハルが何か言い、案内役の男が驚《おどろ》いたように彼を見て、答える声が聞こえてきた。

「……え？　いや、それはやめた方がいいっすよ。調べるのは、いったん花部《かべ》に行って、人数を調《ととの》えての帰り道にされた方がいい。

もう、すぐにでも雨が降り始めますぜ。上の方ではもう降ってます。雨が降ると水かさが増して、川を渡れなくなるんで、実はさっきから気が急《せ》いてたとこで……」

どうやら、ラハルは吊橋があったところの地質などを調べたい様子で、自分たちだけここに残るので先に行ってくれ、と言っているようだった。

しばし、部下たちと相談しながら考えているようだったが、ぽつ、ぽつ、と当たり始めた雨が、議論に終止符《しゅうしふ》をうった。

ラハルはうなずき、こちらを向いて、みなに、遅滞《ちたい》させたことを詫《わ》びた。

「……もう。お父さんは橋のことしか考えてないんだから」

荷から雨具を出して身にまといながら、ミラルがつぶやいたが、それは父には聞こえぬ、低いつぶやきだった。

一行は案内役に従って、ゆっくりと崖路《がけみち》を渡し場へと下りはじめた。

崖路は幅が広くて、ロバが二頭並んでも通れるしっかりとした道だったが、下っていく道は崖路よりも道幅が狭《せま》く、大きな荷を積んでいるロバは、一頭がようやく下りていかれるという状態だった。

（なんだろうな、この不便さは）

マコウカンは眉《まゆ》をひそめた。

吊橋が落ちた後に急ごしらえで造った道だからなのだろうが、十年も経《た》っているのなら、もう少ししっかりとした道にすることもできたはずだ。

せっかく海に面した領地なのに、海までの道がこれほど不便では、交易にも支障がでるだろう。実際、ほとんど商人とすれ違うことがない。

（わざと不便にしているのだとすれば）

それなりの理由があるはずだ。——花部《かべ》を、他《ほか》の土地から隔《へだ》てておきたい理由が。

そんなことを考えているうちに谷底に着いた。

「ロバはここで乗り換えますんで、ロバから下りてくだせぇ」

案内役に言われて、みながロバを下り、なるべく重さが均等になるように人と荷の配分を決めて渡し舟に乗り込んだ頃《ころ》には、雨は本降りになって、上流の方は白く靄《もや》がかかって見えなくなっていた。

川渡し専用の小舟は独特な形をしていた。舟首に器具がついている。両岸の渡し場から川の上に頑丈《がんじょう》な綱《つな》が渡されていて、その綱を小舟の舟首の器具に通し、両岸にいるロバと荷運び役たちが綱を巧《たく》みに曳きあいながら、川を渡していく仕組みになっていた。綱は三本渡されていて、三艘の舟が一気に渡れるようになっている。

川渡しの船頭たちに急がされながら舟に乗ると、

「オイ曳け！　オイ曳け！」

という、船頭の掛《か》け声とともに綱が曳かれ、三艘の舟がゆっくりと川を渡りはじめた。

雨脚《あまあし》はどんどん強まっている。

さっき崖路から見おろしたときは美しい碧色をしていた川が、いまは随分と濁《にご》りはじめていた。

三艘ずつ二回に分けての渡河《とか》が無事に済み、岸に舟底《ふなぞこ》がこすられる音を聞いたとき、マコウカンはほっと胸を撫《な》でおろした。

みなで手分けして荷下ろしを手伝い、用意されていたロバたちに載《の》せていく。

「……あ、それは私がやろう」

ホッサルの声が聞こえた。

荷運び役を制止して、ホッサルが医療器具の入った振《ふ》り分け型の革鞄《かわかばん》を舟底からとりあげて河原に置くと、ミラルが駆《か》け寄っていき、ふたりで頭を寄せ合って、中に入っている壜《びん》の位置などを整えはじめた。

マコウカンは思わず微笑《ほほえ》み、大きな荷を舟から下ろして担《かつ》ぎ上げ、崖下の、屋根のある荷揚げ場へ歩きはじめた。

そのとき、ふいに雨脚が強くなった。

遠く、何かが轟《とどろ》くような音を聞き、身体《からだ》を捩《よじ》って川の方をふり返ると、上流から、いくつも、いくつも、緑の葉がついた木の枝などが流れてくるのが見えた。

マコウカンは頭皮がきゅっと縮むのを覚えた。

（……これは、まずい）

山育ちの勘《かん》が、しきりに逃《に》げろと告げている。

マコウカンは大声で案内役に怒鳴《どな》った。

「おーい！　みんなを川から離れさせろ！」

皆《みな》がマコウカンをふり返った。案内役が厳しい表情でうなずいた。

「上流の方じゃ、かなり前から降ってたんだな。下手すると山津波《やまつなみ》が来るかもしれねぇ。皆さん、荷はそこに置いて、いそいで……」

その言葉が終わらぬうちに、上流の方から木々がカンカンと触《ふ》れ合うような音とともに、大地がうめくような地響《じひび》きが聞こえてきた。

「川から離れろ！　早く！」

マコウカンは声をからして叫《さけ》び、担いでいた荷を河原に落とすと、ホッサルとミラルの方へ駆けだした。

「ホッサルさま！　ミラルさま！　荷は放《ほう》っておいて、早く走って！　高い方へ、早く！」

人々が呼びかけ合う声と轟音《ごうおん》が響く中で、ホッサルが何かミラルに言い、ふたりが革鞄を持ち上げてマコウカンの方を向いた……そのとき、川面《かわも》が一気に盛り上がった。

マコウカンはひたすら走り、あと少しでホッサルとミラルに手が届く、というところまで駆け寄った。

川が溢《あふ》れ、茶色い濁流《だくりゅう》に乗った木の枝が河原の岩にぶつかって跳《は》ねあがったかと思うと、凄《すさ》まじい勢いで矢のように飛んできた。

それを見たホッサルが、いきなりミラルに覆いかぶさって枝に背を向け、身をもってミラルをかばうのが見えた。

それからのことは、一瞬《いっしゅん》が永遠にも思えた。

飴《あめ》のようにゆるりと延びた時のなかで、飛んできた枝がホッサルにぶち当たり、ミラルを抱《かか》えたまま、ホッサルが突《つ》き飛ばされるように河原に倒《たお》れ、水しぶきが上がるのが見えた。

マコウカンは、一気に足首まで上がってきた水の中をざぶざぶと駆け、無我夢中でふたりを抱え上げたが、水勢に押されてよろめいた。何か叫びながら誰《だれ》かが自分の背を支えてくれるのを感じ、その後はもう、自分が何をしているのかさえわからなくなった。

二　花部流医術

ササ……ササ……と、かすかな音がずっと聞こえている。

（小雨が降っている……）

そう思いながら目を開けたとたん、とびこんできたのは日の光だった。

うす茶色の茣蓙《ござ》が敷《し》かれた床《ゆか》の先に見える土間は明るく、開け放たれた戸口の向こうには、眩《まばゆ》いほど白い光が満ちている。

戸口の脇《わき》に竹林があり、美しい緑の竹の葉が、初夏の風に煽《あお》られるたびに日の光を散らしながら揺《ゆ》れて、ササ……ササ……と、静かな音をたてていた。

まるで見覚えのない風景を茫然《ぼうぜん》と眺《なが》めて、ホッサルは顔をしかめた。

（……ここは、どこだ）

頭がぼうっとしている。

コッコッコ、と鳴きながら、鶏《にわとり》が戸口を横切って行き来しているのをぼんやりと眺めていると、やがて、戸口に人影が現れた。

光を背にしているので顔は陰になっている。その目鼻立ちも見えぬ顔を金色の髪《かみ》が縁取《ふちど》っていた。

声を出すこともできず、ホッサルは、ただ、その人が戸口の敷居《しきい》をまたいで土間に入り、部屋にあがってくるのを眺めていた。

ホッサルの方を透《す》かし見て、人影がつぶやいた。

「……ああ、戻《もど》ってきたね」

女の声だった。女にしては低い声だった。

女は窓際に行き、窓板を押し上げると、つっかえ棒をした。部屋の中が明るくなり、女の顔がはっきりと見えるようになった。

六十代半ばぐらいだろうか。褐色《かっしょく》の肌《はだ》に明るい茶色の瞳《ひとみ》が目立つ。――まったく見知らぬ、異国の容貌《ようぼう》をした女だった。

「……わた、し、は」

ホッサルは、粘《ねば》っている舌をようやく動かして、声を押しだした。

「夢を、見ているのか？」

女が微笑んだ。目尻《めじり》に皺《しわ》がより、顔全体が和《やわ》らいで見えた。

「そんな気がするでしょうね。でも、夢じゃない。あなたは助かったのですよ、ホッサルさん。もう少ししたら頭もすっきりしてくるから、気持ちを楽にして、もうしばらく目をつぶってなさいな」

急に眠気《ねむけ》がさしてきた。瞼《まぶた》が落ちそうになるのを懸命《けんめい》にこらえ、ホッサルは舌を動かした。

「……ミ、ラル……？」

「ミラルさんも無事だから、安心なさい。ずっと、つきっきりで看病していたから、少し寝《ね》なきゃだめだって言って、ほんの少し前に寝間に連れていったところよ。——さ、あなたも、もう少し寝なさいな。次に目が覚めたときは、頭もはっきりするから」

その言葉は途中から闇《やみ》に溶《と》けていった。

次に目が覚めたのは夕刻で、部屋には西陽《にしび》が射《さ》しこみ、床も壁《かべ》もうす赤く染まっていた。身体はまだ自分のものではないように重かったが、頭は先程《さきほど》より軽く、すっきりしている。

目の前に、ミラルの顔があった。

汗《あせ》で額にはりついている髪の毛を、指で、やさしく梳《す》いてくれている。

「目が覚めたわね」

ささやかれて、ホッサルは、ゆっくりと瞬《まばた》きをした。

「……ここは」

掠《かす》れ声で言いかけたが、ミラルが、ちょっと待って、という仕草をして、口に吸い飲みを当ててくれた。

一口吸うと、冷たい水が腫《は》れた舌をうるおし、思わず声が漏れるほど甘露《かんろ》だった。

ホッサルは喉《のど》を鳴らして冷たい水を飲み、大きく息をついた。

「美味《おい》しかった？」

「……生き返った」

ミラルは吸い飲みを盆《ぼん》に戻し、脇に置いてあった桶《おけ》に手拭《てぬぐ》いを浸《ひた》して絞《しぼ》ると、顔と首筋を丁寧《ていねい》にぬぐってくれた。

桶の水に花でも浮《う》かしておいたのか、手拭いは良い香《かお》りがした。冷たい手拭いで顔を拭われる心地《ここち》よさは、言葉にならぬほどだった。

ミラルは手拭いを畳《たた》みながら口を開いた。

「ここは、花部《かべ》よ。集落の外れの〈竹屋敷〉と呼ばれているお屋敷にご厄介《やっかい》になっているの」

静かな声で、ミラルは、これまでの経緯《いきさつ》を話しはじめた。

山津波に襲《おそ》われたものの、幸いなことにホッサル以外怪我《けが》人はでなかったこと。持ってきた医薬品も医療器具も流されてしまったが、あの川の渡し場の小屋に迎えに来ていた花部の男が、実に見事な応急処置をしてくれたこと。ロバに曳かせた荷車で、ホッサルをここまで運んできたことなどを、要領よく語ってくれた。

「ここは花部流医術の宗家《そうけ》のお宅で、私と真那《まな》くんとマコウカンくんも、ここに泊めていただいているの。父たちは少し離れた宿に泊まっているわ」

そこまで話すと口を閉じ、ミラルはじっとホッサルを見つめた。その目が揺れたかと思うと、ふいに涙《なみだ》が浮き、唇《くちびる》が、ふるえはじめた。

ミラルが頬を寄せてきた。

「……ありがとう。あなたがかばってくれなかったら、あの枝は私の顔に当たっていた」

ホッサルは、しばし目をつぶり、したわしいミラルの匂《にお》いと温《ぬく》もりを楽しんだ。それから、目を開けて、ささやいた。

「当たってた方が、美人になったかもな」

ミラルはくぐもった笑い声を立てた。笑いながら泣き、長く嗚咽《おえつ》していた。

その背を撫《な》でようとして、ホッサルは右腕《みぎうで》が動かないことに気づいた。右を上にして横たわっているのに、右腕が動かない。

「……おれの、腕……」

ぞっとして声をあげると、ミラルが顔を起こし、大丈夫、と言った。

「骨折したから固定してあるだけ。骨折部位は肩甲骨《けんこうこつ》だけで、ありがたいことに神経は損傷していないわ。ただ、かなり深い切り傷があってね……」

そこでミラルは声を低め、ホッサルの耳元でささやいた。

「花部《かべ》の医術は猛烈《もうれつ》に面白《おもしろ》いわよ。——でも、私たちは、なにかとんでもない罠《わな》にはまってしまったのかもしれない」

　ホッサルは顔をしかめた。

「どういう意味だ？」

「もうすぐ傷の消毒のために他の人たちが来るから、いまは話せないけど、なんとか機会を見つけて、今後のことを相談しないと……」

　ミラルが言う通り、床がかすかに揺れている。複数の人がやってくる気配がして、隣《となり》の部屋との仕切り戸が開く音が聞こえた。

「お、若主人《モハル》、気がつきましたか！」

　マコウカンの胴間《どうま》声《ごえ》が響き、ホッサルは眉をひそめた。

「……声が、でかい」

　マコウカンが苦笑《くしょう》した。

「いつものホッサルさまですな。よかった」

　彼の背後にひっそりと立っている真《ま》那《な》は、青白い顔をしていた。

　ふだんの、あの少年のように純粋《じゅんすい》な朗《ほが》らかさは影をひそめ、目が落ちくぼみ、一気に年をとったように見えた。

　真那はわずかに微笑み、うなずくように会釈《えしゃく》して、無言で脇に寄り、背後にいる人がホッサルに近づけるよう場所を譲《ゆず》った。

真那《まな》の背後から現れた人を見て、ホッサルは、はっとした。——朦朧《もうろう》とした白昼夢のような一度目の目覚めのときに短い会話を交わした、あの異国の女人《にょにん》だった。
褐色の肌に茶色の瞳。白に近い金色の髪。

こういう風貌をした人々を以前見たことがあるのを、ふいに思い出した。安房那《あわな》領の領都に入った日に、水路で荷揚げをしていた船乗りたちだ。

(……モルベル人)

あの時、真那が少年のような目をして口にしたその言葉を思い出し、ここが花部《かべ》流医術宗家の屋敷だというミラルの言葉と結びついた瞬間、ミラルが、とんでもない罠にはまったのかも、と言った意味がわかった。

「……あなたが、花部流医術の宗家ですか」

女人がうなずいた。

「マヒム＝カブエです。よろしくね、ユグラウル家の若主人さん」

ホッサルは目を細めた。

「ユグラウル家を、ご存じなのですか」

マヒムはうなずいた。

「存じていますよ。私らは交易の民《たみ》なのでね、オタワル人の商人たちとは取引もあるし」

「では、祖父のことも」

マヒムは微笑んだ。

「名高いオタワル医術師リムエッルさんを知らぬものはいないでしょう」

そして笑《え》みを消した。

「リムエッルさんも、モルベル人と取引をしておられます。東平瑠《ツオル》では手に入りにくい薬の原料などを海外から手にいれるために、よくご利用いただいていますよ」

ホッサルはかすかに口を開いた。

そういえば、そんな話を聞いたことがある。〈深《しん》学院〉の創薬部も海の向こうから薬の原料を取り寄せていたはずだ。しかし、その国の名はモルベルではなかった。

「……オルミコン？」

マヒムの目元に皺がよった。

「そう、オルミコン。国の名前はね。安房那の南港から、帆船《はんせん》で十日ほどのところにある島国ですよ。

いくつもの島が寄り集まってオルミコン。私らの言葉で〈多島海〉というような意味で、そのうちのひとつがモルベル島。私らの祖先は、遥《はる》か昔に、その島から、この大陸に移り住んだんですよ」

マヒムの茶色い瞳が、かすかに光った。

「リムエッルさんもね、そのことはご存じでしょう。でも、私らと、乎来那《おきな》宗家の繫がりはご存じないはず。花部《かべ》山地は広くてね、いまはもう、ほとんどの山間部に東乎瑠《ツオル》人が住んでいて、モルベル人はむしろ、南港のある港湾《こうわん》部や漁村に暮らしていますから。私らの一族は、こうしてここに住み続けてますけどね。ここらには良い薬草があるもので、離れる気になれないのよ」

　ホッサルはつぶやくように言った。

「だから、山越《やまご》えの道はひどく不便だったのか。花部流医術の宗家が、東乎瑠人ではなく、モルベル人であることを秘《ひ》すために」

　マヒムの斜《なな》め後ろにいる真那《まな》が身じろぎした。その顔を見て、ホッサルは、あ、と思った。

（そうか、だからあのとき……）

安房那侯《あわなこう》が、乎来那《おきな》ノ大樹《たいき》の父が花部出身だと明かしたとき、真那は驚愕《きょうがく》し、青ざめたのだ。

（そりゃ、青ざめもするわな）

真那にとってみれば、天地が逆さまになったような衝撃《しょうげき》だろう。東乎瑠の最も清《せい》浄《じょう》なはずの医術が、もともとは海の向こうの異国からもたらされたものだったというのだから。

　ホッサルは真那を見ながら言った。

「君は知っていたんだな。花部に暮らしているのがモルベル人だと」

真那は暗い顔でうなずいた。

「私も安房那領主の息子《むすこ》ですから、それは知っていました。しかし、乎来那ノ大樹が花部の出だとは……。他の山間の僻地《へきち》の、東乎瑠系の氏族の出だと思いこんでいました」

（津雅那《つがな》は、知っているのだろうか）

あの恐《おそ》ろしく教条主義的な男が、この事実を知っているとしたら、いったいどうやって、受け入れたのだろう。

「……知る者は、ごくわずかでしょう」

まるで、ホッサルの心の声を聞いたように、真那がつぶやいた。

「だが、津雅那は知っているのだろう？　次の宮廷祭司医長《きゅうていさいしいちょう》にも成ろうという祭司医だ。知らないということはないだろう」

真那は、どこを見ているのかわからぬ茫洋とした目をして、うつむいている。

「知っておられたとしても、忘れさるべき過去と思っておられるでしょうね。祭司医には、古流を学んできた〈古派〉と、古流を否定して生まれてきた〈新派〉がおりますので」

マヒムが唇の端《はし》を歪《ゆが》めた。

「あなたのお父上は〈古派〉の大立者。津雅那師は〈新派〉の新鋭《しんえい》。

むかしは〈古派〉が主流だったけれど、ま、様々あって、いまは〈新派〉全盛の時代だから、津雅那《つがな》師が宮廷祭司医長になったら、花部《かべ》流医術との関《かか》わりはもう、最上位の祭司医にさえ伝えられず、清心教《せいしんきょう》医術の歴史から抹消《まっしょう》されるでしょうね」

マヒムの言葉を聞きながら、ホッサルはちらっとミラルを見た。ミラルはちょっと眉を上げて見せた。

ホッサルはため息をつき、マヒムを見た。

「で、抹消されるべき秘事を知った我々は、生きてここから出られるのでしょうかね」

それを聞くや、マヒムが、ふっと笑った。

「殺すつもりなら治療していませんよ。でも……」

言いながら、首をねじって真那《まな》をふり返った。

「あなたを寄越《よこ》すのは当然として、オタワル医術師の貴種をここに寄越すというのは重大事よ。私も、安房那《あわな》侯が何を考えておられるのか知りたいわ」

真那は顔をこわばらせたまま、首をふった。

「前にも申し上げましたが、私にも、さっぱりわからないのです」

マヒムは、ふうっとため息をついた。

「安房那侯は判じ物がお好きだから。——鎮《しず》まっていた池にわざわざ石を投げこんで、何を見ようとしておられるのかしらね」

真那はうつむいたままだった。

マヒムはもう一度ため息をつくと、さて、と言った。

「ま、それはともかく、まずはあなたの怪我を治さないとね」

マヒムが治療道具を床に広げ、腕をまくり上げるのを見て、ミラルが桶と消毒液を差し出した。マヒムは苦笑し、ミラルが自分の手を洗うに任せた。

「あなた方は本当に几帳面《きちょうめん》に手を洗うわねえ。私らなんか、赤子を診《み》るときだって、ちょちょっと手を洗うだけだけど、別にどうもないけれどね」

ホッサルは、マヒムが広げた治療道具を見て、思わず眉をひそめた。

用途がわかる器具もあるが、なんだかわからない物もある。とくに目を引くのは骨のようなものや、一目で虫とわかるものが液体に浸されている壜だった。

マヒムは固く巻いてある布をほどき、傷の当て布はミラルが慎重《しんちょう》にはがしてくれた。

「……まあ！」

ミラルが声を上げ、真那もそばに来て、傷を覗《のぞ》き込んだ。

「これは……本当に……」

真那の声に驚嘆《きょうたん》の響きを感じて、ホッサルは焦《じ》れた。

「おい！　おれは見られないんだぞ。どんなことになってるか、ちゃんと教えろよ」

骨折し、傷も深かったとミラルは言ったが、痛みはそれほど強くない。

「ミラル、神経はどうなったんだ？」

ミラルは傷を調べながら言った。

「神経の損傷はないって言ったでしょ。少なくとも動作に支障がでるような神経切断はないわよ」

「だが、骨折しているんだろう？ 傷も深いと言っていたが、それにしては痛みが少ないぞ。だいたい、おれは何日寝てたんだ？ 意識が朦朧とするほどの高熱がでたのなら……」

ホッサルが早口でまくしたてると、ミラルは傷口に目をやったまま、顔をしかめた。

「ちょっと待ってよ。ちゃんと説明するから少し黙《だま》ってて。……真那《まな》くん、ここ見て」

「ええ、もう肉芽《にくげ》が傷を塞《ふさ》ぎはじめていますね。本当に早い」

マヒムは何やら真っ黒なものが塗《ぬ》られた布を持ち上げると、ミラルと真那に脇にどくよう顎《あご》をしゃくった。

その奇妙《きみょう》な薬を肩《かた》の傷にぺったりとつけると、マヒムはホッサルの身体に覆いかぶさるようにして、何か口の中で唱えはじめた。

耳元で唱えられている早口の言葉を聞き取ろうとしたが、さっぱりわからず、ホッサルは顔をしかめた。どうも、単に異国語だというだけでなく、繰《く》り返し同じ単語を唱えているところをみると、何かの呪文《じゅもん》のようだった。

最後に、フッフッフッと息を吐《は》きかけて、マヒムは身体を起こし、新しい布を巻いて固定してくれた。

マヒムの脇にいる真那は、苦痛をこらえているような顔をしていた。ホッサルが自分を見ているのに気づくと、真那は視線をそらした。

ぎこちなくなった雰囲気《ふんいき》をほぐすように、ミラルがホッサルを見て、微笑んだ。

「手当てをされる側に回ると、イライラするでしょう」

ホッサルはミラルを睨《にら》んだ。

「余計な揶揄《やゆ》は……」

「はいはい。治療の方法と経過をお話ししますですよ、師匠《ししょう》」

なおもからかう口調で言ってから、ミラルは真面目《まじめ》な顔になり、マヒムを見た。

「私から話してよいですか」

マヒムは、どうぞ、どうぞ、と言った。

「オタワルの医術師が知りたいことなんて、私にはわからないから、あなたが説明した方がいいでしょ」

うなずいて、ミラルは話し始めた。

「あなたが怪我をしたのは四日前よ」

驚いて口を開きかけたホッサルをミラルは制した。

「ごめん！　まずは私の話を聞いて。疑問は後で一気に聞いてよ」

ホッサルはしぶしぶ口を閉じた。

「四日も意識が朦朧としていたというのが心配なんでしょう？　でも、もうあなたも察している通り、敗血症《はいけつしょう》や頭部損傷などのせいじゃないし、化膿《かのう》もね、あれだけ汚《きたな》い傷だったことを考えると、びっくりするほど少なくて、きれいに治りつつあるわよ。熱は最初かなり高くて、正直心配したけれど、マヒムさんはむしろこのくらい出た方が治りは早いっておっしゃってね。実際、熱は順調に下がったし」

「しかし、熱が下がっても意識は……」

「意識が朦朧としていたのは、多分、薬のせいよ」

「薬？」

ホッサルはぎゅっと眉根を寄せてマヒムに視線を向けた。

「治療してもらって、こんなことを言うのは申しわけないが、しかし、四日も意識が朦朧とするような薬は、とても危険でしょう……」

「ああ、いえいえ」

マヒムは手をふってホッサルの言葉を遮《さえぎ》った。

「あなたが飲んだ薬は二種類あるのよ。私の甥《おい》が渡し場で飲ませたのは、忘我薬という強い薬でね、痛みがひどいと運んで来るのも危険だから、鎮静《ちんせい》したんでしょ。その後は飲ませていないわ。ここへ来てから飲ませていたのは眠《ねむ》りを深くする薬と傷を治す薬」

「……忘我薬にも驚きましたけど」

ミラルが口をはさんだ。

「甥御《おいご》さんが、あのとき行った治療には、心底驚きました」

「ああ……」

マヒムが苦笑した。

「〈痺《しび》れ貝〉ね。あれは、慣れない人が見たら驚くでしょうね」

「〈痺れ貝〉？」

ホッサルが顔をしかめると、ミラルがうなずいた。

「骨折していたから骨を合わせて固定したかったし、傷が深くて汚かったから、できるだけ傷をきれいにしたかったんだけど、なにしろ医療器具が全部流されちゃって、痛み止めがなくて……」

そのときのことを思い出したのだろう、ミラルはぶるっとふるえた。

「そうしたら、マヒムさんの甥御さんが、大きな貝をとりだして、あなたの傷口に置いたのよ。貝は生きていて、長い口みたいなところから、にゅうっと針をだして、あなたの傷口に刺《さ》したの」

「……え」

「伸《の》ばした口みたいなのが一回脈打った、と思ったら、すぐに甥御さんはその貝をどけて、その後、傷口を水でじゃぶじゃぶ洗い流して、なにか薬水を大量にかけたんだけど、あなたは朦朧としていて、痛がるそぶりさえ見せなかったのよ」

言葉をなくして、ホッサルは茫然《ぼうぜん》とミラルを見ていた。

マヒムが苦笑を浮かべたまま、口を開いた。

「あの貝の毒は上手に使うと見事に痛みを消してくれるのよ。存分に傷を洗って、骨を合わせて、縫《ぬ》って。その間、声もあげなかったでしょう？」

ミラルはうなずいた。

「ええ、まったく。でも、貝の神経毒を使うなんて、私はしばらく生きた心地《ここち》がしませんでした」

「私らは、あれを大昔から使っているから大丈夫」

事もなげに言って、マヒムはミラルの肩に手を置いた。

「でも、あなた、良い目をしてるわね。貝の口が一回脈打った、と言ったけど、それを見極《みきわ》めて離すのが大切なコツなのよ。あの貝の毒針は、薬を体内に入れる注入器にも使えるし、私らの医術には、なくてはならない道具で……」

ふたりの会話を聞きながら、ホッサルは、じっとりと汗が背に滲《にじ》むのを感じていた。

（……冗談《じょうだん》じゃない）

うまくいったから良いが、貝の毒を使われたのかと思うと身体の芯《しん》からふるえが走った。しかも、生きた貝の口が一回脈打つ量が適量などという大雑把《おおざっぱ》な見極め方で。

貝類の神経毒は微量《びりょう》でも人を死に至らしめるものが多い。適量を見極めるためには凄まじく繊細《せんさい》な作業が必要になるはずだ。

ミラルは、花部《かべ》の医術は猛烈に面白いと言ったが、とんでもない。ミラルと話しているマヒムを見ながら、ホッサルは胸の中でつぶやいた。

（ここの医術は、医術なんてもんじゃない。呪術の類《たぐい》だ）

清心教医術もオタワル医術とは流れを異にするが、それでも、もっと洗練された医術だ。

（生きた毒貝やら虫やら呪文やら……こんな医術が、清心教医術の源流とはな。祭司医が、目を剝《む》いて毛嫌《けぎら》いしそうな医術じゃないか）

真那《まな》は茫洋とした表情で、うつむいている。

（安房那《あわな》侯は、なぜ、おれと真那をここへ来させたのだろう）

狼《おおかみ》の遠吠《とおぼ》えが聞こえてきた。

ミラルとマヒムも口を閉じ、みな黙って、陰々《いんいん》と尾《お》をひくその声を聞いていた。

三　火刑

　雨が竹の葉を濡《ぬ》らしている。

　ホッサルは目をつぶって静かな小雨の音を聞いていた。

　一日ごとに身体は楽になり、昨日はミラルに付き添ってもらって、〈竹屋敷〉の周囲をひと廻《まわ》りし、順調な回復を実感した。

　しかし、雨のせいか今日は身体が重く、寝《ね》床《どこ》から起き上がる気にもなれずに、布《ふ》団《とん》にくるまったまま、ミラルが朝食を持ってきてくれるのを待っていた。

　床が揺れている。この屋敷の床は竹の皮を編んで作られているので、人が歩くと揺れるのだ。

　ミラルが来たのだと思って身体を起こしかけたとき、戸布を持ち上げて、真《ま》那《な》が入ってきた。両手で大きな盆を持っている。

「あれ、真那くん？　悪いな、持ってきてもらって」

　真那は、いえいえ、と、言った。

「今朝はミラルさん、マヒム師の朝行《あさぎょう》に同行してしまったので、私が代わりに」

「朝行？」

「夜が明ける頃に摘《つ》む必要がある薬草が何種類かありまして。それを採りに山へ」

「この雨の中？」

「ええ、雨合羽《あまがっぱ》着て。ミラルさんは平気だと言ったんですが、夜明けの、しかも雨降りの山の中だからと、マコウカンさんが心配してついて行きました」

そのやりとりが目に浮かび、ホッサルは苦笑した。

「あいつ、元気だな」

ミラルにとって新しい薬の可能性を見出《みいだ》すことは何よりの喜びだ。雨なんぞ気にもかけずに、わくわくしながら薬草の採取をしているのだろう。

真那は朝食の盆を床に置くと、ホッサルが身体を起こすのを手伝おうと手を伸ばしてきた。

「あ、いや、大丈夫。手をださないでくれ、自分で起きられるから」

ホッサルは傷をかばいながらゆっくりと身体を起こした。

痛みはまだあるが、それでも、もうさほど痛まない。

「……正直なところ、ちょっと興味がでてきた」

ホッサルがつぶやくと、真那が訝《いぶか》し気な顔をした。

「花部《かべ》の医術にさ」

「……ああ」

盆の上に被《かぶ》せてあった大きな竹編みの蝿除《はえよ》けを持ち上げながら、真那《まな》はうなずいた。

「傷の治りが早いことは、確かですね」

真那は卵をとりあげ、盆の縁にコンッと当てて割った。小鉢《こばち》につるりと落ちた卵は、いかにも産みたてで、濃《こ》い赤みがかった黄身がぷっくりと盛り上がっている。

真那は卵を手早く箸《はし》で溶くと、そこに塩辛《しおから》いトロッとした茶色のタレを注ぎ、たくさんの山ネギと、小魚の干物《ひもの》を骨ごと細かく刻んだものを入れて、炊《た》きたての、粒《つぶ》が立ったご飯につるりとかけた。

それをざっくりとかき混ぜてから、ホッサルを見た。

「右手、まだ動かしづらいでしょう」

「うん。申しわけないが、器《うつわ》をおれの膝《ひざ》に載せて支えてくれないか。左手で食べるから」

立て膝をし、その膝頭《ひざがしら》に載せてもらった器から、卵をかけた飯を匙《さじ》ですくって口に入れると、飯の温もりと、こっくりとした旨味《うまみ》が口中に広がった。

真那は介助《かいじょ》に慣れていて、お茶が飲みたいな、と思う前にお茶を口元に持ってきてくれ、刻んだ野菜の漬《つ》け物が食べたいな、と思うと、すっと器に入れてくれる。

「うまかった。ありがとう」

器が空になると、ホッサルは心から礼を言った。いえいえ、と、つぶやいて、真那は手際よく、空になった器を盆に片付けていく。

「あ、お茶は置いておいてくれるか」

「ああ、そうですね」

真那はお茶の茶碗《ちゃわん》の糸尻を手で拭って、床に置いた。

屋敷の中は静かで、ただ屋根を打つ小雨の音だけが聞こえている。

大きく開かれている窓の外で、雨に濡れた緑の竹の葉が揺れていて、部屋の中まで薄緑《うすみどり》色に染まりそうだった。

　ホッサルは、お茶の茶碗を持ち上げた。

「ずっと気になっていたんだが、香枝《こうし》ノ病の特効薬のことは聞いてみたのかい？」

「ああ、はい。聞いてはみたのですが」

真那は顔を曇らせた。

「のらりくらりと話を逸《そ》らして、教えてくれないのです」

「え、そうなのか？　なんでだろうな。門外不出の秘薬なのかな」

「そういう感じでもなかったですね。私に教えても仕方がない、という感じでした」

言ってから、真那は唇の端を歪《ゆが》めた。

「多分、とんでもない原材料なのでしょう」

「……ああ、そうか。虫とか蛇《へび》とか、そんなものから作るのかもな」

「ええ」

ふたりは顔を見合わせて、苦笑した。

「だが、虫や蛇も、そう馬鹿《ばか》にしたものではないよな。実際、ミラルは以前、ある種の蛇毒が血液の凝固《ぎょうこ》を阻害《そがい》する性質をもっていることに注目していたし。薬として使えるようにするのは難しかったみたいだが、おれも興味はあるんだ。それに、そもそも蛇毒を使わないと、蛇毒の血清は作れないしな」

真那《まな》は瞬きをした。

「血清？」

「ああ。毒蛇に咬《か》まれたときの特効薬だよ」

言いながら、ホッサルは、ああ、そうか、と口の中でつぶやいた。

「馬の血を使うからなあ、あれは。清心教医術では使わないものだろうな」

真那は、それを聞いたとたん、そそけだったような顔をして、腕をさすった。

「……馬の血を人に使うのですか」

「うん。蛇毒をごく少量だけ馬に注入して、半年ぐらいかけて馬の身体の中で毒に対《たい》抗《こう》する物質を作ってもらうわけだ。それを精製して、人に使えるようにしたのが血清だよ。馬一頭が三百本ぐらいの血清を作ってくれるそうだ。ミラルから聞いた話の受け売りだけどね」

「……」

「実際、馬はありがたい生き物だよ。我々が〈トッ〉と呼ぶ、神経症状がでる、極めて致死《ちし》率が高い恐ろしい食中毒なんかも、馬の体内で抗毒素《こうどくそ》を作ってもらう抗毒素血清ができてから、命を救えるようになったしな」

　努めて軽い口調で言いながら、ホッサルは、くすんだ表情で聞いている真那の顔を覗き込んだ。

「清心教医術では使えないんだろう？　馬を使って作った血清は」

　真那は首をふり、短く答えた。

「あり得ません」

　そして、深く息を吸うと、自分のそっけなさを詫びるように、

「清心教医術の根本は、〈分を守る〉ことにあるので」

と、言った。

「〈分〉？」

「ええ。この世がこのように在るということに、私たちは神の御心《みこころ》を見ているのです」

　真那は両腕を広げた。

「竹は竹、虫は虫、私は私、あなたはあなた、みな違う存在として在る。それは、そうである必要があったからこその区別でしょう。その、それぞれの〈分〉を踏《ふ》み越えて過剰《かじょう》な接触《せっしょく》が起こると、それらは穢《けが》され、病などの災《わざわ》いが生じる。

雨が降らねば木々も我らも生きられませんが、過剰に降って、あるべき位置より深いところまで大地を侵《おか》せば地《じ》崩《くず》れが起きる。人もまた、摂《と》るべき量を守って食していれば健《すこ》やかですが、過剰に食したり、食べるべきでないものを食べたりすれば〈分〉が乱されて、病《や》むことになります。人もこの世も、健やかに在るためには、神がもともと定めた〈分〉を見極め、それを守ることが肝要《かんよう》なのです」

ホッサルは、持ち上げただけで、結局飲まなかったお茶の茶碗を床に置くと、ぼんやりと顎を指でさすりながらつぶやいた。

「それは、前に聞いたことがあるな……」

アカファの王幡《オウハン》侯の城の廊下《ろうか》で、呂《ろ》那《な》師が言った言葉が耳の奥に甦《よみがえ》ってきた。

——神は、この世を、いま在《あ》る形に創《つく》られた。人は人、犬は犬、虫は虫として。異なる姿、異なる生き方を与えられたのは、そうすべき意味があったからでございましょう。

この境界を越えてしまえば、神が定めなかった混沌《こんとん》が生じまする。それは、人として為《な》してはならぬことでございまする。

ホッサルは、ふっと苦笑した。

「……危険な批判に聞こえることを承知で敢《あ》えて言わせてもらうが、そういう話を聞くと、清心教が東平瑠《ツオル》帝国《ていこく》の国教であることが不思議に思えるんだがな。他国に攻《せ》め込んで領土を拡《ひろ》げることは、〈分〉を踏み越えることにはならないのかい？」

真那《まな》は淡々《たんたん》と答えた。

「国は、神ではなく、人が創ったものですから。国境線は神が定めた〈分〉とは何の関わりもありません」

ホッサルは、いささか毒気を抜《ぬ》かれた気分で、まじまじと真那を見た。

「君は……そうか、意外に強《したた》かなんだな。というか、強かなのは清心教か」

その言葉の意味がわかっているのか、いないのか、真那は穏《おだ》やかな口調で続けた。

「清心教では、人には乱を治める務めがある、とされています。人は、他の生き物より〈分〉を乱しやすい愚《おろ》かな性質を持っていますが、その一方で、乱したら、それと気づく目と心も持っておりますから」

「ふうん。つまり、皇帝は、乱れている世を治めるために他国を支配下に置いて導いている、と？」

「はい」

「祭司医も、それを実践《じっせん》しているってことか」

「はい」

揺るがぬ湖面のような表情で答える真那《まな》を見つめ、ホッサルは眉をひょいっと上げた。

「となると、一層、わからなくなるな。ここの医術から、どうして清心教医術が生まれたんだろう？」

とたんに、なにか熱いものにでも触れたかのように真那は顔を歪めたが、ホッサルは容赦《ようしゃ》なく続けた。

「花部《かべ》流医術ってのは、貝毒やら、蛇やら虫やら、なんでも使うよな。経験による目分量処方なんていう危なさはあるが、それでもけっこう実効性は高い。そういう、身の回りにいる生き物の使い方に熟達している医術だよ。なんでもあり、混交してこその治療法に思える。根本にある思想が真逆だぜ？」

真那は片手で顔を拭った。

「……乎来那《おきな》ノ大樹《たいき》は、帝都で清心教に出会って回心したのでしょう」

「清心教に心服して、教義に合わぬものを捨てたってのかい？」

「ええ」

ホッサルは真那を見つめた。

「本当に、そう思うか？」

真那は眉をひそめた。

「……本当に、そう思うか、とは？」

「君も医術師ならわかるだろう。目の前に苦しんでいる患者《かんじゃ》がいて、自分が、治せる薬を持っているのに、使わないでいられるか？

例えば、亜々弥《ああや》ちゃんの苦しみを和らげられる薬があるとしたら、君は、本当にそれを使わないで、亜々弥ちゃんを苦しませ続けるのか？」

真那の頬がこわばった。

「その薬を使うことで、患者の身が穢れるのであれば……」

「おいおい」

ホッサルは苦笑した。

「それは、君がさっき言った清心教の教義でいうと、理屈《りくつ》が逆さまだぞ？」

「え？」

「だって、そうだろう？　神はこの世をきちんと分け、在るべき姿にしている。そうでない過剰な交わりや、誤った交わりが起こると穢れる。穢れたから病む。病が治った状態というのは清らかな状態だ。君が言ったのは、そういうことだろう？」

真那は用心深く、その言葉を口の中で繰り返し、やがて、うなずいた。

「ええ、そうです」

「ならば、病んで苦しんでいる人というのは、すでに穢れているわけだろう？　それを治すことができる薬があるとすれば、それは穢れを清めることができる物だから、まさに、神が交わるべき物として、我々に与えた物じゃないのか？」

真那《まな》は半ば口を開け、そのまま静止した。

「清心教医術では薬湯《やくとう》を多く用いるが、その原料は草木だ。人は人、草は草。異なる〈分〉の存在であることは、草も虫も馬も同じだ。それでも、薬湯を飲めば病が癒《い》えるじゃないか」

ホッサルは大きく息をつき、真那を見据《みす》えた。

「君は、乎来那《おきな》ノ大樹《たいき》が清心教に出会って回心したのだろう、と言ったが、おれは、彼がそれほど純真だったとは思えない。征服《せいふく》者の人質《ひとじち》になりながら、その征服者を魅了《みりょう》した男に育てられた男だぞ？ 虫も蛇も特効薬にするような考え方をする連中の治療法を受け継いでいる男だぞ？ おれがいま、君に話したくらいの理屈はすぐに頭に浮かんだだろうよ。

そんな男が、わざわざ帝都に出て、自分たちの一族が脈々と伝えてきた医術をこの国に広めていこうと思ったときに、自分たちの医術の最も使える技《わざ》を封《ふう》じるような教えを、なぜ受け入れたんだろうな？」

ホッサルは胸の底からじわじわと湧《わ》き上がってくる熱を感じながら、唇の端を歪めた。

「二百年の時を超《こ》える術《すべ》があったら、おれは、ぜひ会ってみたいね、乎来那ノ大樹に」

真那は硬《かた》い表情でうつむき、答えなかった。

雨脚が少し強まったのか、窓から忍《しの》び込んでくる雨の匂いが濃くなった。

ホッサルは窓の外に目をやった。

「ここは、つくづく不思議な土地だな。ロバで行くような山の中だと聞いていたから、てっきり麦やら稗《ひえ》やらを食わされるんだと思っていたが、毎日たっぷり米の飯を出してくれるし」

真那も窓の方に顔を向け、しばし、雨にうたれて揺れる笹《ささ》の葉を見ていたが、やがて、口を開いた。

「……領都への近道はご存じの通りのひどい山道で」

声がかすれていた。ひとつ咳払《せきばら》いをして、真那は続けた。

「ここも山間《やまあい》の郷《さと》ですが、ここから海側の方はけっこう開けていて大きな河川《かせん》も水田もあるのです。実際、花部《かべ》山地の南部の平野は良い米がとれる稲作《いなさく》地帯ですよ」

「へえ。その米は、じゃあ、船で領都へ運んでくるのか？」

「ええ、海路です。船は荷を多く積めますし、さほど不便ではないのですが……」

真那はホッサルに顔を戻した。

「この辺りに暮らす人たちにとっては、領都に行くのにいちいち港まで出て、というのは、やはり不便ですから、父上は花部《かべ》峡谷に新しい橋を架《か》けることを考えているようです。台風や大水でも壊《こわ》れない、しっかりとした橋を」

「ミラルの親父殿《おやじどの》を連れてきたのは、そのためだものな」

「ええ」

「でも、良いのかい？　花部と領都を結ぶ道を便利にしてしまって」

真那《まな》はつかのま無言でホッサルを見つめていたが、やがて、ため息をついた。

「良い、と思ったのでしょうね、父上は。あなたをここへ来させたくらいですから」

ホッサルはかすかに目を細めた。

「……ミラルにさ」

「ええ」

「料理屋でミラルに安房那《あわな》に来てくれって話をしたのは、お父上の指示だったのかい？」

真那はうなずいた。

「一時帰郷したときに、父上に言われたのです。あなた方を誘《さそ》うようにと」

ホッサルは立て膝に顎を載せた。

「ざっくばらんに言わせてもらうけど、お父上は最初から、おれたちをここへ来させたかったような気がするんだが、なぜなんだ？」

真那は、また、ため息をついた。

「こちらもざっくばらんに言わせてもらいますが、わからないのです、本当に」

それまで律儀《りちぎ》に正座していた足を崩しながら、真那は続けた。

「最初は、あなた方を助けるおつもりかな、と思っていたのですが」

「助ける？」

「ええ」

ややためらってから、真那は思い切ったように口を開いた。

「リムエッル師は宮廷の事情に通じておられるそうなので、次期宮廷祭司医長が誰になりそうか、すでに察しておられると思いますが……」

「うん。津雅那《つがな》師だろうと聞いている」

真那は暗い表情でうなずいた。

「津雅那師は優《すぐ》れた祭司医でいらっしゃいますが、師のおっしゃることは、ときに、ぎょっとするほど極端《きょくたん》なことがあるので、父上は、津雅那師が宮廷祭司医長になられた後、大きな粛清《しゅくせい》が起きるのではないかという懸念《けねん》をもっているようです」

「オタワルの医術師に対して？」

「ええ。オタワル医術師の一掃《いっそう》を……冷酷《れいこく》なやり方で推《お》し進めるのではないかと」

何を思い出したのか、真那は寒気を覚えたかのように、かすかにふるえた。

ホッサルは眉をひそめた。

「冷酷といっても、我々も、これまで多くの人たちを救ってきたんだ。それほど過激なことはしないだろう？」

真那《まな》はホッサルの目を見ずに首をふった。

「宮廷祭司医団は、ときに苛烈《かれつ》なことをします。膿《う》んだ指を切り落とすように、あっさりと処刑《しょけい》を進言することがあるのです」

青ざめた顔で窓の外に目をやり、真那は囁《ささや》くように言った。

「私は十三で帝都の乎来那《おきな》学堂《がくどう》に入りましたが、その頃三人の兄弟《あにで》子《し》たちが邪教《じゃきょう》に帰《き》依《え》し、数人の患者に禁じられた処方を行って死に至らしめたとして、火刑に処せられるのを見ました……」

目に浮かんでしまった光景をふり払《はら》おうとするかのように、真那はかすかに頭をふった。

「しかし、那多瑠《ナタル》帝が……」

言いかけたホッサルを、真那は遮った。

「皇帝陛下は、数年以内のご退位を考えておられます」

ホッサルは、どきっとして真那を見つめた。皇帝が、それほど早い退位を考えているというのは初耳だった。

（……だから）

与多瑠《ヨタル》は、それとなく次期皇帝候補の話をしたのか。

真那は低い声で言った。

「次期皇帝候補は、弟君の由吏《ゆり》さまと娘婿《むすめむこ》の比羅宇《ひらう》さまのおふたりです。リムエッル師との親交が深い由吏さまが皇帝に即位《そくい》されれば、ホッサル師たちを守ってくださるでしょうが、比羅宇さまは……」

真那は少し考え、言葉を選びながら言った。

「お人柄《ひとがら》はとても良い方で、正直なところ、私は由吏さまより好きですが、なんというか、少し控《ひか》えめなところがおありです。いや、控えめというより、慎重と言った方がいいかな。判断をなさるまでに時間がかかるというか……」

「へえ。随分具体的だな。君は次期皇帝候補にお目通り願ったことがあるのかい？」

真那は、ちらっと苦笑を浮かべた。

「おふたりとも〈鳴き合わせ、詩《うた》合わせ〉がお好きで、幾度《いくど》も安房那《あわな》にいらしていますから。とくに比羅宇さまは、私どもの遠縁《とおえん》にあたりますし」

「え！　そうなのか？」

「ええ。比羅宇さまの母方のお祖母《ばあ》さまと、私の父方の祖母が姉妹《しまい》なのです。私の祖母の方が妹で。そんなご縁があるうえに、子どもの頃、比羅宇さまはお身体が弱かったので、父を頼《たよ》ってくださって、安房那《あわな》に長く逗留《とうりゅう》されていましたし。いまは大変お元気でいらっしゃいますが」

ホッサルは半ば口を開けて、その話を聞いていた。

（……与多瑠《ヨタル》殿は、そんなことは言わなかったな）

ホッサルが予断をもつことを恐れて、敢えて触れなかったのかもしれない。

真那《まな》は少し眉根を寄せて、やや声を低めた。

「津雅那《つがな》師の後ろ盾《だて》である王阿《おうあ》侯は、比羅宇《ひらう》さまを推しておられます。ですから、比羅宇さまが皇帝になられた暁《あかつき》には……」

そのとき、床が揺れはじめ、誰かが足早に歩いてくる音が聞こえてきた。

ややあって、下仕えの男が現れて、

「真那さま」

と、申しわけなさそうに声をかけてきた。

「あのう、鎌《かま》で足を切ったっちゅう男が来ておるのですが、いま、医術師さま方が出払っておりまして。診ていただけんでしょうか」

真那は盆を持って立ち上がった。

「診ましょう」

そして、ホッサルに会釈をすると、部屋を出て行った。

彼らの足音が遠ざかると、部屋は小雨の音で満たされた。

ホッサルはぼんやりとその音を聞きながら、腕をさすった。腹の底に冷たい塊《かたまり》が生まれていた。

（……もう、あまり）

時間はないのかもしれない。思っていたよりも遥かに早く、そして、遥かに苛酷《かこく》な事態が迫《せま》っているのかもしれない。

祖父に何度言われても実感が湧かなかったが、兄弟子の火刑を見たという真那の表情が、ホッサルの胸に初めて生々しい恐怖《きょうふ》を宿した。

（邪教に帰依したという理由で、長年共に暮らした同胞《どうほう》を火刑に処すのであれば）

清心教医術を根底から覆《くつがえ》しかねないオタワル医術師を粛清することをためらいはしないだろう。

しかも、やるのであれば、二度と復興がないよう徹底《てってい》的に、恐ろしい見せしめとしての効果がある方法で行うはずだ。——生きながら焼かれる日が、現実に訪《おとず》れるのかもしれない。

冷たく痺れた頭皮をほぐすように、ホッサルは頭をふった。

（まだ、時間はある）

そう思っても、胸の中に生じた怯《おび》えと焦燥《しょうそう》感は消えていかなかった。

（これまで、おれは……）

逃げていたのだ、と、ホッサルは思った。

ひとりでも多くの患者を救うことが自分の使命で、政治にかかずらっている暇《ひま》はない、と思っていた。医術のことだけ考えていたかった。

だが、本当のところは逃げていたのだ。

祖父リムエッルの跡を継ぎ、オタワル医術師団の運命を背負っていくのが嫌《いや》で、その日が来るのをひたすらに恐れ、考えないようにしていただけだ。

だが、逃げていても、その日は必ず来る。祖父の跡を継ぐ日は必ず来るのだ。リムエッルのただひとりの孫であることは影と同じで、どう逃げようとついてくる黒々とした運命だ。

オタワルの医術師たちの未来は自分にかかっている。

それだけではない。せっかく東乎瑠《ツオル》全体に広がりつつあるオタワル医術の火が完全に踏み消されてしまえば、助けられる患者を見捨てることになる。

ホッサルはため息をついた。

祖父や深学院の人々と早急に話し合って、粛清を食い止める手を打たねばならない。

（まずは力関係の把握《はあく》をしないとな。おれは、その辺りに疎《うと》すぎる……）

そう思ったとき、ふと、

——最初は、あなた方を助けるおつもりかな、と思っていたのですが。

と言った真那《まな》の声が耳に甦ってきて、ホッサルは眉根を寄せた。

（……安房那《あわな》侯は）

なにを考えているのだろう。

（本当に、おれたちを助けるために招いたんだろうか）

そうでありそうな気もするが、それだけではない気もする。

第一、いかに祭司医たちの敬意を集めているとはいえ、安房那侯は選帝侯《せんていこう》ですらない。津雅那《つがな》と近しいという比羅宇《ひらう》侯が皇帝になってしまったら、安房那侯に津雅那の意向を押しとどめる力などないだろうし、そんなことをしようとすれば安房那領を危険に晒《さら》すことになる。赤の他人のために、そこまでするはずがない。

いつの間にか雨の音が聞こえなくなっていた。

かすかに空が明るみを帯びている。もうすぐ雨は上がるだろう。

窓から見える空を、ホッサルはじっと見つめていた。

四　悲恋

雨は昼前に上がり、初夏らしい澄《す》んだ日射しがふりそそぎはじめた。竹林を吹き抜ける風は葉を揺すって水滴《すいてき》を宙に弾《はじ》き、そのたびに、緑に染まった光がきらきらと舞《ま》った。

どこまで行ったものやら、ミラルたちはまだ帰って来ていない。真那《まな》も次々訪れる患者を診ているようで部屋に戻って来ず、手持ち無沙汰《ぶさた》の上に腹が減ってきたので、ホッサルは片手でなんとか衣《ころも》を着《き》替《が》えて外に出た。

屋敷の内側はまだ案内をされていないので勝手がわからない。屋敷の外をぐるりと回って、裏手にある厨房《ちゅうぼう》に行き、何か昼飯代わりになるものをもらおうと思っていた。

この屋敷の敷地は広大で、西側には廏《うまや》がいくつもある。散歩の折にミラルが連れて行ってくれたが、馬だけでなく、珍《めずら》しい毛色をしたロバや山羊《やぎ》などが飼われていて驚いた。

運搬《うんぱん》用や食用であれば、これほど多様な種類を飼育する必要はないはずだから、何か花部《かべ》流医術ならではの用途があるのかもしれない、とミラルが言っていたが、確かにそう思わせる光景だった。

屋敷に沿って、夏草をかきわけて歩くうちに、草履《ぞうり》はぐっしょりと湿《しめ》って滑《すべ》るようになった。ホッサルは転ばぬよう、ゆっくりと歩いていった。

すでに昼食の支《し》度《たく》が始まっているのだろう。屋敷の裏手に回ると、肉を焼く香《こう》ばしい匂いが漂《ただよ》ってきた。厨房の中には多くの人が立ち働いている気配がある。

あと少しで厨房の半開きになった戸に手が届く、という辺りで、ずるりと草履が滑った。あ、まずい、と、怪我をしている腕をかばって反対側の手と膝を草地についたのだが、それでも脳天まで響く痛みが走った。

唸《うな》りながらうずくまっていると、誰かが駆け寄って来た。

「……あ、申しわけない。ちょっと滑って……」

自分の身体を支え、大きな手で膝についた泥《どろ》を払ってくれている男が誰であるかに気づき、ホッサルは思わず次の言葉を飲み込んだ。

「大丈夫ですか」

ミラルの父ラハルに顔を覗き込まれ、ホッサルは、ややうろたえながら、うなずいた。

「大丈夫です。……ありがとう」

ラハルはホッサルの腕を支え、ゆっくりと立たせてくれた。

ふたりはしばし、無言で見つめ合った。

「おひとりで、ここまで歩いてこられたのですか」

ラハルに問われ、ホッサルは苦笑した。

「腹が減ったもので、何か食べる物をもらおうと」

「ミラルは？」

「マヒム師たちと薬草を採りに行ったようです」

ラハルは無表情で何か考えていたが、やがて、厨房に顔を向けた。

「私も弁当をもらいに来たところなのです。ひとつ余分にもらってきますので、お身体が大丈夫なようでしたら、一緒《いっしょ》に食べませんか。……少し、お話ししたいことがあるのです」

「ああ……はい」

ホッサルがうなずくと、ラハルは、すっとホッサルから離れて厨房に入っていった。

その背を見ながら、ホッサルは鳩尾《みぞおち》の辺りがこわばってくるのを感じていた。

ラハルたちが泊まっているという宿に連れて行かれるのかと思ったが、ラハルが向かったのは屋敷のすぐ脇の、竹林の中にある小さな四阿《あずまや》だった。

四方に壁はなく、椅子《いす》は湿っていたが、ラハルは厨房でもらってきたらしい油紙を椅子に敷いて座れるようにしてくれた。

日が照りはじめると、初夏というより、すでに夏を思わせる暑さだった。それでも、風が渡っていく四阿は涼しく、なるほど、昼飯を食べるには良い場所だった。

ラハルは大きな焙烙《ほうろく》のような、丸い素焼《すや》きの弁当箱の蓋《ふた》を開けて、ホッサルの膝に載せてくれた。

ニンニクの細切れを焦《こ》がした油で炒《いた》めた焼き飯に、皮目をこんがりと焼いた豚肉《ぶたにく》の切り身がのっている。香辛料《こうしんりょう》もたっぷり使ってあるのだろう、思わず唾《つば》が湧いてくるような香りがふわっと鼻をさすった。

「介助が必要ですか？」

問われて、ホッサルは首をふった。

「いや、大丈夫。ありがとう」

内心、弁当箱ごと持ち上げて食べられないので、こぼすかな、と思ったのだが、ラハルに介助してもらうなど冗談ではないので、平然とした風を装《よそお》って匙をとりあげた。

焼き飯はうまかった。とてもうまかったが、こういう状況《じょうきょう》でなければ、もっとうまいだろうな、と思わずにはいられなかった。

ラハルはいっこうに話を切り出す風もなく、黙々と焼き飯を食べている。ざく、ざく、と飯をすくっては食べ、あっという間に食べ終わると、竹の水筒《すいとう》をとりあげて口に当て、喉を鳴らして茶を飲んだ。

それからは、竹林を眺めて、ホッサルが食べ終わるのを待っていた。

ホッサルが食べ終えて茶を飲み、竹の水筒を脇に置くと、ラハルはゆっくりとホッサルに向きなおった。

「……まずは、礼を言わせてください。娘を助けてくださって、ありがとうございました」

そう言って、ラハルは深く頭を下げた。

ホッサルは慌《あわ》てて、いや、と言った。

「あれは、咄嗟《とっさ》のことで……」

ラハルは首をふった。

「咄嗟だからこそ、です」

ふーっとラハルは吐息《といき》をついた。膝に置いた太い指がかすかにふるえているのに気づき、ホッサルは、どきりとした。彼がこれほどの緊張《きんちょう》を見せるのは初めてだった。

ラハルはつかのま目をつぶり、それから開くと、ホッサルを見つめた。

「もうお察しのことと思いますが、話というのは、貴方《あなた》さまのご縁談のことです」

一瞬、何を言われたかわからず、ホッサルはただラハルを見ていた。やがて、その言葉が頭に沁み込むや、ホッサルはぎょっとして目を見開いた。

「……縁談？」

「ご存じなかった？」

「ええ」

　ラハルは目をそらし、

「やはり、伝えなかったのか」

　と、口の中でつぶやいた。

　それを聞いた瞬間、かなり前の朝、廊下で待っていたミラルの青ざめた顔が脳裏《のうり》に閃《ひらめ》いた。

（……ミラルは、あのとき）

　ラハルからその話を聞いていたのだ。それで、あんな顔をしていたのか。

　そう思ったとたん、胸の中に怒気がうごいた。

「……なぜ、私より先に」

　ホッサルはきつい目でラハルを見つめた。

「あなたにそんな話が行ったのです？　そもそも誰から？　いや、それより、誰との縁談なのですか」

　ラハルは手で押しとどめるような仕草をした。

「申しわけございません。私はこういう話が下手で、順序が悪く……」

　息を吸い、ラハルは言葉を選びながら話し始めた。

「なぜ貴方さまより先に私がご縁談について知ったか、ということですが、それは真《ま》那《な》さまが、安房那《あわな》侯さまに、貴方さまと娘の関係をお話しになったからなのです。

それで安房那侯さまに呼ばれて、貴方さまと娘が正式な婚姻関係になる可能性があるのか、と問われたのです」

（……安房那侯）

怒《いか》りは急速に治まり、代わりに驚きと緊張が胸を圧した。

「では、縁談というのは、オタワル人とではなく……？」

「ええ、はい。安房那侯さまの御息女、梨《り》穂宇《ほう》さまとのご縁談です」

ホッサルは思わず口を開けて、ラハルを見つめた。

目まぐるしく様々な思いが頭を駆け巡《めぐ》り、言葉が出なかった。

じんじんとする頭の中で、ひとつのことがくっきりと浮かび上がってきた。

（……では、安房那侯は本気で）

自分たちを救おうとしているのか？　こういう方法で？

ユグラウル家の嫡男《ちゃくなん》であり、リムエッルの跡継ぎである自分を婿として迎え、縁戚《えんせき》となることで、苛酷な粛清からオタワル医術師たちを救う……？

（いや……）

多分、それだけではなかろう。

（おれが、安房那侯の娘婿になれば）

傍目《はため》には、オタワル医術師の長《おさ》になるべき者が清心教医術師の長の徳にすがり、その傘下《さんか》に入ったように見えるだろう。

安房那侯は、むしろ、それを狙《ねら》っているのではなかろうか。——オタワルの医術を清心教医術に吸収することを……。

ホッサルは顔をしかめて、首をふった。

「しかし、それは、祖父が……」

ラハルが身を乗り出し、ホッサルの言葉を遮った。

「実は、安房那侯さまのお呼び出しからほどなくして、リムエッルさまから極秘《ごくひ》のお便りをいただきました。いったい、どうやってお知りになったのか、安房那侯さまが、御息女とのご縁談をお考えになっていることも、私にその話があったことも、すでにご存じで……」

ホッサルは、ぎゅっと眉根を寄せた。

(〈奥〉の手の者が、安房那に配置されていたのか)

となると、祖父は、かなり早いうちから安房那侯の思惑《おもわく》を察していたことになる。

鼓動《こどう》が速くなった。湧き上がる黒雲のように不安が胸を覆いはじめた。

(すると、この縁談は、単に安房那侯の思いつきという類のものではないのかもしれない)

ホッサルは低い声で問うた。

「祖父は、なんと？」

ラハルの視線が揺れた。

「娘のことを思いやってくださるお便りでした。誠《まこと》に申しわけないと、詫びてくださいました」

凍《こお》るような手で両肩をつかまれたような気がした。

（では、やはり、お祖父《じい》さまは……）

この縁談を好機と捉《とら》え、進めるべき、と考えているのだ。

冷たい汗が額に浮いた。

「しかし、私はユグラウル家の跡取《あとと》りだ」

声が掠《かす》れた。掠れたまま、言葉を押し出した。

「古オタワル王国の始祖の血を、東乎瑠《ツオル》人と交えることは許されまい」

「そのことは、なんとかする、と書いておられました」

ラハルは唇を湿した。

「津雅那《つがな》が宮廷祭司医長になった暁には、オタワル医術師の命が脅《おびや》かされる時代が訪れる。その危機を防ぐためなら、聖家の人々の同意も得られよう、と、書いておられました。

そして、私に、良き時を見計らい、そのことを貴方さまにお伝えするように、と」

ホッサルはうつむき、地面を見つめた。

（……そうか）

祖父が、そんな風に思っているのだとすれば、オタワル医術師の未来は、それほどまでに危《あや》ういのだ。

祖父は長年、皇帝や有力貴族たちに恩を売り、丹念《たんねん》に絆《きずな》を——オタワルの医術師のための防壁《ぼうへき》を——作ってきた。だが、その防壁ではしのぎ切れないと、祖父は思っているのだ。

ミラルの顔が目に浮かんだ。

ふたりで生きてきた日々の様々が心に浮かび、流れていった。

（……そうか）

とうとう、この時が来たのか。いつか来ると、ずっと恐れていた時が。

サササ……と、竹林が鳴った。

緑の光の中で、ホッサルはのろのろと片手を持ち上げて、顔を覆った。

この縁談にまつわるもの——自分とミラルを覆っている暗く重いもの、それを押しのけることができぬ哀《かな》しさが胸に沁みだし、後から後から熱い涙が溢れてきたが、ホッサルは必死に嗚咽を押しとどめた。

（こんな血筋に生まれなければ）

長く見ぬふりをしてきたその思いが、いま、とどめようもなく顕《あら》わになり、灼熱《しゃくねつ》した塊となって胸を焼いた。

こんな血筋に生まれなければ、とうに義父となっていたであろう人の脇で、ホッサルは、声を押し殺して、泣いた。

五〈地ノ道作り〉と〈牛宝〉

女の声で目が覚めた。

つかのま、いま自分がどこにいるのかわからず、ホッサルはぼうっと天井《てんじょう》を見ていた。辺りは暗く、誰が点《つ》けていったのか、部屋の隅《すみ》に小さな灯火《とうか》がひとつ灯《とも》っている。蚊《か》やりの煙《けむり》の匂いがした。

ラハルと別れたあと、ひどく疲《つか》れて横になったのだった、と思いだしたが、それにしては辺りの暗さが不思議だった。妙な時刻に寝入ってしまったせいで、どうやら夜まで眠ってしまったらしい。

ホッサルは傷をかばいながら半身を起こした。

部屋の中は暗いが、窓から見える空にはまだ夕暮れの名残《なごり》があった。それを見て、少し安堵《あんど》した。寝すぎたかと思ったが、それほど遅い時刻ではない。

（ミラルはもう帰って来たのかな）

屋敷の中はざわめいていて、多くの人が立ち働き、話している声が、くぐもって聞こえてくる。

急に訪れた患者がいるのだろう。女の興奮した甲高《かんだか》い声と、それを宥《なだ》めているマヒム師の声が聞こえてきたが、なにを言っているのかまではわからなかった。

ホッサルは傷をかばいながら立ち上がり、部屋を出た。廊下に出ると女の声がはっきり聞こえるようになった。ひんやりとした薄暗い廊下を声がする方へ歩いていき、隙間《すきま》から灯《あか》りが漏れている戸をそっと開けた。

だだっ広い部屋だった。

天井から多くの薬草がぶら下げられている。壁際に甕《かめ》や壜などが整然と並び、真那《まな》の治療部屋にあったような箪笥《たんす》もあった。

部屋の真ん中に低い寝台《しんだい》が三つほどあって、その中のひとつの寝台をマヒム師たちが囲んでいる。ミラルや真那、マコウカンもいた。

ミラルがふり返り、ホッサルに気づくと、駆け寄ってきた。そして、そっと腕に触れ、顔を覗きこんだ。

「……大丈夫？」

「ああ。――急患？」

「ええ、赤ちゃん。高熱で朦朧としているわ。お母さんが隣家《りんか》に用があって、ちょっとのつもりで納屋《なや》に寝かせたら、通りがかりの人が、赤ちゃんが寝ているのを知らないで戸を閉めちゃったんですって」

母親なのだろう、若い女が甲高い声でしきりに言い訳をし、戸を閉めてしまった近所の老人を罵《ののし》っている。

赤子に覆いかぶさるようにしていたマヒム師が顔を上げ、

「子どもを助けたいなら、いい加減に口を閉じなさい。口を閉じられないなら部屋を出てもらうよ」

と、低い声で言うと、母親はようやく口を閉じたが、気が動転していてどうにもならないのだろう、身悶《みもだ》えしながら、また口を開けた。

マヒム師がちらっと、脇にいる男を見ると、彼はうなずき、部屋の隅の小さな炉《ろ》にかかっていた土瓶《どびん》からなにかを茶碗に注《つ》いで戻ってきた。

「さ、これを飲みなさい」

母親の手に茶碗を持たせ、男は再度、飲むように促した。

「心が落ち着く薬湯です。母親と子どもは繋がっている。あなたが落ち着かないと、子どもも不安で落ち着かない。余計に熱があがります。子どもを助けたいのでしょう？」

諭されて、母親は茶碗を口元に運んだ。手がふるえていて、少し薬湯がこぼれて服を濡らした。

飲み終えると、母親は深い吐息をついた。少しだけ顔色がもどってきていた。

男は母親から茶碗を受け取ると、マヒム師に何か囁き、マヒム師がうなずいた。男はまた部屋の隅に行き、なにかの壜をいじりはじめた。真那《まな》がそっと男のそばに行って、男がしている作業を見つめた。

ホッサルを寝台のそばへ導きながら、ミラルがささやいた。

「……さっき氷室《ひむろ》から氷を持ってきて、冷やしはじめたところ」

ホッサルが近づくと、マコウカンが無言で寝台のそばを離れ、邪魔《じゃま》にならぬところまで下がった。

寝台に寝かされているのは、赤子といっても、もう伝い歩きができるほどの子で、頬が赤く、弱々しく泣いている。

「……泣いてるな、良かった」

ホッサルがつぶやくと、赤子の項《うなじ》や腋《わき》の下などに氷を包《つつ》んだ布を置いていたマヒム師が、ちらっとホッサルを見た。

「そうね。これなら薬も飲ませられるわ」

男が三本の細い竹筒《たけづつ》を持って戻ってきた。

「ミラルさん、赤ちゃんに薬を飲ませたいの。支えてあげて」

「はい」

ミラルが赤ん坊《ぼう》の半身を起こし、頭を支えて、口を開けさせると、マヒム師は細い竹筒の片方を赤ん坊の口に入れ、もう片方の端を塞いでいた指をそっとずらした。

嫌がるかと思ったが、赤子は意外に素直に薬液を飲んだ。

マヒム師は焦《あせ》らずに赤子の様子を見極めながら、次々に竹筒をとりかえて、すべて飲ませてしまった。

ミラルは赤子の背をやさしくさすってやり、それから寝台に寝かせると、項や腋下《えきか》、股《また》のところなどに冷たい布を戻した。

マヒム師はしばらく赤子の額に触れたり、脈を診たりしていたが、やがて、顔をあげて、若い母親に声をかけた。

「この子は大丈夫。もうしばらくしたら熱も下がってくるわ。今夜と明日《あす》はここで寝かせて、私たちが交代で看《み》るから安心しなさい。あなたも心配だろうから、今夜は泊まりなさいな」

いつの間にか静かになっていた母親は、魂《たましい》が抜けたような顔で、こくっとうなずいた。

男に赤子を任せると、マヒム師はミラルの肩を叩《たた》き、ホッサルを見た。

「さ、それじゃ、私たちは夕食にしましょう。ホッサルさんも、もう食堂で食べられるでしょう。ご一緒にどうぞ」

マヒム師について廊下に出てから、ホッサルは小声で尋《たず》ねた。

「赤子に何を飲ませたのです？」

マヒム師はふり返った。

「いくつか混ぜてあるけれど、主な原材料は〈地《ち》ノ道作《みちづく》り〉よ」

「〈地ノ道作り〉？」

マヒム師の目に、ちらっと笑みがひらめいた。

「ミミズ」

ホッサルは思わず、まじまじとマヒム師を見た。

「……効くのですか」

「効くわよ。あの赤子が実証してくれるでしょ。後で様子を見てごらんなさい」

そう言ってから、マヒム師は付け加えた。

「他にもよく効く薬はあるんだけどね。金と同じくらいの値だから、あの母親には払えないでしょうし」

ミラルが興味津々《しんしん》という顔で、脇から口をはさんだ。

「それは、どういう薬なんですか？」

「〈牛宝《ぎゅうほう》〉よ。牛の胆石《たんせき》。あれは、本当に様々な効能があるんだけどね、なにしろ、持っている牛が少ないから、貴重品よ。牛飼いたちも心得たもので、高く売れるのを知っているから足元を見るし」

ミラルはちらっとホッサルを見た。その目を見ただけで、ミラルが何を思っているか、聞かずともわかった。――本当に効くのであれば、どういう原理で作用するのかを調べてみたいと思っているのだろう。

　ホッサルは苦笑を浮かべ、眉を上げて見せた。

（……ああ、そうだな。おれたちが知らない薬が、まだまだ、たくさんある）

治療の方法がない病が次々頭に浮かんだ。

ここで知った薬の研究が進めば、そのうちのいくつかを治すことができるかもしれない。そう思うと、熱いものが腹の底から湧き上がってきた。こういう感覚は久しぶりで、死んだようになっていた身体に血が巡っていくようだった。

（こういう感覚は、深学院で話していても訪れて来ないな）

まったく異質の医術と出会ってはじめて、観《み》ることができる風景というものがあるのだ。

　ちらっと真那《まな》をふり返ると、真那はわずかにうつむいて、何か考えながら歩いていた。

六　ふたつの道

〈竹屋敷〉の食堂は広く、中央に大きな長方形の炉が切ってあった。

炉を囲んでいる厚板が食卓《しょくたく》になっており、食卓の下には足を入れられる空間がある。花部《かべ》は日が暮れるとかなり冷えてくるので、炉の温もりがありがたかった。

炉にはすでに肉や魚の串《くし》が刺さっていて、炭火で炙《あぶ》られている。うっすらと部屋を流れる煙とともに、じりじりとタレが焦げる良い匂いが漂っていた。

各自の皿には薄焼きがのっていて、発酵乳《はっこうにゅう》や山玉葱《マギ》の刻んだものなどが入った器も置かれている。

ミラルが手早く薄焼きに発酵乳を塗り、山玉葱を刻んだものと茸《きのこ》や青菜をのせ、その上に串から抜いた肉ものせて、くるっと包んでくれた。

肉は香ばしく、歯ごたえはあるのに軟《やわ》らかくて山玉葱のピリッとした辛味《からみ》とよく合った。発酵乳もまた、実に美味《うま》い。

みな、しばし無言で夕食に専念していたが、ひと段落つくと、真那《まな》がマヒム師に顔を向けて、ひとつ伺《うかが》っていいですか、と言った。

「もちろんよいわよ」

「先程、赤子の母親に飲ませた薬湯、香りが鎮心湯《ちんしんとう》に似ていたのですが……」

マヒム師がふっと笑った。

「ああ、そうでしょ、鎮心湯《ちんしんとう》と同じ処方だもの」

「え、あ、そうですか」

「そうよ。鎮心湯、揚心湯《ようしんとう》、支脾湯《しひとう》……祭司医が使う薬湯のほとんどは、私たちが編み出したものですもの。驚くことじゃないでしょう」

そのやりとりを聞くうちに、ずっと心にあったことを思い出して、ホッサルは顔を上げた。

「マヒム師」

「はい？」

「真那くんから事情をお聞き及《およ》びと思いますが、香枝《こうし》ノ病の特効薬、ぜひお譲りいただきたいのですが」

「ああ」

マヒム師は苦笑を浮かべた。

「そのことね。……そうね、そろそろ話しましょうか」

手に持っていた茶碗を食卓に置くと、マヒム師はホッサルと真那の両方に視線を向けながら口を開いた。

「確かに花部《かべ》流医術には、香枝ノ病を持って生まれた人の助けになる薬はいくつかあるけれど、特効薬というほどのものでもないのよ。どれも血を止める力はあるけれど、完治させるような力はないの」

ミラルが少し身を乗りだした。

「でも、止血の力はあるのですね？　原材料は何を？」

マヒム師はミラルに目を向けた。

「ロバの膠《にかわ》はご存じ？　あれは良い止血薬になるのよ。それとコッサムという草の根。これが素晴らしく効くのだけれど、ごく稀《まれ》にしか見つからなくてね。昔はもっとたくさん生えていたのだけどねぇ。気候が変わったのか、何が変わったのか、最近、手に入りにくくなって」

そう言ってから、マヒム師は真那《まな》に向きなおった。

「でもね、こういう薬はすべて、安房那《あわな》侯も持っておられるわ」

真那はつかのま、いぶかしげな顔をしたが、その言葉が頭に沁み込んだとたん、

「え！」

と、大きな声をあげた。

「そんな！　いや、しかし、それでは、なぜ父上……」

言いながら何かに気づいたのだろう、真那は語尾《ごび》を飲み込み、考え込む表情になった。

マヒム師はそんな真那を見ながら、ゆっくりと言った。

「香枝ノ病の薬が花部にある、というのは、あなたをここへ来させるための口実でしょう。

安房那侯が子息をここへ寄越すのは、安房那一族と私たちの古い盟約だから。安房那侯の末子《ばっし》で祭司医となる者は、上師《じょうし》となる前に必ず花部を訪れて、清心教医術の由来を知る、というのがね」

真那が顔を上げた。

「……そうなのですか？　そうならそうと、父上も、盟約だからとおっしゃってくだされればよかったものを」

マヒム師はかすかに微笑んで首をふった。

「それも盟約の一部だもの。安房那侯ご自身も、お若い時ここへ来られて、私の父から盟約について聞かされて、いまのあなたそっくりの顔で驚いておられたわよ」

そう言ってから、マヒム師は真顔になって付け加えた。

「何も告げずに寄越されるのはね、驚きこそ、この古い盟約の眼目だからよ。

それまでまったく思いもしなかったことに出会って驚く。その驚きこそ、安房那の祭司医が花部で味わうべきことなの」

真那は何も言葉が見つからぬ、という顔で、マヒム師を見つめていた。

マヒム師は真那《まな》にうなずいてみせ、それから、ホッサルに顔を向けた。

「ずっと考えていたのだけれどね、安房那《あわな》侯が、ご子息とともにあなた方を寄越したということは、あなた方にも由来を伝えてくれ、ということなんでしょうね。——安房那侯は、そういう腹を決めた、というわけだわね」

ホッサルは胸の底がこわばるのを感じた。

(……そういうことか)

花部《かべ》を訪れるよう仕向けたのは、その古い盟約にホッサルも組み込むためだったのだ。

傍《かたわ》らにいるミラルが身じろぎをするのを感じたが、そちらを見ることができず、ホッサルは、ただマヒム師を見つめていた。

マヒム師はホッサルの視線を受けとめて、言った。

「あなたに選択肢《せんたくし》を与えなかったのは、安房那侯らしからぬ酷なやり方だけど、手段を選んでいられないほど、状況が切迫《せっぱく》しているんでしょうね」

真那と目があった。その目に浮かんでいるものを見て、ホッサルは、真那も梨穂宇《りほう》と自分の縁談を知っているのだ、と悟《さと》った。

(蚊帳《かや》の外だったのは、おれだけか)

ホッサルは苦い笑みを浮かべて、ゆっくりと口を開いた。

「……状況はそうなのだろうが、まあ、こりゃ、随分と皮肉なことですな」

怒気が腹の底をゆるゆると炙っていた。

食卓の端にいるマコウカンがホッサルの気分の変化に気づき、慌てて、目顔で自制を促してきたが、ホッサルは無視した。

「そうでしょう？　同胞《どうほう》を守るために征服者の娘婿になった男の息子が、清心教医術と祭司医を創り、今度はその祭司医が、被征服民《ひせいふくみん》であるおれたちを迫害しているんだから」

食堂が静まり返った。

「ここへ来て見聞きしたことを思うと、乎来那《おきな》ノ大樹《たいき》ってのは、人心掌握《しょうあく》には優れていたのかもしれないが、医術師としては最低だ。氏族の生き残りのために花部流医術の薬を捨て、患者を治す可能性を捨てたんだから。いったい、どれだけの助かる患者が……」

そのとき、真那が割って入った。

「それは違う。ホッサル師、それは違います」

ホッサルは真那に顔を向けた。

「どう違うってんだ？」

真那は唇を湿して、言った。

「平来那《おきな》ノ大樹《たいき》は、花部《かべ》流医術の薬を捨ててはいない」

　ホッサルは眉を上げた。

「そんなこたあないだろう。実際……」

　真那《まな》は手を上げ、光る目でホッサルを見つめた。

「聞いてください。ここへ来てから私はずっと考え続けて、気づいたんです。ようやく見えてきた。花部流医術のうち、草木を使わぬ――蛇やミミズ、ロバの膠などを使う医術が完全に封じられたのは、多分、近年、あなた方オタワルの医術師が現れてからです」

　ホッサルは、はっとして動きを止めた。

　真那はホッサルを見つめたまま、続けた。

「祭司医には上師《じょうし》、中師《ちゅうし》、下師《かし》の位があるということ、そして、古派と新派があると話したことを覚えておられますか」

「……ああ」

「私が、邪教に帰依したという罪で兄弟子たちが処刑されたのを見た、という話も覚えておられますよね？」

　ホッサルはうなずきながら、ふいに、次に真那が口にする言葉がわかった気がした。

「君の年からすると……その処刑が行われたのは、祖父が皇妃《こうひ》を治療した翌年か？」

真那は深くうなずいた。

「そうです。当時は幼過ぎたし、その後も、上師ではない私には秘されていたことが多くて気づかなかったのですが、ようやく様々なことが繫がりました」

「じゃあ、その兄弟子たちが帰依した邪教というのは……」

「多分、オタワル医術だったのではないでしょうか」

ホッサルは思わずミラルを見た。ミラルは深刻な表情で、わずかに首を傾《かし》げた。

（ミラルも知らないか）

祖父からも、他の誰からも、そんな話は聞いた覚えはないが、オタワル医術の魅力が身内をも蝕《むしば》みはじめたことに気づいた宮廷祭司医たちが、外部には固く秘し、内部の者には強烈に印象づける形で処刑を行った、ということも考えられぬことではない。

真那はちらっとマヒム師を見てから、続けた。

「新派の考え方自体は以前からあったのだと思いますが、新派が、ぐん、と勢いを増して、いまのように宮廷医術を席巻《せっけん》するようになったのは、あなた方が皇妃を癒《いや》し、オタワル医術の素晴らしさが華々《はなばな》しく喧伝《けんでん》されて、帝国の中枢《ちゅうすう》を担《にな》う貴族層までもが、宮廷祭司医より、オタワルの医術師を頼るようになった、あの時からだったのだと思います」

カシャ、と小さな音をたてて炭が崩れた。

マヒム師が口を開いた。

「新派の種が芽吹いたのは、それよりずっと前のことでね、帝国が拡がって、様々な氏族、様々な国を飲みこんで……いろいろな顔をした帝国民が増えていくうちに、東平瑠《ツオル》人というものが曖昧《あいまい》になってしまって、怖くなったんでしょう。

東平瑠の心の粋《すい》を求めるという詩がやたらに流行《はや》った時代があって、その頃、清心教医術を純化しようとする祭司医たちが現れはじめた、と、父に聞いたことがあるわ」

火箸で炭を転がしながら、マヒム師は続けた。

「でも……そう、あなたが言うように、新派が宮廷祭司医だけでなく、これほど祭司医全体に浸透《しんとう》したのは、オタワル医術師が現れてからよ」

ホッサルは眉根を寄せた。

「では、それ以前は、清心教医術でも虫や獣を使っていたのですか？」

マヒム師は、真那《まな》をちらっと見てから言った。

「古派の上師《じょうし》はいまでも使っているはずよ。もっとも、宮廷祭司医は使わないでしょうけれどね」

真那が、あ、と声を上げた。

「そうか！　そうだったのですね！　陶那《とうな》師や野那《のな》師が宮廷を追われたのは……師たちが禁を破って用いた薬、古流の薬というのは……」

マヒム師がうなずいた。

「そう、陶那師の話は私も聞いたけれど、確か、魂が抜けたようになった娘を古流の薬で治したというんでしょう？　それなら、多分、彼が使ったのは戻魂散《れいこんさん》よ。あれはオロマという毒蛇の内臓をとってから、皮を剝《は》いで干したものを使うから。数日飲ませると正気に戻ることがあるの」

真那の表情を見て、マヒム師は穏やかな声で言った。

「……そういうことよ。あなたはもう、私たちがいる上師という蚊帳の内側にいるの」

真那の頰がゆっくりと赤らんだ。目の底に強い光が生まれていた。

マヒム師は火箸を灰に刺すと、果実酒の壜をとりあげて、皆に勧《すす》めた。ホッサルには香りの良い花茶を注いでくれた。

皆に飲み物が行き渡ると、マヒム師はおもむろに口を開いた。

「古伝によれば、乎来那《おきな》ノ大樹《たいき》が帝都に学堂を創ったのは人を見極めるためだった。薬は毒でもあるから、まずは人柄を見極める必要があるからね。

医術師としての信に堪《た》えうる人柄の者には、更《さら》に経験を積ませながら、使わせてよい薬を教えていった。いまの上師《じょうし》、中師《ちゅうし》、下師《かし》という制度はその名残。いまも、いかに年をくっていても上師にあがれない医術師がいるでしょう。医術師は人の命を左右するから、使わせるべきでない薬は、知らせない方が安全というわけよ」

「……すると」

ホッサルは考えながら言った。

「使うかどうかは別として、上師であれば、いまでも知識としては花部《かべ》流の医術を伝授されているということですか。――それにしては、呂那《ろな》師などは頑《かたく》なだったけどなぁ」

マヒム師が、ああ、と言った。

「呂那師は芯からの新派だもの。人柄が良く、頭も良い方だから、清心教のひとつの方向を純粋に究《きわ》めようとしておられる……」

真那《まな》に目を向けて、マヒム師は続けた。

「安房那《あわな》侯があなたを古派の医術師ではなく、呂那師に預けた、と聞いたとき、さすが、と思ったわ。呂那師はある意味、清心教医術の、ある、とても良い部分を体現しておられる。というか、そう在ろうとしておられる。

そういう方に弟子入りして、その医術の心に触れることは、あなたにとってとても大切なことだったと思うわ」

薄い茶の中で揺れる花を見ながら、ホッサルはつぶやいた。

「呂那師の考え方が、清心教医術の良い部分を体現している、か。……となると、どうも、わからんな」

ミラルが問い返した。

「なにが？」

ホッサルは口の端を歪めた。

「いや、単に、おれが清心教に疎いからかもしれんが、そもそも乎来那《おきな》ノ大樹《たいき》はどんな手を使って、清心教の祭司たちを手懐《てなず》けたんだろう、と思ってさ」

　ホッサルは、マヒム師を見た。

「さっきあなたは牛の胆石が妙薬だとおっしゃっておられたが、清心教を信心している東乎瑠《ツオル》人は穢れるのを恐れて、牛の乳すら飲まない。辺境出身の、いかにも被征服民という顔立ちの乎来那ノ大樹が帝都に出て、牛の胆石だの、毒蛇を干した物だのを使って治療を始めたら、清心教と結びつくどころか、それこそ危険な邪教の徒として粛清の対象になったはずでしょう。そうならなかった裏にはどんな絡繰《からく》りがあったのかと思って」

　マヒム師は、ふっと笑った。

「乎来那ノ大樹はまず、清心教の信徒になったのよ。身を清め、聖堂に入って十年、祭司として暮らしたの。じっくりと清心教徒を観察して、彼らが何を望み、何を正邪とし、何を恐れるか学んだ。その十年の間も医術は行ったけれど、祭司が穢れと嫌うものは使わなかった」

　そう言い終えて口を閉じ、自分を見つめているマヒム師の、その目が語っていることを感じ取って、ホッサルは唇を歪めた。

(……オタワル医術師もそうすべきだった、と言いたいわけか。いきなり技をひけらかすのではなく、粛々と時間をかけて征服者の教えを学び、その思考回路に巧《うま》く沿って事を起こすべきだったと)

　怒気がまた、ぽっと胸の奥に灯った。

　鼻を鳴らして、ホッサルは吐き捨てるように言った。

「なるほど。治せる患者を見殺しにして、抜け道を探《さぐ》ったというわけか」

　マヒム師は眉をひそめた。

「見殺し？」

　ミラルが何か言いかけるのを無視し、ホッサルはマヒム師を正面から見た。

「為《い》政者《せいしゃ》ならそういう駆け引きも大事だろうが、我々は医術師です。毎日毎日、目の前に現れる多くの患者の苦痛を、一刻も早く癒すのが務めでしょう。抜け道を探っている十年もの間に、いったいどれほどの治せる患者が無駄《むだ》に苦しんだか、それを思うと腹が立つんですよ」

　マヒム師は眉をひそめたまま、言った。

「あなたが何を言っているのか、どうもよくわからないんだけど」

「そうですか？」

「ええ。大樹《たいき》師は十年の間も、ちゃんと患者を診ていたはずよ。ただ、清心教徒が不《ふ》浄《じょう》と思うものは使わなかっただけで。大切なのは、命を長らえさせることではなく、命を全《まっと》うさせることだから」

ホッサルは眉間《みけん》に皺を寄せたまま、問うた。

「なんだ、その理屈？　持てる技術をすべて使って命を救わねば、全うさせることはできないでしょう」

マヒム師は盃《さかずき》を持ち上げかけ、手をとめて首を傾げた。

「ああ……そうか、あなた、もしかして、人の命の長さはみな同じとでも思っているの？」

「……？」

「医術師が病を治してやれば、全員が同じ年まで、同じように生きるとでも？」

「いや、もちろん、そんなことは考えていないが……」

マヒム師は盃を食卓に置いた。

「私たちは、人というのはとても不平等なものだと思っている。その不平等の大方は、その人自身の心根とは何の関わりもない、ただ、そのように生まれた、というだけのものよ。

生まれてすぐ、泣き声すらたてられずに死ぬ者もいれば、人に恨《うら》まれながら百年生きる者もいる。何ともわからぬ身体の中の不具合があって、長く苦しんで、それでも生きている者もいれば、風邪《かぜ》もひかずに元気に生きて、ある朝目覚めず床で死んでいる者もいる。

人の命の在り様《よう》は千差万別《ばんべつ》。なんとも、なんとも、不平等なものよ」

　マヒム師は苦い笑みを浮かべた。

「むかしの医術師はその不平等に我慢《がまん》ができなくて、なんとか平等にならぬものか、と草を食《は》み、虫を食って、薬を見つけてきたんでしょう。

でもね、医術師なら——長く人の生き死にを見てきた者なら——骨身に沁みてわかっているはずよ。病んでいる人の人生の中のほんのつかのまを助けられたら上等で、何をしようと、その人はやがて死ぬということを」

　マヒム師は真那《まな》に目をやった。

「呂那《ろな》師のような祭司医は、この思いを底に置いて、そこから医術を考えておられる。人がこれほど不平等な運命を背負って生まれてくることに神の御意思を見て、そのことに不満を感じておられるからこそ、どうしたら不満をもたずに生きられるか真剣《しんけん》に考えておられる」

　真那が深くうなずくのをちらっと見てから、マヒム師はホッサルに視線を戻した。

「私が言った、命を全うさせる、というのはそういうことよ。不平等な命に寄り添って、少しでも心身を癒し、死ぬのであれば楽に逝《い》かせる。清心教の信徒たちにとって、身を穢《けが》されることはとても恐ろしいことよ。獣由来の薬を使えば多少は命が延びるかもしれないけれど、穢れた身で長く生きるよりは、少し短くとも、心から安らいで生きたいと願う人々の身体の苦痛をとって、その命を全うさせてあげることは、草木の薬でも充分《じゅうぶん》にできる」

真直《まっす》ぐにホッサルを見つめ、マヒム師は言った。

「あなたは、花部《かべ》の医術師が清心教の信徒になるなんて不思議だと思ったでしょうけれど、私は、それはさして難しいことじゃなかっただろうと思う。花部流の医術と清心教の教えは、究極のところが同じだから」

ホッサルは肩をすくめた。

「なるほど、確かに同じですね。——はなから諦《あきら》めてしまっているところが」

真那がホッサルの方に身体ごと向きなおった。

「諦める、というのとは、違うのです。あなたにはどうしてそれがわからないのだろう？」

ホッサルは真那を見た。

「わかっているよ。諦めているのではなく、それが神の御意思なのだから、むしろ、それをとことん見つめて、最終的には、人が病むことも、苦しむことも、やがて死ぬ存在であることも、心から受け入れられる道を見出そうってんだろう？」

真那《まな》は顔をこわばらせ、しばらく黙っていたが、やがて、

「……それがわかっておられるなら、なぜ、それを否定するような言い方をなさるのです」

と、言った。

ホッサルは、にやっと笑った。

「なぜなら、おれには、それが、体《てい》のいい諦め、危うい口実だと思えるからさ」

それから笑みを消し、マヒム師を見た。

「あなたがおっしゃったことは、私にもわかります。確かに人は不平等な身体と運命をもって生まれてくるし、それをどうこうしようとしたって、結局最後には、人は死ぬものです。

ただ、私が納得《なっとく》できないのは、できることとできないことの線引きに嘘《うそ》と諦めが紛《まぎ》れ込む危険を、あなた方が無視していることなんですよ」

マヒム師は眉根を寄せて、黙り込んだ。

「むかしの医術師は不平等に我慢ができず、多くの人を少しでも健やかにするために薬を探したとおっしゃったが、それは、いまもそうあるべきじゃないですか？

全き健やかさなんて幻想《げんそう》だってことはわかってますし、永遠に生きたいなんて思っ

てもいないですよ、私も。

しかし、先に言い訳をつくっちまったら、見つけられるかもしれない道を、見つけずに立ち止まることになるでしょうが」

ホッサルはたまりにたまった鬱憤《うっぷん》を吐き出すように、言いつのった。

「苦痛をとるのは草木でもできる？　草木以外を使ったら、もっと健やかに、もっと楽に、もっと長く生きられるとしたら、どうするんです？　それを見つけないで逃げるんですか？

清心教徒が穢れを嫌うから使えない治療法があるなら、むしろ、それをなんとかすべきでしょうよ。清心教徒だけが幸せで、我々異教徒はみんな不幸だとでもいうんですか？

医術師が神を持ちだすのは危険極まりないと、私は思う。

人ってのは、良い言い訳が見つかると逃げたくなる生き物だ。それでいて、逃げることは後ろめたいもんだから、いつの間にか言い訳を鉄壁《てっぺき》の理屈に祭り上げちまう。神さまがこういう存在に生んだから、なんて言われたら、そこですべてはどん詰《づ》まりだ。医術師に、そんな口実与えてどうするんです？」

ホッサルは真那を見た。

「以前、君に病素を見せると言ったら、君は見ないでいい、と言ったよな。診《み》るべきものはすべて身体に現れているから、と」

「……ええ」

「それは、おれから見ると、耐えられないくらいに大雑把過ぎるんだよ。

確かに病素が入れば熱が出る。身体に症状が現れる。だがね、身体が似たような症状を示しているのに、内側にいる病素はまったく違う、ということだってあるんだよ。

そして、ある病素には劇的に効く抗病素薬《こうびょうそやく》が、別の病素には効果がなくて、むしろ、薬によって身体に害が出てしまうということもあるんだよ。

病素の姿を見たら一目瞭然《りょうぜん》、患者が苦しまずに済む薬を使える可能性があるのに、なぜ、見なくていいと思えるんだ？　身体の外側からじゃ見えないものがごまんとあるのに、なんで、患者を苦しませる可能性を放置して、怖くないんだ？

人は万能ではないから、諦めてよい？　いいや、まだまだ諦めるのは早過ぎるだろうよ。確かに、まだ、おれたちには見えない病素は山のようにあるだろうし、どこまでいっても果てしないかもしれないが、数は少なくとも、いくつかは、見ればわかるように、おれたちはしたんだよ。少なくとも、そこまでは、おれたちは諦めの線引きをずらせたんだ。

わずかなことか？　確かにそうだ。それに、いずれ、おれたちも、どこかで線引きをしなくちゃならなくなるかもしれない。どこかに、諦めなきゃならないところがあるんだろう。
だけど、それは少なくとも、いま君らが線を引いているところじゃない。なぜなら、君たちには見えていなくて、おれたちには見えていることがあるからだ」

ホッサルはマヒム師に顔を向けた。

「祭司医から粛清されたとしても、私は自分が知っていることを捨てることはしませんよ。医術師が治せる病なんて、ごくわずかしかないのに、治せるわずかな患者を諦めたら、医術師である意味がない」

七　過ぎ去るもの

身体をぴたりと寄せて横になっているミラルが、ふと笑った気配で、ホッサルは目を開けた。

問いかけるようにちょっと身体を揺すると、ミラルは口元をホッサルの胸につけたまま、くぐもった声で答えた。

「……マコウカンくん、オロオロしてたね」

ホッサルも、ふっと笑った。

「あいつはデカイ図体《ずうたい》してるくせに、なんか母親みたいなんだよな」

窓は閉めてあるのだが、隙間が多いせいだろう、夜風の匂いがする。どこかで夜蟬《よぜみ》が鳴いていた。

ミラルがささやいた。

「……ね」

「うん？」

「さっきのあれ、覚悟《かくご》を決めて大見得をきったというより、鬱憤をぶちまけたんでしょ」

ホッサルは鼻を鳴らした。

「おれは耳が悪いわけじゃないからな」

「……？」

「敵も味方もみんなして、おれだけ蚊帳の外に置きやがって。せっせと逃げ道をふさいでおいて、さあ、もう城から出られなくなりましたので御観念を、なんて言われて、鬱憤をぶちまけないでいられるか？」

　言ってから、ホッサルは付け加えた。

「綺麗《きれい》な女が城にいたって、お仕着せなんぞ冗談じゃない。意地でも着るかよ」

　ミラルは、はっと目を開けた。

「……真那《まな》くんが話したの？」

「いいや」

「じゃ、誰から？」

「ラハルさん」

　ミラルは、わずかに身を硬くした。

「ひでぇよな、うちのお祖父さまは」

　ホッサルは軽い口調で言った。

「孫に伝えずに、孫の女の親父に伝えるんだから、相当捻《ね》じ曲がってるよな。親父殿から伝わった方が、おれが観念すると思ったのかね」

「……」

ホッサルは身体を揺すって、胸でミラルの鼻を押した。

「おれは観念なんぞしないから、心配するな」

ミラルは答えなかった。

目をつぶり、長く黙っていたが、やがて、つぶやいた。

「……だめよ」

「なにが」

ホッサルの胸に額をつけ、目をつぶったまま、くぐもった声で、ミラルは言った。

「観念しなきゃだめ。──そのときが、来たのよ」

ホッサルはミラルを見た。

胸にかかる、かすかな息を感じながら、ただ、そうしていた。

「むかし、ね、母を看病してた頃」

ミラルが言った。

「母が逝く少し前に、思ったの。母の顔を見ながら。──ああ、いまはまだ、幸せなんだ。目に焼きつけておかなくちゃ、いまのこの母の顔を。しっかり覚えておかなくちゃ、この温もりを……って」

ひとつ息を吸い、ミラルは続けた。

「でも、だめなのね。幸せを留《とど》めておくことって、できないんだよね。逝ってしまった後で思い出しても、もう別なものに変わっていて」

そっとホッサルの胸から顔を離した。

「続いていることが幸せで――この先にもまだ続くと思えることが幸せで……。でも、なにをどうしたって、すべてのことは、必ず終わるのよ」

ミラルの口調は淡々としていて、昔語りをしているようだった。

「それはもう、どうしようもないことで……だから、すべての終わりがくる日まで、哀しいままでいればいい。それだけのことなの」

ミラルは目をつぶった。

「私はものすごく幸せだった。でも、この幸せは留めておけないことも最初から知ってた。だから、心配しないで」

目をつぶったまま、ミラルは言った。

「私は、安房那《あわな》には帰らないわ」

ホッサルは思わず口を開きかけたが、声を出す前にミラルが続けた。

「アカファにも戻らない。マヒム師に弟子入りして、ここで花部《かべ》流医術を学ぶわ」

ミラルは目を開け、少し身を離して仰向《あおむ》けになった。

「清心教医術を学ぶには帝都の乎来那《おきな》学堂に入らねばならないけれど、オタワル人が入堂できるとは思えないし。
でも、花部《かべ》流医術なら、祭司医の上師《じょうし》にならなければ学べない薬についても学ぶことができるから」

「……」

「正直に言うとね、こんなことになる前から考えてはいたの。清心教医術をしっかり学んでみたいなって」

ミラルは天井を見上げたまま、穏やかな口調で言った。

「あなたが言うように、清心教医術が医術師に、早々に諦める口実を与えてしまっているのはいけないことだと思うし、余計な理屈に囚《とら》われ過ぎて、可能性を閉じてしまっているのも馬鹿なことだと思う。……でも」

ミラルはゆっくりと瞬きした。

「私たちオタワルの医術にも大きな欠点があるわね。ずっと、なんとなく感じてはいたんだけど、真那《まな》くんやマヒム師と話していて、やっぱり、そうだなって」

「……例えば？」

「例えば、そうね、私たちは病に、というか、身体に注目し過ぎて、全体を見ていなかったな、とか」

ホッサルは鼻を鳴らした。

「全体ってのは部分の集合だ。部分を見極めてはじめて全体が見えてくる。最初から全体を見ようとして、見ているつもりになってるから、真那みたいに大雑把になるんだよ」

「……本当にそう思う？」

ミラルはため息をついた。

「私は、そうじゃない気がしているの。私たちを形作っているすべての部分を見極められる日が来たとして、そのとき私たちは茫然とするんじゃないかしら。そこまで来ても、なお、生きていることのすべてを捉えきれないことに」

「……」

「清心教医術が神まで持ち出して、この世のすべてにこだわるのは、部分が組み合わさって全体になっても見えないものが、すでに、私たちにはぼんやりと感じられるからじゃないかしら」

静かな声で、ミラルは続けた。

「亜々弥《ああや》ちゃんは出血のたびに止血薬を使って、痛みと闘《たたか》いながら生きなければならない。皮肉なことだけど、長く生きれば生きるほど、痛いことやつらいことを味わう回数も多くなる。治療すれば長く命を保てるし、痛みも和らげてあげられる。それでも、ね、病と共に生きていく長い一生になるわ。安房那《あわな》侯は最初から、それをわかっておられたのよね。

長く生きれば生きるほど、つらさも増えていく病は、他にもたくさんある。というより、長く生きられる人は、老いて、若い頃には思いもしなかった不自由や苦痛を味わう時間が長いとも言える。でも、苦しみが短くて済むように、早く死ねばいい、というものでもない。

そういう、病と医術と、生と死と、人の幸せの関係は、きっと、部分を見極めただけでは見えてこない、ゆらゆらと形なく揺らめきつづける何かであるような気がしてならないの」

ホッサルはゆっくりと瞬きをした。

「だけど、それは、清心教医術や花部《かべ》流医術を学んだって、見極められるものじゃないだろう」

ミラルはうなずいた。

「そうね。それは、そうでしょうね。でも、私は一度オタワル医術の外に出てみたいのよ。いつの間にか私の中で絶対の基準になっていたものを、壊してみたいの」

「……」

ミラルは、ふっと微笑んだ。

「それに、なにより、ここは新薬の宝庫よ。私にとっては宝の山だもん」

そして、またホッサルの脇にもぐりこむようにして額を胸につけると、目を閉じて、つぶやいた。

「山の向こう……近くて遠いところに、あなたがいるし」

八　水底の橋

どこかで、小鳥が明るい声を上げた。

ヒョッキ、ヒョッキ、ヒョッキと三回続けて鳴き、その後、チョチョチョ、と鳴く。太い根茎《こんけい》を洗っていた手を止め、ミラルは目を閉じて、しばし、その透き通った声に耳を澄ませた。

目をつぶっても瞼を透かして夏の光が感じられる。日射しは強かったが、川辺は心地よい風が渡っていくので、張り出した枝の下にいれば緑陰の涼《りょう》を存分に得られた。うっすらと汗ばんだ肌を涼風がすり抜けていくのが快かった。

足をよく洗うと蚊が寄って来ないわよ、とマヒム師に言われて、川に来るたびに、まずは浅瀬《あさせ》に足を浸して洗うようにしているせいか、本当に、それほど蚊に刺されることもない。

（……そろそろ港に着いた頃かな）

ふとそんなことが頭に浮かび、ミラルは目を開けて、ため息をついた。

思うまいとしても、どうしてもホッサルのことを考えてしまう。仕方がないことなのだろうけれど、思うたびに胸に刺されたような痛みが走る。

父からホッサルに縁談があることを聞かされたとき、不思議と驚きはなかった。

もちろん、安房那《あわな》侯からのお話であることには驚いたが、縁談自体には、ああ、やっぱりそういうことか、という思いしかなかった。

これまでも、ホッサルに縁談が持ち上がったことは何度かあった。

ホッサルは、それらをすべて、こともなげに蹴《け》飛《と》ばしてきたので、縁談があると聞いても、もう、取り乱すこともなくなっていたが、今回、縁談の相手が梨穂宇《りほう》であると知ったとき、すっと身体が冷えた。——あ、これで終わりだ、とわかった。

ホッサルが安房那侯の姻戚となることがオタワル医術を救うための効果的な一手となるかどうかはわからないが、少なくとも東平瑠《ツオル》帝国の医療に新たな流れを創る可能性が生まれるし、相手が梨穂宇であれば、ホッサルも無下に断りはしないだろう。

ホッサルがずっと、義姉《あね》のルリヤを想《おも》っていることは知っていた。

だから、安房那領に着いた日、東平瑠人なのにルリヤに似ている梨穂宇に出会ったとき、すでに、うっすらと、こういうことが起きるような気がしていた。

この世には不思議なことが結構あると、ミラルは思っている。

ホッサルに言ったら笑い飛ばされるだろうが、この世の薄い膜《まく》の向こうには、実は無数の縁起の糸が張り巡らされていて、時折、何かが起きたときにだけ、その糸の繋がりが見えるのではなかろうかと思うことがよくあった。

ホッサルに梨穂宇《りほう》との縁談があると聞いたときも、その目に見えぬ糸の連なりが、ふっと浮かび上がって見えた気がした。

自分はルリヤとはまるで違う。顔はもちろん、性格も、育ちも。

(もともと……)

何かの間違いで、ありえない糸が結んでくれた縁だったのだ。自分とホッサルがこれまで、これほど深く繋がっていられたのは。

初めて真直ぐに見つめられたときも、初めて抱《だ》きあったときも、喜びよりも不思議さが、なぜこんなことが起きているのだろうか、という思いの方が勝っていた。

そういう、ちぐはぐな感じが消えていくまでには――この人が、どうやら本当に自分を愛しているらしいと感じるまでには、長くかかった。

つらさは、その後にやってきた。

ミラルはまた、ため息をついて根茎洗いを再開した。

このつらさには慣れている。痛みがあることをあきらめて、そっと胸の底に押し下げて、考えないようにして、時が忘れさせてくれることを祈《いの》るしかない。

いつの間にか小鳥の声は止《や》んでいた。

ふと、人の声と足音が聞こえたような気がして、ミラルは首を回し、山道の方を見やった。緑の葉が揺れている、その隙間に、ちらちらと数人の人影が見えた。

（……あ）

ミラルは膝に手を当てて、立ち上がった。

「お父さん！」

声をかけると、父が気づいて、こちらを透かし見た。部下に何か言って先に行かせると、慎重に石を選んで踏みながら河原へ下りてきた。

厳重な身支度をしている。野宿に備えた荷も背負っていた。

父はしっかりとした足取りで近づいてくると、背負っていた荷を外して河原の乾《かわ》いた石の上に置いた。

額にうっすらと汗が浮いている。

「どこへ行くの？」

尋ねると、父は目顔で川を示した。

「上流だ。この川の流れ方を調べておこうと思ってな」

父は、ちらっと、洗いかけの根茎に視線を落とした。

「マヒム師の手伝いか」

ミラルは微笑んだ。

「手伝いというか、修業《しゅぎょう》というか。花部《かべ》流の創薬の手順を細かく教えていただいているの」

父は眩《まぶ》しそうに目を細めた。

「……面白いか、ここの医術は」

「面白いわよ。少なくとも、こうしていると、わんわん泣かずに済むしね」

わざと冗談めかして言うと、父は眉根を寄せた。そうして、何か考えるように、しばらくミラルを見ていたが、やがて、ぽそっと言った。

「おまえ、大丈夫か」

ミラルは眉をあげ、苦笑した。

「大丈夫じゃないわよ。あの人、さようならも言わなかったのよ。人の顔を見て、にやっと笑って、ちょっと手をあげて、いかにもまた戻って来るような顔をしてロバに乗っていったわ。ひどいわよね。恋人《こいびと》との別れ方って、もっと、なんかあるでしょうに」

父はにこりともせずに川の方に視線を移し、そのまま、じっと川を見ていた。そして、川に目を向けたまま、唐突《とうとつ》に言った。

「少し雨量が増えたら、この辺りまで水が来るな」

ミラルは眉をひそめた。

「え？」

父は対岸を指さした。

「あの大きな岩が見えるか？　半ばで色が変わっているだろう。あそこまでは確実に水が来る」

ミラルは父が指さす方を見て、そうね、と、言った。

父は岩から川の上流へ視線を移しながら、

「ここは橋を架《か》ける必要があるようなところじゃないから、仮定の話だが、大雨のたびに水量が変わる川で、付近に田畑があるような所の場合、どういう橋を架けるか、おまえ知っているか」

と、言った。

ミラルは目を細め、川を見やった。

「ああいう岩の痕跡《こんせき》を目印にして、その水位より上に橋桁《はしげた》が来るように架けるんじゃない？」

父はうなずいた。

「うん、水位は大事だ。だが、まったく別の発想で造られた橋もある。おれが東平瑠《ツオル》各地を旅して、こいつは面白いな、と思ったのは、沈下《ちんか》橋だ」

「沈下、橋？」

「初めから、増水したら沈《しず》むのを想定して造る橋だ。流木などがひっかからんように欄干《らんかん》も造らん。なるべく流れに逆らわんように造って、橋桁《はしげた》の水没《すいぼつ》どころか、壊されて流されるのも覚悟の上で、なんとか橋脚《きょうきゃく》だけは残るようにする、そういう橋だ」

「へえ！」

ミラルが驚くと、父はかすかに微笑んだ。

「初めて見たときは、あきれた。頑丈な橋を造る技術がないもんだから、はなから流されるものとあきらめて、流されても修理に手間がかからん橋を造ったわけか、と思った。

だが、その橋の造りには、もうひとつ意味があった」

ゆるやかに流れている川面を見やって、父は言った。

「下手に頑丈な橋を造って、大水のとき、橋に大量の流木がひっかかって堰《せき》のようになっちまうと、行き所がなくなった水が溢れて周囲の田畑を水没させてしまう。橋が頑張ってないで、素直に流れてくれた方が、たすかる場合もあるわけだ。自分が流れるか、周りを流すか、どっちをとるか、だな」

川の上で、なにかがきらっと光った。トンボの薄い翅《はね》が光を弾いたようだった。細い身が、つい、つい、と、宙を滑るように飛んでいく。

父は川を眺め、しばらく黙っていたが、やがて、また、口を開いた。

「沈下橋も面白いが、長いこといろいろな橋を見てきて、いまでも目に焼き付いているのは、水底《みなそこ》の橋だ」

風が渡ってきて、葉擦《はず》れの音がした。

「ある橋のな、欄干から身を乗り出して川を見下ろしたとき、どきっとした。川底に長く横たわっているものが見えたんだ。——沈んだ古い橋の、橋桁だった。

どれほど昔に沈んだのか、泥をかぶって、緑の藻《も》に覆われていてな……それでも、川底を横切ってずっと向こうの対岸まで繋がっていた。橋だった頃の姿を残して、水底で繋がっていたのがな、いまも忘れられん」

どこかで蟬が鳴きだした。一匹《ぴき》が鳴きだすと、張り合うように別の蟬が鳴きはじめ、せせらぎの音と交わり、流れていった。

父はミラルに視線を戻した。なにも言わずにミラルを見ていたが、やがて、ちょっと背をかがめて荷を持ち上げた。

ミラルは手をのばして荷を支え、背負うのを手伝った。

「……日が陰らんうちに帰れよ」

そう言って、荷を揺すり上げてから、父はふと思い出したように、あ、そうだ、と、つぶやいた。

「おまえ、カオラさんを知っているんだってな」

「カオラ？」

つかのま、誰のことか思い出せず、ミラルは首を傾げた。

「オヒラ商会の人だ。なんだか、おまえに世話になったとか言っていたぞ。山賊《さんぞく》に襲われて怪我をして……」

「ああ！」

ミラルは、うなずいた。

「あの人ね。そう、腕の傷を縫ってあげたわ」

父は荷を背負ったときにまくれあがった衣の裾《すそ》を直しながら、言った。

「検査に必要な部品を頼《たの》んでいたんだが、今朝がた宿に着いてな。おまえに礼を言いたいと言っていたから、そのうち訪ねてくるかもしれんな」

「へえ。律儀ねぇ」

父はまた、日暮れ前に帰れよ、と言ってから、山道に戻って行った。

その背が小さくなっていくのを見送り、姿が見えなくなった後も、ミラルはぼんやりと立っていた。

見たことのない水底の橋の、水流に揺らめく藻の色を思っていた。

根茎洗いは意外に手間がかかったが、父が心配するまでもなく日が傾《かたむ》き始める頃には済んで、ミラルは水の垂れる背負子《しょいこ》を背負って山道を〈竹屋敷〉へと戻り始めた。

木々の隙間は明るいが、もう下生えは影に沈み、やぶ蚊がか細い音をたてて寄って来る。オキハッカの葉を採《も》んで衣につけながら歩いていると、ふと、誰かに呼ばれたような気がして、ミラルは立ち止まった。

いつの間にそこにいたのか、木陰に人が立っていた。

ぞっとして、後退《あとずさ》りしかけたが、

「ミラルさん、私です、驚かしてごめんなさい」

と、聞き覚えのある女の声で呼び止められ、ミラルは木陰を透かし見た。

足音もたてず山道に出てきたのは、ほっそりとした女人だった。

「……あ、カオラさん？」

それは確かに、安房那《あわな》領に入る峠《とうげ》道で出会った、あの商人だったが、なぜか、どことなく雰囲気が違う。

「こんなところまで、私に会いに？」

「ええ」

カオラはにこりともせずに、うなずいた。

「あの折は、どうもありがとうございました」

「あ、いえ。もう傷は痛まない？」

「ええ、もうまったく」

言いながら近づいてきて、カオラは声を低めた。

「あなたに、火急の用がございます」

「……え？」

顔を寄せるようにして、カオラは小声で話し始めた。聞くうちに、ミラルは自分の顔から血の気がひくのを感じた。

第三章　鳴き合わせ、詩合わせ

一　庭の花

夕陽《ゆうひ》に照らされている庭の片隅《かたすみ》にほっそりとした丈《たけ》の高い木があった。

その枝先にうす赤い花を見つけて、比羅宇《ひらう》は思わず庭に下りた。夕食会に出るためには着替《きが》えをせねばならなかったが、それにはまだ少しだけ間があった。

手を伸《の》ばして、枝をそっと引き寄せると、小さな花がついていた。

（……やはり、この花だ）

長く寝付《ねつ》いていた祖母の枕辺《まくらべ》に、いつも飾《かざ》ってあった花。

美しいが寂《さび》しげな花で、こんな花を見ていたら、むしろ心弱くなるのではないかと子ども心に思い、侍女《じじょ》を叱《しか》ったことがあった。

侍女は小さな声で、これはお祖母《ばあ》さまが大変お好きなお花でございます、と、答えた。

（そうか、これは、安房那《あわな》の、この庭に咲《さ》いていた花なのか）

そういえば、昨日安房那に着いたとき、出《で》迎《むか》えてくれた安房那侯《こう》が、此度《こたび》、ご用意したお部屋は、かつて御祖母君《おんそぼぎみ》がお出《い》でになるたびに、いつものあの部屋を、と所望《しょもう》しておられたお部屋ですので、御祖母君を偲《しの》んでお寛《くつろ》ぎください、と言っていた。祖母は妹と仲が良く、互《たが》いに嫁《か》してからも、よくそれぞれの嫁《とつ》ぎ先を訪ね合っていたと聞いている。祖母はきっと、妹とともに明るい庭に出て、あれこれ話しながら、この花を眺《なが》めていたのだろう。

遠い思い出の一片《いっぺん》に秘《ひ》められていた小さなしこりが、さらりとほどけた気がして、比羅宇は微笑《ほほえ》んだ。

（安房那は、良いな）

訪《おとず》れるたびに、そう思う。

最近は、なかなか帝都《ていと》を離《はな》れることもできなくなったが、ミンナルの〈鳴き合わせ、詩《うた》合わせ〉が安房那で開かれるときだけは、誰《だれ》に遠慮《えんりょ》をすることもなく訪れることができる。

とくに、妻同伴《どうはん》でない、というところがありがたかった。

ミンナルの〈鳴き合わせ、詩合わせ〉は女人《にょにん》が加わってはいけない会ではないのだが、諸侯が妻子まで連れてくると大人数になり、開催《かいさい》者の負担が大き過ぎるということで、妻子を連れて訪れることは遠慮すべきという不文律がある。

皇帝の長女でありながら、妻には気取ったところはなく、決して仲が悪いわけではないのだが、たまには妻のいないところで、〈夫〉という衣《ころも》を脱《ぬ》いで素《す》の自分に戻《もど》りたい。

とくに、子どもの頃《ころ》の思い出とつながるこの安房那《あわな》では、ひとりの男に戻りたかった。

（……と言っても）

ひとりの男に戻るなど、実際にはありえない。たとえ妻がそばにいなくとも、常に多くの警護の者が控《ひか》えているし、廁《かわや》や風呂《ふろ》場にいるときですら、周りに人の気配がある。

歴史は古いが、所領自体はさして豊かではなかった貴族の出である比羅宇《ひらう》にとって、皇帝の長女との結婚《けっこん》は青天の霹靂《へきれき》で、結婚から十五年経《た》ち、多くの子どもに恵《めぐ》まれたいまもなお、自分が皇帝を義父として暮らしていることを不思議に思うことがある。

（その上）

自分が皇帝の弟君である由吏《ゆり》侯と、皇帝の座を争うことになってしまったことも、夢でも見ているようで、どうも現実味がなかった。

由吏侯は、兄である現皇帝那多瑠《ナタル》よりも進取の気性《きしょう》に富み、果断な男だ。なるべく何も起きぬことを好む自分より皇帝に向いていると思う。

その一方で、由吏侯が皇帝になることには、言葉にしがたい不安感があった。政敵として排除《はいじょ》されることを恐《おそ》れる気持ちもあるが、妻は由吏侯の姪《めい》で、由吏侯は妻をたいそう可愛《かわい》がっている。自分が心からの恭順《きょうじゅん》の意を示せば、敢《あ》えて残酷《ざんこく》な排除を試みることはあるまい。

ただ、なぜだろう、そういう未来を思い描《えが》くたびに、ざらっとした不安が胸をよぎるのだ。それはまだ正体が明らかでない直感のようなものなのだが、だからこそ余計に、その感覚が胸を離れることがなかった。

もう、由吏侯も安房那に到着《とうちゃく》したと聞いている。

由吏侯と自分、それぞれを推《お》す諸侯たちは、今このときも、この広い館《やかた》のどこかで、談笑《だんしょう》を装《よそお》った会合をしているのだろう。

ひとつため息をついたとき、塀《へい》よりやや低くなっている庭木戸の向こうを歩いていく老女の髷《まげ》が見えて、比羅宇は、はっとした。髷に挿《さ》してある簪《かんざし》に見覚えがあった。

「……兎《と》季《き》？」

声をかけると、髷が止まった。

比羅宇は庭木戸へ歩み寄り、掛《か》け金を外して木戸を開けた。

小柄《こがら》な老女が手に籠《かご》を持って立っていた。皺《しわ》だらけの顔のなかで、黒い目がきらきらしている。

近づいて来ようとしていた警護の兵たちに、戻っておれ、という仕草をして、比羅宇は、老女を庭に招きいれた。

手を引かれて庭に入りながら、老女は眩《まぶ》しそうな顔で比羅宇を見上げ、腰《こし》をかがめて深いお辞儀《じぎ》をしながら、あらあら、まあまあ、と、うろたえたようにつぶやいた。

「兎季《とき》、久しぶりだな。何年ぶりだ？　この間安房那《あわな》で会が催《もよお》されて以来だから、三年ぶりか？」

「はあ、もうそんなになりますかしら、ええ」

　兎季はにこにこと答えた。

　その腕《うで》に抱《かか》えている籠に入っている黄色い実を見て、比羅宇《ひらう》は微笑んだ。

「あ、吉花《きっか》ノ実だな。良い香《かお》りだ」

　吉花ノ実は、酸味が強く香りが良いので、焼き魚などに絞《しぼ》ってかけたり、薄切《うすぎ》りにして、発酵《はっこう》させた魚の切り身に挟《はさ》んだりする。

　ふわっと頰《ほお》をかすめた香りをかいだとき、ふと、幼い日の思い出が目に浮《う》かんできた。

「……果樹園で、むかし、この実をもいだな。そなたに抱えてもらって」

「あらまあ！　覚えておいでですか、まあ！　あんなにお小さかったのに」

　兎季は目を丸くした。

　比羅宇は笑った。

「そなたは随分《ずいぶん》縮んだな。あのときは、大きな女の人だと思ったのに」

　兎季はしわくちゃの顔を、更《さら》に、しわしわにして笑った。

「はい、随分縮みました。でも、あの頃だって、それほど背は高くなかったのでございますよ。比羅宇さまがお小さかったから、大きく見えたのでございましょ。

私も、お小さい手をいっぱいに伸ばして、吉花ノ実をもいでおられたご様子を、いまも、よおく覚えておりますです」

陽の光を集めたような、つややかな果実を眺めて、比羅宇は遠い日を思った。

あれは幸せな日々だった。

安房那侯も、あの頃はまだ領主ではなかった。祭司《さいし》医《い》の衣を纏《まと》い、穏《おだ》やかな目で自分を見て、今日はいかがかな、と尋《たず》ねる、その声がいまも耳に残っている。子どもにとっては外で身体《からだ》を動かすことが何よりの養生と言って、仔犬《こいぬ》をくださった。てのひらに載《の》せてもらい、ふるふると震《ふる》えている仔犬の湿《しめ》った温《ぬく》もりを感じたとき、胸に湧《わ》き上がってきた思いは、いまも忘れられない。

その仔犬は、成長しても、決して比羅宇を忘れることはなかった。安房那に訪れるたびに尾《お》をふって、全身で喜びを表して駆《か》け寄ってきてくれたものだ。その犬がやがて逝《い》った後も、比羅宇は安房那に来るたびに、その犬の仔と猟《りょう》にでかけた。

昨夜も犬舎に行き、かけがえのない旧友である犬を撫《な》でてきた。随分と老いていたが、それでも比羅宇を見ると目を輝《かがや》かせ、ちゃんと立ち上がって尾をふってくれた。

安房那侯は、野遊びや魚釣《つ》りなどにも連れていってくれたものだった。釣った魚を捌《さば》くような、ふだんは不浄《ふじょう》なこととして決して許されぬことも、命の在り方を知ることも大事、と言って、包丁を持たせてくれ、手を添《そ》えながら教えてくれた。

お陰《かげ》で、好物の魚料理を見ても、どう捌いたのかよくわかる。

大好物の安房那《あわな》名物——魚の切り身と野菜、米飯を漬《つ》け込んで発酵させた〈香酢《こうず》魚《うお》〉——を思い出し、比羅宇《ひらう》は、あ、と声をあげた。

「そうそう、大切なことを伝え忘れていた。今夜の宴席《えんせき》料理に〈香酢魚〉は供されるかね？」

兎季《とき》はうなずいた。

「ええ、ええ。たんと用意してございますよ。比羅宇さまの大好物でございますものね」

「そうか、そうだろうな。いや、困ったな」

比羅宇は顔を歪《ゆが》め、ちょっと考えてから、口を開いた。

「せっかく用意してもらったのに申しわけないのだが、私はいま〈香酢魚〉を食べられないのだよ」

「え？」

びっくりした兎季に、比羅宇は苦笑しながら、そっと指を絡《から》めてみせた。

皇帝の座を射止めるために好物断《だ》ちをしているのだと気づいて、兎季は、ああ、と、うなずいた。

好物断ちは、願を掛けている人が、他者に語ると呪力《じゆりよく》が失《う》せてしまう。

しかし、供された料理は、たとえ食べきれなくとも、一応すべて箸《はし》をつけるのが東《ツ》乎瑠《オル》の礼儀だったから、予《あらかじ》め誰かにそれとなく伝えておこうと思っていて、これまで忘れていたのだった。

「ご心配なく。この兎季がちゃあんと致《いた》しますので、大丈夫《だいじょうぶ》でございますよ」

胸を張ってそう応じてから、兎季は、ふっと笑った。

「〈香酢魚〉は苦手な方が多うございましょ？　ですんで、いつも比羅宇さまのお膳《ぜん》にだけ付けさせていただいて、他《ほか》の方には、見た目は似ていますけれどお味は違《ちが》う魚料理を載せておりましたの。ですから、いまからでも、皆《みな》さまと同じお料理に差し替えるのは造作もないことでございます」

それは比羅宇も気づいていた。

前に安房那でミンナルの〈鳴き合わせ、詩合わせ〉が行われたとき、自分の膳にだけ〈香酢魚〉が載っていて、好物を覚えていてくれたのだな、とうれしく思ったのを思い出し、比羅宇はうなずいた。

「明日《あす》の詩合わせの会には、そなたも来るのだろう？」

ミンナルの〈鳴き合わせ、詩合わせ〉は貴人の遊びだが、人を治める立場にある者たちが庶民《しょみん》に教養を伝える場でもある。

堅苦《かたくる》しい領主は下賤《げせん》の者を庭には入れぬと言って、貴人だけの競《きそ》いの場にすることもあったが、安房那では広く庭の木戸を開け放ち、誰でも、その競い合いを見聞きして楽しむことができた。

ただ、さすがに庭の広さにも限りがあり、警備の問題もあるので、庭に入る資格は籤引《くじび》きによって決められる。それでも、長く安房那《あわな》家に仕えている兎季《とき》のような使用人たちとその家族は籤引きなしで良い席に座ることを許されていた。

兎季は満面の笑《え》みを浮かべた。

「参りますですよ、はい。今年も比羅宇《ひらう》さまがいらっしゃると聞いて、息子《むすこ》も娘《むすめ》も孫たちも大喜びで聴《き》かせていただくことにしておりますです」

比羅宇は、やや照れたような顔になった。

「そうか。では、恥《は》ずかしくない詩を詠《よ》まねばな。まあ、しかし、私の詩はともかく、我が所領で育てた今年のミンナルはとても声が良い。それを楽しんでくれ」

*

（……少しお痩《や》せになった）

兎季は比羅宇とのやりとりを思い出しながら思った。

皇帝の座を競うというようなことは、ひどく気を遣《つか》うことばかりで、心が休まるときがないのだろう。

比羅宇がまだ、ほっそりとした少年だった頃のこと、見違えるように成長し、良い体格の若者になった頃のことなどをあれこれ思い出しながら料理場に入っていくと、煮炊《にた》きの香りと、忙《いそが》しく立ち働く人々の熱気に包まれた。

兎季に気づいた料理女がお辞儀をした。鼻の頭に汗《あせ》が浮いている。籠を渡《わた》すと、

「まあ、吉花《きっか》ノ実をこんなにたくさん！　ありがとうございます」

と、大声で礼を言ってくれた。

「忙しいところ悪いのだけどね」

兎季は、おっとりと切り出した。

「比羅宇さまの御膳《ごぜん》係はどなたかしら」

「はあ、仁来《にき》さまが担当しておりますが」

料理女は奥を指さした。

「ありがと」

兎季は料理人たちの間を縫《ぬ》って、仁来に近づいて行った。

仁来は老練な料理人だが、身分が高い人々が多い今夕の来客の料理は、厳しい監視《かんし》の中で作られており、数人の男女に囲まれて魚を捌いていた。

この監視人たちは毒見役でもあり、膳を調《ととの》える前に、膳に載せる料理のすべてを一口ずつ毒見することになっている。

兎季《とき》が近づいていくと、監視人たちがじろっと視線を向けた。

兎季はすっと背を伸ばし、彼らにお辞儀をした。

「私、安房那《あわな》家の乳母《うば》を務めておりました兎季でございます。つい今しがた、比羅宇《ひらう》さまに呼び止められまして、今夜のお料理は皆さまと同じものを召《め》し上がりたいので、〈香酢魚《こうずうお》〉の配慮《はいりょ》はなしにせよ、と申しつかりました」

仁来《にき》は瞬《まばた》きしただけだったが、監視人たちは顔を見合わせて、小声で話し合いはじめた。急な変更《へんこう》は避《さ》けるべき、と思ったのかもしれないが、やがて、ひとりだけ特別な料理を出すよりは、全員同じ料理である方が危険は少なかろうという結論に至り、重々しく了承《りょうしょう》された。

「仁来さん、〈香酢魚〉はもう樽《たる》から出したのですか？」

兎季が尋ねると、仁来は包丁を綺麗《きれい》な布で拭《ぬぐ》いながら答えた。

「ええ、いや、ちょっと前に樽から出して来るよう言いつけたとこで」

「あら、そうですか」

兎季は皆に会釈《えしゃく》して、小走りに食糧蔵《しょくりょうぐら》に向かった。〈香酢魚〉は樽から出すと味が落ちてしまう。もったいない、と思ったのだ。

厨房の戸口まで来たとき、背後から声がかかった。

「私が参りましょう」

下働きの若い女だった。

「え？」

「〈香酢魚〉を樽から出さぬよう、私が伝えに参りますよ」

「あらあら」

兎季は手をふった。

「いいのよ。こういう仕事は手が空いている者がやるべきこと。あなたはあなたの仕事をなさいな」

下働きの女は、つかのま兎季を見つめて何か考えていたが、やがて、それでは、と頭を下げて戻っていった。

兎季はまた小走りになって食糧蔵に向かった。〈香酢魚〉は大好物なので、もう樽から出してしまっていたら、家族の夕食のために頂いて帰ろうと思っていた。

二　香酢魚

安房那《あわな》侯の館群《やかたぐん》は広い庭に囲まれている。

裏庭の奥には使用人たちの家があるので、裏庭を抜《ぬ》ける小道には、朝な夕なに、使用人やその家族が、家と館を行き来する姿が見られた。

裏庭の小さな四阿《あずまや》の白木の椅子《いす》に腰をかけて、ホッサルと真那《まな》はお茶をすすりながら、ぼんやりと夕暮れの庭と小道を眺めていた。マコウカンも少し離れた席に腰をおろし、菓子《かし》をつまみ、お茶を飲んでいる。

安房那には昨日帰り着いたのだが、ちょうどミンナルの〈鳴き合わせ、詩《うた》合わせ〉の準備が最も忙しいときに当たってしまい、安房那侯は由吏《ゆり》侯、比羅宇《ひらう》侯をはじめとする諸侯の接待に追われていて、まだ帰還《きかん》の挨拶《あいさつ》すら許されていない。

梨穂宇《りほう》もミンナルの準備に追われていて、顔も見ていなかった。

（執行猶予《しっこうゆうよ》期間だな）

ホッサルは少しぬるくなったお茶をすすった。

梨穂宇との縁談《えんだん》を受ける気はなかったが、オタワル医術の未来を救うためには慎《しん》重《ちょう》に道を探《さぐ》らねばならない。性急に答えを伝えず、安房那侯の真意を探り、落としどころを見つけるべきだった。

それをミラルに話しておきたかったが、口に出して伝えることができなかったのは、心のどこかに、自分の意志ではままならない瞬間《しゅんかん》が訪れるかもしれない、という不安があったからだ。――ミラルは、多分、そういうことをすべてわかっている。

ため息をついたとき、真那がふいに腰を浮かして、声をあげた。

「おおい、兎季《とき》！」

裏庭の小道を歩いてきた老女が、足を止めた。

真那が老女に駆《か》け寄っていくのを、ホッサルは湯《ゆ》呑《のみ》を手に眺めていた。

「いま帰り？」

余《よ》程《ほど》親しい老女なのだろう、真那は少年のような明るい表情になっている。宙を嗅《か》ぐような仕草をし、老女が手にぶら下げている大きな包みを見るや、真那は目を輝かせた。

「それ、〈香酢《こうず》魚《うお》〉だね？　樽を開けたの？　……あ、そうか、比羅宇さまの大好物だものなあ」

老女が困ったように、真那の腕に触《ふ》れた。

「坊《ぼっ》ちゃま、声を少し低めてくださいよ」

「え、なんで？」

老女はちょっと迷っていたが、やがて、小声で何か囁《ささや》いた。真那《まな》は黙《だま》って聞き終えると、ふうん、そうか、と、つぶやいた。

「……でも、それにしちゃ、量が少し多くないかい？」

真那に言われて、老女は顔を赤らめた。

「ええ、あのね、せっかく樽の蓋《ふた》を開けたんだから、ちょっと分けて頂戴《ちょうだい》ってお願いして、別に少しもらってきたんですよ。家族で食べようと思って」

「お、そりゃいいや！」

真那は明るい声をあげた。

「ね、一口だけ、お相伴《しょうばん》させてよ」

老女は笑いだした。

「いやですねえ、そんな。一口だけなんて。けっこうたくさん頂いてきましたから、大丈夫ですよ。――でも、真那さま、もうそろそろ晩餐《ばんさん》でしょうに」

「いや、今夜は同席しないんだ。安房那《あわな》からは父上と兄上だけ。一族郎党《ろうとう》が出張《でば》ると大仰《おおぎょう》になるからね」

今宵《こよい》の晩餐には、会に参加する諸侯だけでなく、津雅那《つがな》をはじめ宮廷《きゅうてい》祭司医の上師《じょうし》たちも列席する。真那たちが晩餐に招かれず、安房那側を最小限の人数にして、晩餐自体を小規模にしたのは、彼らとホッサルを会わせないようにする安房那侯の配慮かもしれなかった。

老女は、真那の返事を聞くや、

「あら、そうですか。そしたら一緒《いっしょ》にお夕飯召し上がります？　他にろくな物はないけれど」

と、誘《さそ》った。

「いいねえ、〈香酢《こうず》魚《うお》〉と酒があれば充分《じゅうぶん》だよ。ありがたい」

真那は、こちらをふり返った。

「ホッサル師も一緒にいらっしゃいませんか。安房那名物を食べてみてくださいよ。マコウカンさんも、どうぞ」

知り合いでもない人の家に行くのは気ぶっせいだったが、真那が夕食を別の場所で食べるとなると、ひとりで安房那領の人々と食事をとることになる。その方が余程面《めん》倒《どう》だったので、ホッサルは腰をあげた。

ホッサルがそばに行くと、真那は小柄な老女の肩《かた》に手を置いて、

「私と、すぐ上の姉の乳母です」

と、言った。

すると梨穂宇《りほう》の乳母でもあるのか、と思いながら、ホッサルは微笑みを浮かべて挨拶をした。

「ホッサル＝ユグラウルです」

老女は深々とお辞儀をした。

「兎季《とき》と申します」

兎季は顔をあげると、ちょっと困ったようにホッサルと真那《まな》を交互《こうご》に見た。

「オタワルの名医様を我が家にお迎《むか》えできるなんて望外の光栄でございますけれど、あの、本当に粗末《そまつ》な家なんでございますよ。失礼ではないかしら」

ホッサルは、いやいや、と笑った。

「失礼はこちらの方こそ、ですよ。大の男が三人も御相伴に与《あずか》って大丈夫ですか」

兎季はようやく、ほっとした表情になった。

「大丈夫でございますよ。まあ、大した料理はございませんけれど、お御馳走《ごちそう》を一品つけられますし」

そして、マコウカンに視線を向け、

「従者《じゅしゃ》の方もどうぞ、ご遠慮なくいらしてくださいな」

マコウカンは立ち上がったが、ためらい顔でホッサルを見た。

「お言葉に甘えようや。その代わり、後で、この大食いを養っていただいたお礼をさせていただきます」

ホッサルの言葉に、兎季は笑顔になった。

「いいえ、そんな、どうか本当に、お気遣いなさらないでくださいませ。お礼をいただけるようなお御馳走は差し上げられないんですから」

それから、ふと思い出したように言った。

「ミラルさんは、ご一緒じゃないのですか？」

虚《きょ》をつかれて、ホッサルは瞬きをした。

「え、ミラルをご存じなのですか」

兎季は、にこにことうなずいた。

「ええ、ええ。よおく存じておりますですよ。まあ、気さくで、お心遣いのあるお嬢《じょう》さんで、お迎えの晩餐のときにご一緒しただけですのに、うちの娘たちにオタワル織の綺麗な布などを持ってきてくださって」

ホッサルはつかのま、応じる言葉が見つからずにいたが、傍《かたわ》らから真那が、

「ミラルさんはまだ花部《かべ》なんだ。お父上もあそこに残っておられるから、しばらくあっちにおられるんじゃないかな」

と、言うと、兎季は得心したようにうなずいた。

「まあ、そうですか。残念ね、〈香酢《こうず》魚《うお》〉、ミラルさんにも召し上がっていただきたかったんだけど、それじゃしょうがないですね」

兎季《とき》は謙遜《けんそん》していたが、彼女の家はなかなかの大きな屋敷《やしき》だった。平屋だが奥が深く、玄関《げんかん》の三和土《たたき》も広い。

夕餉《ゆうげ》の支度《したく》の真最中なのだろう、奥の方から魚を焼く香《こう》ばしい匂《にお》いと、飯が炊《た》ける匂いが漂《ただよ》ってくる。子どもの声も聞こえる。全体に賑《にぎ》やかな家だった。

兎季が声をかけると、奥から五十過ぎぐらいの女がでてきた。娘なのだろう、兎季によく似た小柄な女だった。

客を迎えて大喜びしている彼女に導かれるままに座敷にあがり、ホッサルは大家族の歓待《かんたい》を受けることになった。

兎季の家族は女が多かった。男たちも気さくに挨拶をしてくれたが、彼らはすぐに女たちに押しのけられてしまい、気がつくと、ホッサルたちは兎季の娘と孫、ひ孫たちに囲まれてしまっていた。

マコウカンは戸口に近い辺りに座り、娘たちがいくら勧《すす》めても、微笑みながら手をふって、そこから離れなかった。

「まあ、お母さん、〈香酢魚《こうずうお》〉をこんなに！　重かったでしょう」

兎季が持ってきた包みを開き、三段になった赤い塗《ぬ》り物の重箱が現れると、娘が歓声をあげた。

娘が蓋を開けると、むわっと酸《す》っぱい匂いが漂ってきて、ホッサルは思わず顔を引いた。

（うわ、ひどい臭《にお》いだな。——そうか、〈香酢魚〉ってのは発酵させた魚か）

ホッサルには悪臭《あくしゅう》にしか思えないその香りを、兎季の家族は涎《よだれ》をたらしそうな顔で嗅いでいる。

ホッサルの表情を楽しそうに見ていた真那《まな》が、

「苦手ですか、この匂い？」

と、囁いた。

「うん、申しわけないが、正直、苦手だな」

苦笑しながらホッサルが囁き返すと、真那は、そうでしょうね、と言った。

「私らには最高の御馳走なんですけど、外から来られた方は苦手みたいですね」

「その土地、その土地に発酵食があるが、たいてい、他の地域の者は苦手だよな。これも、魚を発酵させたんだろう？」

「ええ、野菜と米飯を交ぜて」

そんな話をしていると、兎季が、娘を制止する声が聞こえた。

「あ、ちょっとお待ち」

重箱を開こうとした娘の手を押しとどめて、兎季は一番上の箱を外して脇《わき》に置いた。

「このお重は、ホッサルさまと真那さまに差し上げるから。うちの者は下のお重のをいただきなさい」

それを見て、真那《まな》がまた少し顔を寄せて囁いた。

「あの重箱の〈香酢魚《こうずうお》〉、本当は比羅宇《ひらう》さまに供される予定のものだったんですよ」

「……？　お余りかい？」

「いえ、比羅宇さまが、兎季《とき》に、内緒で下げるように頼《たの》んだのだそうです。比羅宇さまの大好物なので、いつも比羅宇さまのお膳だけ、魚料理をこれに差し替えているのですけどね」

比羅宇侯といえば、皇帝の娘婿《むすめむこ》。今夜の主賓《しゅひん》のひとりだ。

（そういえば、比羅宇侯は子どもの頃、安房那《あわな》で養生していたと言っていたな。好物も知っているわけか）

「なんで、せっかくの好物を……」

言いかけて、そうか、願掛けだな、と察して、ホッサルは残りの言葉を飲み込んだ。

真那も微笑んで、目顔でうなずいてみせた。

（皇帝になることを神に願って、好物を断っているわけか）

東平瑠《ツオル》では、なんでもかんでも神様頼《だよ》りだな、と、胸の中でホッサルは苦笑したが、顔には出さなかった。

　夕餉の食卓《しょくたく》は賑やかだった。ホッサルの縁談を知っているわけでもないだろうに、兎季が乳母をしていたせいか、頻繁《ひんぱん》に梨穂宇《りほう》のことが話題に上る。

　子ども時代の彼女のあれこれを聞きながら、ミラルと出会っていなかったら、自分はあの人と夫婦《ふうふ》になったのだろうか、と、ホッサルはぼんやりと思っていた。

「さ、どうぞ」

　箱膳の上に〈香酢魚〉の皿を置かれて、ホッサルは我に返った。しんなりとした野菜の上に、きれいな魚の切り身が載っている。切り身のところどころに米粒《こめつぶ》がついていた。

　礼を言って箸をつけようとしたが、匂いを嗅いだとたん吐《は》き気がこみあげてきて、どうしても口に入れる気になれなかった。

　ホッサルは苦笑しながら、みんなに詫《わ》びた。

「……申しわけない」

　兎季が笑いだした。

「そんな、お気になさらないでくださいな。他所《よそ》の方には難しい料理ですもの。これは私がいただきましょ」

　そう言って、兎季はさっと手を伸ばし、ホッサルの箱膳の上の皿を持ち上げて、自分の箱膳に移した。

「あ！　お母さん、ずるい！　二皿も食べるの⁉」

娘が声を上げると、兎季《とき》は、やれやれ、という顔をして、

「おまえはもう、子どもの頃から食いしん坊《ぼう》で」

と、言いながら、もともと自分の箱膳に載せてあった方の〈香酢魚《こうずうお》〉の皿を娘の箱膳に移した。

「あ、いいわよ、お母さん、冗談《じょうだん》よ、冗談」

娘は顔を赤らめて皿を押し戻そうとしたが、兎季はがんとして受け取らなかった。

娘は照れ笑いをしながら、ふと思いついたように、一番薄い切り身を箸で持ち上げると、手を伸ばして、ホッサルの魚料理の皿の端《はし》に載せた。

「一口！　一口でいいから召し上がってみてくださいな。本当に、びっくりするくらい美味《おい》しいんですから。せっかく安房那《あわな》におられるのに、これを食べずにお帰りになるのはもったいないですよ」

雑談しながらも、みなの目がこちらに注がれているのを感じて、ホッサルはため息をつき、

「よしっ」

と、言うや、意を決して、切り身を口に放《ほう》りこんだ。

なるべく鼻から息が抜けないように気をつけて切り身を噛《か》むと、強烈《きょうれつ》な酸味とともに

に乾酪《かんらく》のような濃厚《のうこう》で複雑な旨味《うまみ》が口の中に広がった。

「ホッサル師、ほら、一杯《ぱい》！　いま、これを飲むと最高ですよ！」

真那《まな》がついでくれた酒を一気に飲むと、たしかに、口の中の匂いも薄れ、旨味だけが舌に残った。

「美味《うま》いでしょう」

真那にうなずいてみせると、食卓を囲んでいる人々が一斉《いっせい》に、うれしそうな顔になった。

部屋の戸口のところで黙々《もくもく》と食事をしているマコウカンは〈香酢魚〉には箸をつけていなかった。

目ざとくそれに気づいて、ホッサルが大声で、

「おい、おまえもちゃんと頂けよ！」

と、命じると、マコウカンはぎょっとした顔で首をふったが、皆に注目されて、渋々《しぶしぶ》、一切れ口に入れた。

巨漢《きょかん》の情けない仕草が可笑《おか》しかったのだろう。子どもたちが噴《ふ》きだし、部屋は笑い声に包まれた。

「笑ってないで、ほら、誰か、マコウカンさんに酒を！」

真那が声をかけると、男らが立ち上がったが、マコウカンは警護の務めがございま

すので、と、酒は飲まなかった。

*

ホッサルが兎季《とき》の家で夕餉を食べ始めた頃、安房那《あわな》の城の大広間でも諸侯をもてなす晩餐が始まっていた。

東平瑠《ツォル》では、主賓は招待者の右手側に座ることになっている。

この晩餐では次期皇帝候補である由吏《ゆり》侯と比羅宇《ひらう》侯が主賓だが、ふたりは身分に差がないため、どちらが安房那侯の右手側に座るかは籤によって決められ、比羅宇侯が右手側、由吏侯が左手側と決まった。

籤は神の言葉であり、その結果に不満を述べることは許されない。由吏侯は鷹揚《おうよう》に微笑んで、安房那侯の左手側に座った。

今年のミンナルの育ち具合などを話題にして、宴席は和《なご》やかに始まった。

「おや？」

ふと、由吏侯が比羅宇侯の膳を見、安房那侯に失礼、と断ってから、少し身を乗り出して比羅宇侯に声をかけた。

「今宵は、貴殿《きでん》のお好きな、あれはないのですか。ほら、あの、匂いの強い……」

「……ああ」

比羅宇侯は苦笑した。

「いや、今回は、あれはなしに、と、お伝えしたのです。匂いが苦手な方もおられるでしょうから」

「おお、そうでしたか」

由吏侯は微笑んだ。

「貴殿は誠《まこと》に細やかなご配慮をなされる方だ。私なぞは、好物を食べられるとなれば他者が眉《まゆ》をひそめようと、気づかぬふりで食べてしまいますが」

比羅宇侯はそれには答えず、ただ微笑んで、由吏侯の言葉をやり過ごした。

安房那侯はふたりのやりとりが終わるまで箸を止めていたが、ふたりがそれぞれ膳に向かうと、また、静かに箸を動かしはじめた。

三　発症

ミンナルの〈鳴き合わせ、詩合わせ〉は翌日の夕刻に始まった。

入道雲がくっきりと空に映《は》えていた日中の猛烈《もうれつ》な暑さは和《やわ》らぎ、ひんやりとした風が吹き始めている。

上座にあたる東に設《しつら》えられた座席に座っている諸侯たちに、下仕えの者たちが大きな団扇《うちわ》で風を送っていた。もうその必要もないほど辺りは涼《すず》しくなっていたが、夕暮れになると蚊《か》が飛び始めるので、下仕えの者たちは根気よく、ゆるやかに団扇をふっている。

広大な庭のあちこちに七つの鳥籠が置かれていて、その籠の中で、ミンナルが落ち着かぬ様子で翼《つばさ》を羽ばたかせていた。

庭の中央には、芝《しば》をきちんと刈《か》り込んだ広い円形の空間があった。

その空間を挟んで、下手側にはたくさんの敷《し》物が敷かれ、安房那《あわな》侯の身内から家来たち、籤引きで観覧を認められた領民や商人などが腰を下ろして、〈鳴き合わせ、詩合わせ〉が始まるのを、いまか、いまかと待ち受けていた。

　ホッサルは大叔父《おおおじ》のオウロやマコウカンとともに安房那侯の身内の一角に席を与《あた》えられ、真那《まな》の隣《となり》に座っていた。

　安房那に帰ってきたとき、大叔父は玄関先までホッサルを迎えに出て、ホッサルの怪我《けが》の状態を尋ねるより先に、亜々弥《ああや》の病に効く薬はあったのか、と聞いた。

　薬はなかったと答えたとき、大叔父の顔に浮かんだ表情を見て、ホッサルは大叔父を少し見直した。

　大叔父の目には落胆《らくたん》だけでなく、哀《かな》しみの色があった。大叔父は亜々弥の病状に責任を感じているだけでなく、本気であの幼い娘のことを思いやっているのだ。

　当の亜々弥は、しかし、あれから内出血を起こすこともなく、ごく普通《ふつう》に暮らしていたとのことだった。

いまも、敷物の上に、膝《ひざ》に負担がかからぬ高さの座椅子を置いてもらって、晴れやかな表情を浮かべて座っている。

　大勢の人が集まっているので興奮しているのだろう、その頬は少し上気していて、ときおり小さく笑ったりしながら、姉たちと囁きあっている。

　その屈託《くったく》のない様子を見ながら、ホッサルは胸の中で思った。

（この子は、こうして生きていく）

生まれたときに与えられた自分の身体で、生きていく。医術師にできるのは、転んだときの手当てぐらいのものだ。

転んだときの手当てなら、オタワルの医術師の治療《ちりょう》法と祭司医の治療法の間にはさして差はない。

(問題は、大量出血をしたときだ)

そのとき、オタワルの医術なら輸血という方法がある。

そういう方法があることを安房那《あわな》侯も真那《まな》も知ったいま、それでも、彼らは、この子が命の危険に晒《さら》されたとき、その身を穢《けが》さぬ方を選ぶのだろうか。

魂《たましい》と肉体が穢れることを恐れる気持ちは、頭では理解できても実感が伴《ともな》わない。

しかし、心からの信者にとって、死後、天の神の御許《みもと》へ行かれなくなるということは、死そのものよりも恐ろしいことなのかもしれない。

ふと、安房那に来る前に見た太弥《たや》の、眠《ねむ》っているような、満足気な死に顔を思い出した。清らかな魂で天に昇《のぼ》れることを信じきっていた者の、安らかな最期《さいご》を。

(太弥は、あの年まで生きたからな)

だが、たとえ幼い我が子の場合でも、死後の平安を得られぬ身体にしてしまう方が可哀想《かわいそう》だと思う親心というものもあるのかもしれない。

ホッサルはため息をついた。

(どうも、わからんな。おれたちにとっては、そういう話は、技《わざ》の埒外《らちがい》だからな)

オタワル医術の外に出てみたいと言ったミラルの顔が、ふと目に浮かんだ。生と死の現場に関《かか》わりながら、人の思いを埒外にしていてよいのか、と、ミラルは言いたかったのかもしれない。

　庭のあちこちに置かれていた灯《あか》り台に火が灯《とも》った。

　ホッサルはちょっと顔を傾《かたむ》けて真那に囁きかけた。

「……あの中央の、お父上の右手側に座っているのが比羅宇《ひらう》侯だよな」

　真那はうなずいた。

「右手側が比羅宇侯で、左手側が由吏《ゆり》侯です」

　声を出しづらそうだったので、ホッサルは真那の顔をのぞきこんだ。

「大丈夫か？」

　真那は、ええ、と、掠《かす》れ声で答えた。

「大丈夫。ちょっと風邪《かぜ》気味なだけです。お気になさらず」

　いかにも具合が悪そうな土気色の顔で、それでも真那は正面を見て、囁いた。

「それぞれの側に座っている諸侯は、ほぼ、それぞれ、比羅宇侯派、由吏侯派です。一段低い前列に座っているのが宮廷祭司医や高名な文人、学識者などです」

「……津雅那《つがな》師は？」

「比羅宇《ひらう》侯の隣が選帝侯《せんていこう》の王阿《おうあ》侯、そのちょうど真下に座っている、白い衣に濃紺《のうこん》の帯を締《し》めている男です」

「え！　あれがそうか」

ホッサルは意外な思いで、長くその噂《うわさ》だけ聞かされていた男を見つめた。

次の宮廷祭司医長になるであろう、ひどく教条的な男。皇帝の前ですら、オタワル医術を邪教《じゃきょう》と非難して憚《はばか》らぬ男……。

しかし、庭の向こう側に座っている男は、聞かされてきた話から想像していた男とは随分印象の違う、すっきりとした顔立ちの好男子だった。

（若いな）

五十代のはずだが、四十そこそこにしか見えない。あの男が宮廷祭司医長になったら、在位期間はかなり長くなるだろう。

津雅那《つがな》の隣の男が何か囁き、津雅那がこちらを向いた。ちょっと視線をさ迷わせていたが、やがて、はっきりと視点をホッサルに据《す》えた。

遠いので、その目に浮かんでいる表情までは見えなかったが、津雅那は長く、ホッサルを見つめていた。

チーン、チーン、チーン、と鐘《かね》を叩《たた》く音が聞こえた。

その音に招かれたかのように、数人の人影《ひとかげ》が庭に現れて、それぞれ鳥籠に向かって歩き出した。

(……梨穂宇《りほう》)

その中に梨穂宇の姿を認めて、ホッサルはその優雅《ゆうが》な仕草を見つめた。

梨穂宇は西側の鳥籠に向かうと、中にいるミンナルの様子をじっと眺めていたが、やがて、三人の男たちに何か指示を与えた。

他の鳥籠のところでも同じようなことが行われている。どうやら、梨穂宇のようにミンナルを育てた者が、動作の指示を出しているようだった。

大叔父のオウロが顔を寄せてきた。

「梨穂宇さんは優《すぐ》れた〈鳥師《とりし》〉なのだそうだ」

「〈鳥師〉?」

「ミンナルを育てて、その状態を見《み》極《きわ》められる人をそう呼ぶそうだ」

梨穂宇は頭《こうべ》を巡《めぐ》らして、他の鳥籠についている鳥師たちを見ている。しばらくして、他の鳥籠についていた鳥師たちが、ひとり、またひとり、と、梨穂宇の方を見た。

やがて、彼らは小さくうなずきあうと、さっと右手を上げた。

すると、鳥籠を囲んでいた男たちが静かに鳥籠を持ち上げて、庭の中央、あの芝を刈りこんである円のところへと歩きはじめた。

男たちが歩きはじめると、ミンナルたちは止まり木の上で釣り合いをとろうと、大きく翼を広げてぱたぱたと羽ばたいたが、男たちが円の中に入り、均等の空間を空けて、それぞれの鳥籠をおろしたとたん、翼を畳《たた》んで、ぐっと前傾《ぜんけい》姿勢になった。輪状に置かれた鳥籠の中で、ミンナルたちはそれぞれ、じっと、対面にいるミンナルを見つめている。

やがて、ミンナルたちは一斉に胸元《むなもと》の羽毛をふくらませはじめた。項《うなじ》から頭の紅《べに》色の羽毛も逆立ち、鶏冠《とさか》のようになった。

緊張《きんちょう》が頂点に達したとき、東側の鳥籠のミンナルが、いきなり甲高《かんだか》い声でキョー！

と、鳴いた。

と、その籠についていた鳥師が、さっと小さな旗を揚《あ》げた。

「初鳴きだ。あのミンナルの持ち主が、最初に詩を読むことになる」

大叔父が囁いた。

以前、〈鳴き合わせ、詩合わせ〉を観覧したことがある大叔父は、ホッサルに解説するのが楽しくてならないようだった。

一羽が初鳴きしたとたん、他の鳥籠のミンナルも鳴きはじめた。

高い声で鳴くミンナルもいれば、低い声を震《ふる》わせて響《ひび》かせるミンナルもいる。短く区切りながら鳴くものもいれば、長く鳴き声を伸ばすミンナルもいた。

　それぞれのミンナルが鳴きはじめた瞬間に、鳥師たちは旗を揚げる。鳴き声を識別しているのか、青い旗もあれば、白い旗もあった。

「青旗のミンナルの持ち主は短い詩を、白旗のミンナルの持ち主は長い詩を詠《えい》ずる。長い詩が得意な領主は、長く鳴くミンナルをつくるように鳥師に命じるんだそうだ」

　それぞれのミンナルの特徴《とくちょう》を見極めて、掛け合わせると話していた梨穂宇《りほう》の言葉を思い出しながら、ホッサルはうなずいた。

「……なるほど。ちなみに、安房那《あわな》侯は長短どちらがお得意なのです？」

「長詠歌だ」

　大叔父は即答《そくとう》した。

「短い詩は、直観的な表現が得意な者に有利なようだが、安房那侯の詩は、なにしろ構成が見事なのだ。

　主題に至るまでの伏線《ふくせん》の張り方が絶妙《ぜつみょう》でな。はじめ、何を主題にしておられるのか、と気になって聴いていると、やがて、思いもつかぬところへ連れていかれる。聴き終えたときは、身に、侯の思いが沁《し》み渡る」

　大叔父は腕組みをしながら続けた。

「早く鳴けば良いというものでもないようでな。その声の響きで人の心を捉《とら》えられるかどうかがミンナルの鳴き合わせの勝敗を決めるというところは、アカファの競技と同じだな」

梨穂宇《りほう》がついている籠のミンナルはなかなか鳴かない。しかし、梨穂宇は焦《あせ》った様子もなく、じっと小声で何かミンナルに囁きかけている。

他のすべてのミンナルが鳴き終え、つかのま辺りが静まり返った。そのとき、梨穂宇のミンナルが嘴《くちばし》を開けた。

嘴を高く上げ、喉《のど》を伸ばすようにして、梨穂宇のミンナルは鳴き始めた。

その鳴き声は複雑で、高い音と低い音が織り合わさり、段々に伸びていって、庭の隅々にまで響き渡った。

ホッサルは胸を圧される思いで、ぽかんと口を開けて、その鳴き声に聴き入った。

(……これが鳥の声か)

それは天から遣わされた何か――透明《とうめい》な輝きのように貴《とうと》い何かに似て、胸を貫《つらぬ》き、震わせた。

梨穂宇のミンナルが鳴き止《や》むと、静寂《せいじゃく》が深くなった。

ふいに、遠くから手を叩く音が聞こえた。

顔を上げると、由吏《ゆり》侯が身を乗り出すようにして拍手《はくしゅ》をしていた。すぐに比羅宇《ひらう》侯も紅潮した顔で拍手し、拍手の波が上座を包んだ。

ホッサルも力いっぱい拍手をした。胸が高鳴っていた。

正面を見たまま、ホッサルは傍らの真那《まな》に声をかけた。

「すごいな、お姉上のミンナルは！　他のとはまるで違う。それにしても長く鳴いたなぁ。お父上が、この一戦を詩でどう表現するか楽しみだ」

返事がなかったので、真那に顔を向けて、ホッサルはどきっとした。——真那の表情が明らかに変わっていたのだ。

目の焦点《しょうてん》も合っていない。ぐらついたその身体をホッサルはすんでのところで受けとめて、支えた。怪我をしている肩に痛みが走り、顔をしかめながら、真那に声をかけた。

「真那！……真那、聞こえるか」

真那は、う、う、と唸《うな》った。

「……め、まいが、します」

呂律《ろれつ》は緩慢《かんまん》だが、意識は清明で、懸命《けんめい》に何かを伝えようとしている。

「はなし、づらい」

真那の身体は熱くはなかった。ホッサルは抱《だ》きかかえたまま、その目を見た。やはり焦点がうまく合っていない。

（その上、話しづらいとなると……）

「真那《まな》、目をつぶって両腕を水平に上げてみろ」

真那は言われた通りにしてみせた。両腕はしっかり水平に伸びている。

目を閉じたまま、真那が次の言葉をしぼりだした。

「たぶん、のう、えは、ない。……さうや、から、おう、と、と、げり……」

（嘔吐《おうと》と下痢《げり》？）

とたんに、いくつもの思考が頭の中で交叉《こうさ》した。

嘔吐と下痢があり、神経症状《しょうじょう》が出ているとなれば、考えねばならないのは食中毒だ。

大叔父もそう思ったようで、身を乗り出して、つぶやいた。

「……食中毒か？」

ホッサルはうなずいた。

「目の焦点が合わず、発話困難があって熱はない……となると、〈トッ〉かもしれません」

肉の腸詰《ちょうづめ》や発酵させた魚、漬《つ》け物などを食べたときに、ごく稀《まれ》に発生する食中毒。治療が遅《おく》れれば、呼吸ができなくなって死に至ることがある、恐ろしい食中毒だ。

（だが、真那とは夕食も朝食も一緒で、同じものを食べている。おれには、まったく〈トッ〉の症状は出ていない）

ふと思いついて、ホッサルはマコウカンをふり返った。

「おまえ、なにか症状が出ているか？」

マコウカンは首をふった。

「いえ、まったく」

ホッサルは考え込んだ。

（発症には時間差があるし、個体差もあるだろうが、それでも、同時に食べてこれほど差が出るものだろうか？　……あ、兎季《とき》たちは？）

辺りを見回すと、真那の異変に気づいた一族の人たちが心配そうな顔でこちらを見ていた。しかし、探している顔は見当たらなかった。

〈鳴き合わせ、詩合わせ〉を楽しみにしていて、絶対に来ると言っていたのに、兎季もその家族も姿がない。

すっと肌《はだ》が冷えた。

（まさか、兎季たちも……？）

真那と彼女らが食べていたもので、すぐ思い浮かぶのは、やはり〈香酢《こうず》魚《うお》〉だ。

〈香酢魚〉はまさしく発酵させているので大気を嫌《きら》う〈トツ〉の病素が繁殖《はんしょく》する可能性は高いが、

（おれも一切れ食べている）

他の者より食べた量が少ないせいか、と思ったとき、ふと、あることを思い出し、後頭部が冷たく痺《しび》れてきた。

（……おれやマコウカンと、真那《まな》が食べた〈香酢魚《こうずうお》〉は、別の重箱のものだ）

真那と兎季《とき》は、もともと比羅宇《ひらう》侯が食べるはずだった〈香酢魚〉を食べたが、マコウカンが口にしたのは別の重箱のものだったし、ホッサルが食べたのも、兎季の娘が自分の皿から寄越《よこ》した一切れだった。

鼓動《こどう》が速くなった。

（まさか……）

誰かが比羅宇侯の暗殺を目論《もくろ》んだのだとすれば、毒の可能性もある。

「……こ、こえ、は」

真那が、声を振《ふ》り絞った。

「どどく」

「どどく？」

人々をかき分けて近づいてきていた、真那の兄弟子《あにでし》がそれを聞いて、

「土毒《どどく》、と言ったのだと思います」

と、囁いた。

「土の中に潜《ひそ》む毒で、発酵したものを食べたときなどに当たることがあるのです」

その声に被《かぶ》せるように、真那が言った。

「こ、うず、うお……」

真那が言おうとしていることに気づき、ホッサルはうなずいた。

「そうだな、おれも〈香酢魚〉による食中毒だと思う。治療法はあるから心配するな」

真那も〈香酢魚〉による食中毒と考えたのだ。毒の可能性もある、と、いま告げても、真那に恐怖《きょうふ》を味わわせるだけで、なんの意味もない。

(……しかし)

焦りが胸を焼いた。

治療法がある、と言ったのは、真那を安堵《あんど》させるための嘘《うそ》だった。

自分の施療院《せりょういん》や、オタワル聖領《せいりょう》が近ければ、〈トツ〉を治療できる馬の血清薬は手に入るが、ここには、そんなものはない。

ホッサルは真那に聞こえぬよう声を低めて、大叔父に囁いた。

「……〈トツ〉の血清、お持ちですか？」

オウロはじっとホッサルを見た。その表情を見て、血清の手持ちはないこと、この近辺では手に入らないことがわかった。

ホッサルは真那の兄弟子を見た。

「君は、その土毒《どどく》の治療をしたことがあるのか？」

兄弟子は青い顔をして、小さく首を横にふった。

「……土《ど》毒《どく》の治療法は、最上位の祭司医のみが知る秘法です」

ホッサルは、はっとして、その兄弟子をまじまじと見た。

「つまり、古流の技、ということか？」

「はい」

ホッサルは腰を浮かせた。

「ならば、安房那《あわな》侯であれば、ご存じだな？　すぐ、安房那侯に……」

兄弟子が苦しげに顔を歪めた。

「お待ちください！　土毒の治療法は秘法であるだけでなく、穢れた禁忌《きんき》の技、決して使うことを許されぬ技です。つい昨年、娘のためにその技を使い、宮廷を追われた祭司医がおります」

ホッサルは目を見開いた。

（古流の穢れた技？　……そうか、花部《かべ》流の技か）

花部流なら血を厭《いと》わない。血清療法を使っている可能性がある。少なくとも、長く有効とされてきた治療法であるなら、なんとかなるのかもしれない。

袖《そで》を引かれて、ホッサルは、はっと真那《まな》を見おろした。何かを必死に伝えようとしている。首を横にふっていた。

（安房那侯に伝えるな、というのか）

　確かに、津雅那《つがな》もいるこのときに、古流の大立者である安房那侯——しかも、祭司医たちの深い崇敬《すうけい》の念を集めている人物——が、禁忌の技を使えば、事は安房那侯の断罪だけでは済むまい。

途轍《とてつ》もなく大きな、清心教《せいしんきょう》医術、祭司医の在り方すべての根底を揺《ゆ》るがす、巨大な問題となるだろう。

　その上、ここにはいま、比羅宇《ひらう》侯と由吏《ゆり》侯もいる。

（まさか）

　背筋に冷たい汗が伝った。嫌《いや》な構図が、ぼんやりと浮かび上がって見えてきたからだ。

（これら、すべてが……）

　陰謀《いんぼう》であるとするなら、誰が、何の目的で仕掛けたのか見極めねば、思いがけぬ結果を招きかねない。

　真那の意識は清明だ。すでに陰謀の可能性に気づいている。だからこそ、こうして、父の立場を危《あや》うくすまいと必死にホッサルを止めているのだ。

（……だが）

　ホッサルは真那を見つめた。

「自分の命より、お父上のことを思っているんだな」

　そうだ、というように、真那はホッサルの袖をつかんだ手をそっと動かした。

「気持ちはわかるが、君の命は、君だけのものじゃない」

ホッサルはぎゅっと真那《まな》の手を握《にぎ》った。

「安房那《あわな》侯にとって、君はなにより大切であるはずだ。君だけの判断で、事を進めるべきじゃない。安房那侯が判断をする権利を奪《うば》うなよ」

はっとしたように、真那の手が揺れた。真那の手から力が抜けるのを感じながら、ホッサルは、真那にうなずいた。

そして、兄弟子をふり返った。

「どなたかに頼んで、安房那侯にこの事態をお伝えください」

ホッサルは、心配そうに自分たちを囲んでいる人々に声をかけた。

「真那くんを治療できる所へ運びましょう。手伝ってください」

すでに多くの人々が異変に気づきはじめており、上座の方にもざわめきが広がっていたが、ホッサルには、そちらを気にする余裕《よゆう》はなかった。

ホッサルはマコウカンをふり返った。

「兎季《とき》さんの家に行け！　真那くんと同じ症状がでているかもしれない。どんな状態か確かめて、おれに教えろ」

マコウカンはうなずき、走りだした。

その背を見ることもなく、ホッサルは周りの人たちに、真那を運ぶのを手伝ってくれるよう頼んだ。

ミンナルがまた甲高い声で鳴き始めていたが、ホッサルの耳にはもう聞こえていなかった。

四　土毒

真那《まな》を庭から運び出したまでは良かったが、どこへ運ぶかで、親族と祭司医たちの間で議論が起きた。

親族たちは真那を安房那《あわな》侯の自室に近い治療ノ間へ運ぼうとしたが、真那の兄弟弟子たちは、会が催されている庭をぐるりと回って行かねばならぬ治療ノ間よりは近く、治療用具が揃《そろ》っている下ノ館の〈諸診《しょしん》ノ間〉に運んだ方が良いと主張したからだ。

兄弟弟子たちの意見も当を得ていたが、ホッサルは〈諸診ノ間〉には連れて行かない方がいいと考えていた。他の患者《かんじゃ》もいる〈諸診ノ間〉では出来ない会話をせねばならぬ可能性があったからだ。

とはいえ、治療ノ間は諸侯たちが泊《と》まっている部屋に近過ぎる。こちらでも、聞かれてはならぬ相手に話が漏《も》れる可能性があった。

胸に秘めている事情を打ち明けられないために苦労をしながらも、ホッサルは、真那を、真那の治療部屋に運ぶことを主張した。

「あそこなら治療ノ間より近いし、治療道具も揃っている。ここで議論をしているより、一刻も早く横にならせるべきだ。急ぎましょう！」

そう声をかけると、人々はなんとなく気圧《けお》されたのか、ホッサルの意見に従った。

真那を彼の治療部屋に運んで寝かせたとき、廊下《ろうか》にざわめきが起こり、男たちが部屋の戸を大きく開け放った。

何事かと振り返ると、マコウカンが戸板の上側を持ち、背をこちらに向けて入ってくるのが見えた。

「兎季《とき》さんか？」

ホッサルが声をかけると、マコウカンが、そうです、と答えた。

「ひどく容態が悪いので、口頭でお知らせするより、こちらにお連れした方が良いと思いまして」

「上出来だ！　そっと、そちらの寝台《しんだい》に寝かせてあげろ。家族はどうだった？　娘さんたちは？」

「娘さんたちはお元気です。いま外廊下にいます。症状がでているのは兎季さんだけです」

兎季の顔は土気色で、呼吸が浅い。えびのように曲げているその身体は、わずか一日ほどで、ひとまわり縮んでしまったかのように見えた。

（これは、まずいな）

ひと目見ただけで、真那《まな》より容態が悪いことがわかった。高齢《こうれい》で小柄であるために、症状が進むのが早かったのだろう。

「……どうしますか？」

真那の兄弟子が声をかけてきた。どうやら、ここにいる中では彼が最年長らしく、他の祭司医たちは黙って彼を見守っている。

「土毒《どどく》の薬は禁じられておりますが、土毒も食あたりであるなら、下痢と嘔吐を促《うなが》して悪《あ》しきものを外に出す排出湯《はいしゅっとう》を飲ませれば……」

ホッサルは厳しい表情で答えた。

「真那くんには、それを試《ため》そう。だが、兎季《とき》さんは、この様子だと嚥下《えんげ》困難があるかもしれない。脱水《だっすい》症状は避けたいが、下手に飲ませようとすると誤嚥して窒息《ちっそく》する可能性がある」

そのとき、戸の辺りから、張りのある声が聞こえてきた。

「……その通り。瞼《まぶた》垂れ、舌回らぬ者にはもう、炭湯《すみゆ》も与えてはならぬ」

声がした方を見た兄弟子は、顔色を変えて、さっと背筋を伸ばした。そして、入ってきた背の高い祭司医に、深々と頭を下げた。

他の祭司医たちも慌《あわ》てて最敬礼をする中で、ホッサルは顔を上げたまま、じっと、その男を見つめていた。

堂々たる偉丈夫《いじょうぶ》だった。遠目には好男子に見えたが、こうして近くで見ると顔立ちは確かに整っているものの、眼光が鋭《するど》過ぎて、医術師というより武人のように見える。

「ホッサル＝ユグラウル殿《どの》だな」

声をかけられ、ホッサルはお辞儀をした。

「はい。ホッサル＝ユグラウルです」

「私は津雅那《つがな》と申す。——そなたとは様々話したいこともあるが、いまは真那のことが第一。土毒《どどく》と聞いているが、まことか」

「……土毒という病が、私たちオタワル医術で〈トツ〉と呼んでいる病と同じものであるなら、そうであろうと思われます。病素を見ない限り確定はできませんが」

津雅那は表情を動かさず、寝台に横たわっている真那に歩み寄った。

そして、真那の顔に触れて、その顔を灯火《とうか》の方へ向けた。思いがけぬ、優《やさ》しい手つきだった。瞼をそっと押し上げて真那の瞳《ひとみ》を見、唇《くちびる》に触れて舌を見、口の匂いを嗅ぐ。衣の前をはだけさせ、膝を立てさせて、軽く握った拳《こぶし》の側面で、そっと幾度《いくど》か腹を押した。

そのとき、また廊下からざわめきが聞こえ始めた。

ふり返ったホッサルは、儀礼用の衣を纏った安房那《あわな》侯が入って来るのを見て、脇に寄った。

安房那《あわな》侯は真那《まな》が横たわっている寝台をちらっと見たが、そちらには行かず、すぐに兎季《とき》の寝台へ歩み寄った。そして、津雅那《つがな》がやっていたのと同じ手順で兎季を診《み》、優しくその肩を撫でて、

「……きついだろうが、大丈夫だ。安心して、少し眠っておいで」

と、声をかけた。

ホッサルがそばに行くと、安房那侯はホッサルを見上げた。

ホッサルは津雅那に聞こえぬよう、声を低めて囁いた。

「真那くんと兎季さんが食べたのは、比羅宇《ひらう》さまが食べるはずだった〈香酢魚《こうずうお》〉です」

安房那侯の表情が、すっと暗くなった。

「土毒《どどく》の薬、お持ちであるなら……」

囁いたホッサルに、安房那侯はゆっくりと首をふった。

「ないのだ。――手持ちのものを昨年の暮れに弟子に渡してから、まだ補充ができてない」

それだけ言って、安房那侯は立ち上がると、真那の方へ行き、津雅那に小声でなにか尋ねた。津雅那もなにか答えているが、その声は低く、内容は聞き取れなかった。

安房那侯と津雅那が真那に毒だしを試み、その経過を観察し始めると、ホッサルは

そっと部屋の外に出た。

夜風が顔を撫でた。いつの間にか夜になっていたことに、ホッサルは虚をつかれた心地《ここち》がした。

真那と兎季、それぞれの身内が薄暗い廊下に佇《たたず》んで、不安そうな面持《おもも》ちで囁き合っている。真那の祖母志津弥《しづや》も、誰かが運んできた椅子に座って、じっと戸口の方を見つめていた。

ホッサルが廊下に出ると、彼らは近寄ってきて、口々に真那たちの容態を聞いた。

ホッサルは志津弥の、指が変形している手をそっと包み、

「かなり重い食あたりですが、回復の望みはあります」

と、言った。そして、不安そうに見つめている兎季の家族にも顔を向けた。

「いま、安房那侯と津雅那師が診ておられますので、どうか、お心を強く持ってください」

ホッサルは、失礼、と一礼すると、彼らの間を抜けて、マコウカンについてくるよう合図した。

庭に下り、人の気配がないところまで行くと、ホッサルはマコウカンをふり返った。

「港へ行って、オタワルの商人を探してくれ。こんな時刻だから、もう店は戸を立てていると思うが、ユグラウル家の名を出して、医療関係の交易をしている者がいない

か探すんだ」

　マコウカンはうなずいた。

「〈トツ〉の血清を探すのですね」

「うん。万に一つでも、持っている者がいれば……あるいは持っている者の情報だけでも得られたらありがたい。同時に、鳩《はと》便を聖領へ送れ。たとえ数日かかったとしても血清が手に入れば、助けられる確率があがる」

　マコウカンはじっとホッサルを見つめた。

「……助かるのですか」

「〈トツ〉は、無治療だと十人に六人は死ぬ。無治療でも助かる者はいるが、呼吸を司《つかさど》る筋肉の麻痺《まひ》が始まれば、助からない。なんとか、それまでに血清を打ちたい。……そうだ、注射器も忘れずに手にいれてこいよ」

　マコウカンが太い眉根を寄せた。

「しかし、血清は、馬の血ですから……」

　ホッサルは、トン、とマコウカンの胸を手の甲《こう》で叩いた。

「それを考えるのはおれの役目だ。おまえは、走れ！」

　マコウカンはぐっと顎《あご》をひくと、踵《きびす》を返して駆けだした。

庭の片隅に置かれている椅子に腰を下ろし、ホッサルはぼんやりと外廊下に目を向けた。柱ごとに掲《かか》げられている灯火の明かりで、廊下に佇んでいる人々が、影絵のように浮かび上がって見えている。

（……真那《まな》）

真那が死ぬかもしれない。

そう思ったが、遠い舞台《ぶたい》で演じられている劇の出来事のようで、奇妙《きみょう》なほど実感が湧かなかった。

感じないようにしているのかもしれない。敢えて目を背《そむ》けている透明な膜《まく》の向こう側を見てしまえば、激しい哀しみが襲《おそ》ってくるだろう。

いつの間にか、真那に親しんでいた。どこか無防備なところがある彼を、持ったことのない弟のように思いはじめていたようだった。

（腹痛、嘔吐、下痢……目の焦点が合わない感じ、眩暈《めまい》、口渇《こうかつ》、会話困難、嚥下困難……）

時間を追って現れてくる症状が、頭の中を巡る。

（瞳孔《どうこう》散大、複視、瞼や頬の筋脱力、麻痺は上部から下部へ進行し、なにより恐ろしいのが呼吸困難）

そこへ至るまでに血清を打つことができれば、麻痺を軽減できる。

（血清さえ、あれば……）

ホッサルは両手で顔を覆《おお》った。――血清がなければ、なにもできない。

血清は、手に入るまい。この近辺にはオタワルの施療院はないし、いまは夏で血清を取り扱《あつか》うには気温が高過ぎる。

血清が手に入らぬまま麻痺が始まれば、苦しみながら死んでいくのを見守るしかない。

この病にかかっても、意識は清明なままだ。

自らが死に向かっていることを知りながら、麻痺していくのは残酷過ぎる。きっと、津雅那《つがな》は、麻痺が現れたらすぐにでも痛みを無くす薬を飲ませて、瞑魂香《めいこんこう》を焚《た》き、安楽な死へと導くよう、安房那《あわな》侯に勧《すす》めるだろう。清心教医術は、安らかな逝かせ方をする。それは、オタワル医術にはない技術だ。

「……あきらめることだけは、うまい医術だ」

負《お》け惜しみをつぶやいてみても、いまは、自分にはもう、できることがなにもなかった。ここから先は清心教医術の手にゆだねるしかない。ここまで来てしまうとオタワル医術は、確かに無能だ。

（必要なときに、必要な治療薬が手に入る状況《じょうきょう》をつくれたら）

どんな辺境の地でも、必要なときに必要な治療を受けられる、そういう基盤《きばん》整備をしたいと、むかしから夢見てきた。だが、アカファでさえ、施療院、施薬所の各地への設置はまだ道半ばだ。そういう基盤整備をするためには、その必要性を理解し、強力に推し進めてくれる為政《いせい》者の加護が必要だ。為政者たちの協力がなければ、なかなか速《すみ》やかには進まない。

外廊下に佇む人々が、ざわめいた。

顔を上げてそちらを見ると、奥座敷の方からこちらに向かって、足早に廻《まわ》り廊下をやってくる女人の姿があった。

（……梨穂宇《りほう》）

これまで、諸侯の接待をしていたのだろう。美しい衣を纏っているが、足取りが乱れている。侍女を廊下に残して治療部屋に入って行くその背を、ホッサルはじっと見つめた。

五　暗殺を企てた者

「……どうぞ」

真那《まな》の兄弟子に薬湯《やくとう》が入った湯呑を渡されて、ホッサルは礼を言いながら受け取った。

懐《なつ》かしい匂いが、ふわっと鼻をさすった。以前、真那が作ってくれたことのある、身体が楽になる薬湯だった。

ホッサルは昨夜から寝間には戻らず、治療部屋と、兎季《とき》の身内が休めるようにと用意された控えノ間を行き来して過ごしていた。

以前、真那が、祭司医は、患者だけでなく、その身内にも薬湯を与えるのです、と言っていたが、兎季の家族も薬湯を与えられて静かに過ごしている。

哀しみに暮れ、なんでこんなことに、と、話してはいたが、一番哀しんでいる娘でさえも、昨夜はしっかりと眠れたようで、顔色も悪くはなかった。

(……ミラル)

心の中で、ホッサルはつぶやいた。

(おまえが言う通り、こういう目配りを、おれたちはしてこなかったな)

病を診ることに一途《いちず》で、病《や》んでいる人の身内に気を配ることなど思いもつかなかった。

（おまえが言っていた、全体、というのは、多分、こういうこともあるんだろうな）

どこまで行ったのか、マコウカンはまだ帰って来ない。

真那と兎季を治療部屋に運んでから一夜が明けて、兎季の瞳孔には散大が認められるようになっていた。頬の筋脱力も見られる。

あきらめねばならぬ時が迫《せま》っていることを頭の片隅で感じながら、ホッサルはそれを考えないようにしていた。

「……ホッサル＝ユグラウル殿」

戸口から声をかけられて、ホッサルは湯呑から顔を上げた。

見覚えのある、安房那《あわな》侯の侍従が戸口に立っていた。

「安房那侯がお呼びでございます。ご案内いたしますので、一緒にいらしてください」

案内されたのは、以前、花部《かべ》の地図を見せられた、あの安房那侯の自室だった。

窓が開け放たれていて、領都を囲む山なみが遠く見えている。清々《すがすが》しい朝の光を受けて、夏の山々の緑が輝いていた。

安房那《あわな》侯は、その景色を眺めていたのだろう。窓際《まどぎわ》に立っていた。

ホッサルを残して侍従が去ると、安房那侯は両手を伸ばして、窓をきっちりと閉めた。

そして、

「さ、こちらへ」

と、以前と同じ、あの椅子へ座るよう促した。

「……さて、なにから聞くつもりだったかな」

向かい合って座ると、安房那侯は、口の中で、独り言のようにつぶやいた。

そして、机に置かれた文鎮《ぶんちん》の辺りをぼんやりと見ていたが、やがて、顔をあげた。

「そう、やはり、まずは、昨日あなたが言ったことから聞かねばな。――真那《まな》と兎季《とき》が口にしたのは、比羅宇《ひらう》侯に供されるはずの〈香酢《こうず》魚《うお》〉だった、という、あれを」

ホッサルはうなずいて、口を開いた。

「一昨日《おととい》、兎季さんと裏庭の小道で偶然《ぐうぜん》会いまして……」

ことの経緯《けいい》を話す間、安房那侯はややうつむいたまま、じっと聞いていたが、聞き終えると深いため息をついた。

「なるほど」

安房那侯は目を細めた。

「そういうことであれば、確かに比羅宇侯が狙《ねら》われた可能性が、ないとは言えぬな」

「その〈香酢魚〉は、真那くんと兎季さんがきれいに食べてしまいましたから、もう証拠《しょうこ》はありませんが、比羅宇侯の料理を用意していた人々を調べれば……」

安房那侯は、いや、と言った。

「それはもう調べた。詳細《しょうさい》は省くが、確かに、ふたり、料理場から人が消えた。どちらも代々この家に仕えてきた料理人の子で、厨房《ちゅうぼう》長も信頼《しんらい》していた者たちなのだが、駆け落ちしたと親たちが騒《さわ》いでいる。人を遣わして調べさせているが、行方《ゆくえ》知れずで終わるかもしれぬ」

事は次期皇帝候補の暗殺未《み》遂《すい》。

証拠がない状態で誰かを告発することには慎重になるべきだが、このことが明るみに出れば、真っ先に責任を問われるのは、食事を供した安房那侯だ。跡《あと》を辿《たど》れるうちに事の真相を調べ、このことが公《おおやけ》になる前に、黒幕を突き止めておかねばならなかった。

「……オタワルには」

言うべきではないか、と思いながらも、ホッサルは言葉を続けた。

「探索《たんさく》に秀《ひい》でた者がおります。祖父に頼めば、動かしてくれるかもしれません」

それを聞くや、安房那侯が苦笑を浮かべた。

「それは、ありがたいが」

ちょっと言葉を切り、それから、言った。

「いま、リムエッル殿がどこにおられるか、ご存じか？」

「いえ。しかし、鳩便を聖領に飛ばせばわかるでしょう」

安房那侯《あわな》はホッサルを見つめた。

「その必要はない。――リムエッル殿はいま、由吏《ゆり》侯の城におられる」

ホッサルは、え、と、目を見開いた。

「それは、知りませんでした。選帝侯のどなたかの城に招かれているとばかり……」

「昨年の暮れから、おられる」

なぜ、そんなことを安房那侯が知っているのか、と思った、その心の声を聞いたかのように、安房那侯は言った。

「昨年の暮れに、アカファの、リムエッル殿の館に便りを送ったのだが、十日ほどして、リムエッル殿が自らこの安房那へ来られたのだ。そのとき、いま由吏侯のお城におります、と、おっしゃっておられた」

安房那侯が祖父に書簡を送った理由に思い当たり、鼓動が速くなった。

安房那侯はじっと、そのホッサルの表情を見ながら、言った。

「もう誰かから聞いていると思うが、私は、あなたと、娘の梨穂宇《りほう》の縁談を考えている。まずは、リムエッル殿とそのことを話し合いたかったのだ」

ホッサルは唾《つば》を飲み込み、膝に置いた手に力をこめて、安房那侯を見つめた。

「ありがたいお話です。梨穂宇さんは良い方で、この縁談がオタワル医術師にとっても得難《えがた》いご縁を生み出す可能性があることは重々わかっております。しかし……」

安房那侯はすっと手を上げて、ホッサルの言葉を制した。

「受けられぬ。すでに大切な伴侶《はんりょ》がいるので。——あなたがそう言うだろう、ということは、リムエッル殿から聞いていた。だが、いまは、この話は一旦《いったん》脇に置かせてもらいたい」

ホッサルは詰《つ》めていた息を吐き、うなずいた。

安房那侯もうなずき、先程の話に戻すが、と言った。

「その、オタワルの探索者の手を借りる、という話だが」

ホッサルは首をふった。

「いえ、祖父が由吏侯のところにいるとなると、その話はなしに。——祖父が、このことに関わっていないという確信を持てません」

安房那侯はすっと眉を上げた。

「あなたは、リムエッル殿がそのようなことをすると思っているのかね？」

「……祖父は、独特の価値観で動く策士です。私には、祖父が何をし、何はしない、という確信は持てません」

ふうむ、と、安房那《あわな》侯はうなった。

「あなたは本当に率直《そっちょく》な男だな。――まあ、しかし、今回のことで誰が利を得るかを考えれば、やはり由吏《ゆり》侯は疑わずにはおけない」

「はい。そして、由吏侯の城に祖父が長逗留《ながとうりゅう》しているとなれば、由吏侯が皇帝になった暁《あかつき》には、オタワル医術師の後ろ盾《だて》になってくださるのでしょう。となれば、やはり、祖父もまた疑わしいと思わざるを得ません」

安房那侯は口を閉じてうつむき、しばし何か考えていたが、やがて、口を開いた。

「かなり前から、私は、清心教医術の状況が気になっていた」

静かな口調だった。

「津雅那《つがな》のような新派の者たちが、過度にオタワル医術を憎《にく》み、忌避《きひ》するあまり、清心教医術の源流である古流をも嫌悪《けんお》し、激しく否定しはじめたので」

安房那侯の目に、ちらっと笑みの欠片《かけら》のようなものが閃《ひらめ》いた。

「あなたたちの華々《はなばな》しい登場が、私たちにも波を被せてきたわけだ」

「……」

笑みを消し、安房那侯は真剣《しんけん》な表情にもどった。

「津雅那の危惧《きぐ》はわかるが、あのような思想が唯一《ゆいいつ》正統なものと思われるようになってしまえば、いずれ清心教医術の閉塞《へいそく》をもたらす、と思った」

目を上げて、安房那侯はホッサルを見つめた。

「しかし、もし、リムエッル殿がこのような形で医術の在り方を動かそうとする方であるのなら、私は彼とは袂《たもと》を分かつ」

ホッサルは、しばらく、安房那侯を見つめていた。

多くのことが頭に渦巻《うずま》いていたが、やがて、ごく単純なことが、浮かび上がって見えてきた。ホッサルは、ゆっくりと口を開いた。

「私は、医術師が、なによりも大切にせねばならぬのは、人の命だと思っております。しかし、その命を守る治療ができぬよう、政治という手が私を縛《しば》るのであれば、私は政治と戦わねばなりません」

安房那侯は、じっとホッサルを見つめていた。そして、吐《と》息《いき》とともに、つぶやいた。

「……私の手もまた、縛られている」

頭を巡らして、安房那侯は窓の方を見た。日が高く昇り、青い空に白い雲がくっきりと映えて見える。

「土毒《どどく》の薬というのは、どういうものですか」

ホッサルの問いに、窓の方を見たまま、安房那侯は答えた。

「花部《かべ》流医術はもともと、毒に詳《くわ》しい。薬と毒は紙一重《かみひとえ》という考えがあるので。様々な毒の甕《かめ》があり、土毒の甕もある。土毒を活《い》かし続けるのはとても難しいが……」

窓から視線を戻して、安房那侯《あわな》は問うた。

「あなたは、馬にも、ある毒に強いもの、弱いものがあるのを知っているか」

「はい。人と同じように、獣《けもの》の場合も、ある毒や病素に耐性《たいせい》があるものとないものがいるようですね」

安房那侯はうなずいた。

「花部《かべ》では昔から、土毒《どどく》を与えて生き残った馬同士を掛け合わせ、仔をつくってきた」

ホッサルは、〈竹屋敷〉の広大な敷地の中に並んでいた廏舎《きゅうしゃ》を思い出した。そこで飼われていた、多種多様な馬や山羊《やぎ》などの姿も。

（そうか！　だと、すれば……）

安房那侯が言葉を継《つ》いだ。

「その結果生まれてきた馬たちに土毒を与え、その馬の血を精製して薬としてきた」

（……やはり！）

オタワル医術の血清と似た方法だ。効くかもしれない。

「では、花部にはあるのですね！　血清が！」

安房那侯は首をふった。

「ないのだ、この時季には」

目をつぶり、安房那侯は言った。

「今回は〈香酢《こうず》魚《うお》〉で当たったが、魚を発酵させた料理であっても、〈香酢魚〉で土毒に当たったという話はこれまで聞いたことがない。むしろ、安房那の山地民が好む腸詰などの方が、よほど危険で、ごく稀だが、土毒に当たったという話を幾度か聞いている。

山地民が腸詰を作るのは、イノシシやシカが肥える秋。冬の食糧として保存されてきた腸詰を食べて当たることがあるのだ。

だから、花部では秋から早春にかけて土毒の薬を作るが、気温が高くなると廃棄《はいき》してしまう。夏のいまは、花部にも血清はない」

ホッサルは落胆の痛みが胸に広がるのを感じながら、安房那侯の顔を見つめた。

それでも、血清があれば、たとえそれが馬の血でも、息子に与える気持ちでいたのだ。

（……この人は）

「先程、津雅那《つがな》が……」

安房那侯は掠れ声で言った。

「そろそろ、瞑魂香《めいこんこう》の準備をする、と言いにきた。……兎季《とき》の頬が垂れたので」

ホッサルは、はっとして、

「瞑魂香というのは、可逆のものですか？」

と、尋ねた。

安房那《あわな》侯はわずかに眉をひそめた。

「可逆、というのは？」

「一度、その香を吸った者でも、香を消して、その効果が途切れたら、意識が回復するのですか？」

安房那侯は瞬きをした。

「瞑魂香は心を鎮静《ちんせい》化させるだけのものだ。だから、私たち祭司医も脇にいて、多少は吸い込むが気を失うことはない。魂を永久の眠りに導くのは、痺れ貝のごく細い針を用いた注入器で血管から入れる瞑魂薬だ。これを入れると、速やかに気を失い、やがて死に至る」

「では、瞑魂薬を入れてしまえば……」

安房那侯は無言でうなずいた。

「少し、少し待っていただけませんか」

ホッサルは身を乗りだして、安房那侯に言った。

「実はマコウカンが血清薬を探しに行っているのです。まず、難しいとは思いますが、それでも、彼が戻って来るまでは待っていただけませんか？　確かに兎季《とき》さんの頬には筋脱力がありますが、まだ、呼吸器の麻痺は起こっていませんし、これまでの進行を見ていると、もう少し時間はあるはずです」

安房那侯は何か考えながら、ホッサルを見つめていたが、やがて、うなずいた。

しかし、昼前に、汗まみれになって帰ってきたマコウカンは、注射器をひとつ持ち帰っただけだった。

津雅那《つがな》の弟子たちが、瞑魂香《めいこんこう》の支度を始めると、その香りで、何が行われようとしているのかに気づいた兎季《とき》の家族が青ざめた。

津雅那は兎季の家族に向き合うと、静かな声で言った。

「兎季殿は、これから美しい、暖かい光に包まれて、母御のもとへと旅立つ。

そこは、何の憂《うれ》いも苦しみもない天ノ苑《その》。

哀しいことは、なにひとつない。そなたらもいずれ旅立ち、また、この愛《いと》おしき人と再会するのだから」

津雅那の口調は揺《ゆ》るぎなく、湖面のように平静だった。その目にも一点の曇《くも》りもなかった。彼と向かい合った兎季の家族には、彼がいま口にした言葉は、単に儀式を行う前の儀礼的な言葉ではなく、彼の真心からでている言葉であることがわかった。

一斉に、すすり泣きが起こった。

娘が兎季に覆《おお》いかぶさり、兎季の頰に頰を寄せた。

「……お母さん、ありがとうね。お母さんの娘に生まれて幸せよ。また会いましょうね」

こらえきれず嗚咽《おえつ》しながら、娘は何度も母の髪《かみ》を撫でた。

「お母さんはいつも、人のために尽《つ》くした偉《えら》い人だもの、天ノ苑に必ず行けるね。お母さん、偉かったね。お母さんが〈香酢魚《こうずうお》〉を代わりに食べてあげたから、比羅宇《ひらう》さまは命が助かったのだもの。お母さんは、最後の最後まで人助けしたね」

瞑魂薬を吸い込ませた細い針を持ち上げかけていた津雅那が、ふと、手を止めて、兎季の娘を見た。

「……いま、なんと申した？」

娘はその厳しい声に驚《おどろ》いて顔を上げた。そして、問われるままに、事情を話し始めた。

*

安房那《あわな》侯の下《もと》を辞し、兎季の様子を見に戻ったホッサルは、治療部屋の戸口で足を止めた。瞑魂香の香りが漂ってきたからだ。

（もう、瞑魂薬を使われてしまったのか）

兎季の娘たちが寝台を取り囲み、兎季の姿は見えない。ホッサルは唇を噛みしめて、彼女らの方へ歩み寄った。

娘が気づいてふり返った。頬に涙《なみだ》の跡があったが、哀しんでいるというより、なにか不安に駆られているような目をしている。

ホッサルは娘の傍らに立ち、兎季《とき》を見おろした。娘の髪だろうか、兎季の唇のところに、細い髪が一本ついていた。その細い髪がゆれている。瞼は垂れているが、薄く開いている隙間《すきま》から、黒目がかすかに動いているのが見えた。

（まだ意識がある）

ホッサルは娘を見た。

「瞑魂薬はもう、入れたのですか？」

娘は瞬きをした。

「それが……」

兎季の娘が不安そうな面持ちで話し始めたことを聞くうちに、ホッサルは顔色を変えた。娘の話を途中で遮《さえぎ》り、

「それで、津雅那《つがな》師は？」

と、尋ねると、娘は戸口の方を見た。

「……さあ、怖《こわ》いお顔をなさって、出て行かれましたが」

ホッサルは踵を返し、外廊下に出た。マコウカンが慌てて駆け寄ってきた。

「どうなさったのです？」

ホッサルは低い声で囁いた。

「津雅那が、比羅宇《ひらう》侯の毒殺未遂を知った。安房那《あわな》侯に知らせねば」

人けのない廊下を駆けながら、ホッサルは津雅那がどう出るか目まぐるしく考えていた。そのせいで、自分を呼んでいる声に、しばらく気づかなかった。

「若主人《モハル》！」

マコウカンに肘《ひじ》をつかまれて、ホッサルは顔をしかめて立ち止まった。

「なんだ？」

マコウカンは興奮した表情で庭を指さしている。

「あそこ！……ミラルさんです！」

あまりにも意外なことを言われて、ホッサルは戸惑《とまど》い、眩《まばゆ》い夏の光が満ちている庭を透《す》かし見た。確かに、庭の小道を誰かがこちらへ走ってくる。女だ。ふたりいる。先頭にいる小柄な女が手をふっている。自分の名を呼んでいる声も聞こえた。

「……ミラル！」

ミラルは外廊下に近づくと、ようやく足どりをゆるめ、荒《あら》く息をついた。

不審《ふしん》者と見たのだろう、警備の兵が駆け寄ってきたが、そこにいるのがミラルであることを見てとると足を止め、ちらっとホッサルに目をやってから、自分の持ち場へと戻っていった。

「おまえ、なんで……」

手をとって、外廊下に上るのを助けてやりながらホッサルが尋ねると、ミラルは息を整えながら、囁いた。

「比羅宇《ひらう》さまの、ご容態は？」

はっとして、ホッサルはミラルを見つめた。

「おまえ、なぜそれを……」

尋ねかけて、ミラルの後から外廊下に上がってきた女を見、ホッサルは眉をひそめた。

「……君は、たしか」

女は頭を下げた。布で包んだ箱を手に提《さ》げている。包み布はびっしょりと濡《ぬ》れていた。

「カオラでございます。以前、山賊《さんぞく》に襲われたところをお助けいただいた」

その目を見、その手に提げている大きな箱を——濡れている布を見たとき、いきなり稲妻《いなずま》が走ったように、闇《やみ》の中に隠《かく》れていたすべての構図が浮かび上がって見えた。

ホッサルは女を睨《にら》みつけ、低い声で言った。

「おまえ、〈奥仕え〉だな」

カオラは無言でうなずいた。

「その箱は、土毒《どどく》の血清か」

ミラルが驚いたようにホッサルを見たが、ホッサルはカオラを睨みつけたまま、問いかけた。

「お祖父《じい》さまが命じたのだろう。——間に合うように持って行け、と」

カオラは口を開いた。

「……これは、花部《かべ》の秘薬でございます」

ホッサルは鼻で笑った。

「嘘をつくなよ。この時季、花部には血清はない」

それを聞いた瞬間、はじめて、わずかにカオラの目が揺れた。じっとホッサルを見つめていたが、低い声で繰《く》り返した。

「花部の、秘薬でございます。……これにて比羅宇侯をお救いください」

ホッサルは、唇を歪めた。

「仕掛けられた土毒に当たったのは比羅宇侯じゃない。――真那《まな》くんと、兎季《とき》さんだ」

ミラルが息を呑《の》んだ。

「え？　……え？　なんで？」

ホッサルはミラルに視線を戻し、その肩に触れた。

「いまは、話している時間がない。真那くんたちはそこの治療部屋にいる。そこで待っていてくれ。おれは安房那《あわな》侯に話さねばならんことがある。マコウカン、おまえはふたりについていてくれ」

ミラルから離れたホッサルに、カオラが声をかけた。

「……ホッサルさま！　オタワル医術の未来、お守りください」

ホッサルはふり返らず、廊下を駆けて行った。

*

安房那《あわな》侯の部屋の前で訪《おとな》いを告げ、戸を開けて中に入ると、安房那侯と向かい合って座っている男がふり返ってホッサルを見た。侯の長男の汪那《おうな》だった。

「……何事かな」

問いかけた安房那侯に歩み寄りながら、ホッサルは言った。

「津雅那《つがな》師が、比羅宇《ひらう》侯に仕掛けられたことを知りました」

「なに？」

汪那が腰を浮かした。

ホッサルは手短に事情を説明し、最後に付け加えた。

「もうひとつ。――いま、土毒《どどく》の治療薬が届けられました」

安房那侯と汪那は動きを止めて、しばし、ホッサルを見つめていた。

「……それはまた、巧《うま》く事が重なって起きたものだな」

汪那のつぶやきに、ホッサルはうなずいた。

「津雅那師に、いま知られたということは偶然でしょうが、今日、土毒の薬が届けられたのは、そう図《はか》られていたことだと思います」

安房那侯が目を細めた。

「それは、どういうことか。立っていないで、そこに座って説明せよ」

ホッサルは首をふった。

「いえ、私はすぐ兎季《とき》さんのもとに戻らねばなりません。津雅那師がもう、瞑魂薬の支度を始めています。津雅那師は王阿《おうあ》侯などと相談中でしょうから、少しは時もあると思いますが、兎季さんがあれを打たれてしまう前に戻りたいのです」

それを聞くや、安房那侯が立ち上がり、机を回って戸口に向かった。

「父上？」

汪那が慌てて追いすがった。

「父上、だめです！　お待ちください」

安房那侯はふり返らず、無言で戸に手をかけたが、その手をホッサルが止めた。

「お待ちください。――薬は私が打ちます」

安房那侯は首をふった。

「それは、いかん。津雅那に、オタワル医術師を粛清《しゅくせい》する絶好の口実を与えることになる。私ならば、古流の薬を使っただけのこと。なんとでもなる」

ホッサルは安房那侯の手首を握った手に力をこめた。

「それが、祖父の狙いです」

眉をひそめて、安房那《あわな》侯はホッサルを見た。

「薬はミラルが花部《かべ》から持ってきたのですが、祖父の手の者が付き添っていました。あれは花部の薬に見せかけた、オタワルの血清です」

「……」

「ミラルが花部にいたのは、祖父にとってはありがたいことだったでしょう。古流の薬に見せかけることができますから。

祖父は、何も知らぬミラルを巧く使うよう手の者に命じて、症状が危機的なところまで進む辺りを見計らって、ここへ持ってこさせたのだと思います」

汪那《おうな》が追いつき、

「なぜ、そんな手の込んだことを」

と、つぶやいた。

ホッサルは汪那を見つめた。

「瀕死《ひんし》の比羅宇《ひらう》侯を、安房那侯が古流の薬を使って助ける。——そういう状況を作りたかったのだと思います」

汪那は目を見開いた。ホッサルは付け加えた。

「古流の薬は馬の血から作られております」

汪那が、あ、と、つぶやいた。

「……比羅宇侯の身を穢すためか」

「薬を打つことを拒《こば》んで、比羅宇侯が亡くなれば、由吏《ゆり》侯が皇帝の座に就《つ》きます。薬を打てば、命は助かっても、その身は獣の血で穢れます。

更《さら》に、たとえ、由吏侯が暗殺を企《くわだ》てたことを疑われて、比羅宇侯が皇帝の座を得る事態になったとしても、その身を穢した薬が、もともと清心教医術でも使っていた薬であることが世に明らかになれば、津雅那《つがな》師がオタワル医術を断罪していたことには、まったく根拠《こんきょ》がないことが世に知れ渡ります」

ホッサルは安房那侯を見つめた。

「その薬を使ったのが安房那侯であれば、清心教医術は変わり、オタワル医術には良い風が吹くでしょう」

「……ならば、なぜ、私を行かせまいとしている」

安房那侯はホッサルを不思議そうに見ていた。

ホッサルはちらっと苦笑した。

「私がいま明かさずとも、侯はすぐに、すべてを察したはずです。——そのとき、人の命を使って策を弄《ろう》したオタワルの医術師を、侯は、どう思われますか」

安房那侯は眉根を寄せた。

「私の好悪など……」

ホッサルは首をふった。

「侯は人の命を第一に思う医術師であられる。私もそうです。医術師が、その最も大切な道を踏《ふ》み外したら、その先には荒廃《こうはい》しかない」

ホッサルは微笑んだ。

「侯には、御力《おちから》を保ったままでいていただきたい。私は花部《かべ》に行って、清心教医術の古流がどのようなものか知りました。津雅那《つがな》師と向き合っても政治の争いにしかならないが、侯とは医術の話ができると思います。侯に古流の大立者のままでいていただきたいのです」

「……」

「比羅宇《ひらう》侯の暗殺は、煙《けむり》だけは立っていても、その元がどの焚火《たきび》だったか曖昧《あいまい》なものです。由吏《ゆり》侯も祖父も策士。これだけのことを起こすときには、事が発覚したときの抜け道ぐらい考えているでしょう。

それに、私が血清を打つ相手は次期皇帝候補ではありません。真那《まな》くんと兎季《とき》さんです。津雅那師も、私たちの命までは取れないでしょう」

安房那《あわな》侯の目を見つめて、ホッサルは問うた。

「真那くんに、血清を打ちます。――お許しいただけますか」

安房那侯はゆっくりと瞬きをし、そして、答えた。

「……打たれる者が、それを望むなら」

七　軟禁

「……兎季《とき》さん」

ミラルは、すっかり顔かたちが変わってしまった兎季の、白髪《しらが》をそっと撫でた。初めて会ったときの、あの屈託のない明るい笑顔を思い出したとたん、こらえていた怒《いか》りが胸に溢《あふ》れ、ミラルはぎゅっと歯を食いしばった。

（こんな目にあわされて）

花部《かべ》から山越《やまご》えをしてここまで来る間に、カオラから聞いた話の端々から、ミラルはリムエッルの口調や視線を感じていた。

いつも冷静で、先の先まで見通し、オタワル医術師たちを守るために——たとえ崖《がけ》下《した》に突き落とされても生き延びられるように——広く網《あみ》を張ってきたリムエッルの眼《まな》差《ざ》しを。

冷酷さと紙一重の冷徹《れいてつ》さは、この厳しい時代を生き延びるためには必要なもので、それはミラルにもわかっていたが、こうして目の前で苦しんでいる人を見てしまえば、彼の思考の冷たさが許せなかった。

ミラルはつかのま目をつぶり、それから目を開くと、兎季に囁いた。

「兎季さん、聞こえる？」

うなずきはしなかったが、垂れた瞼の下でかすかに目が動いた。――聞こえているのだ。

「私ね、夢を見たんです。美しい夢でした。誰か尊い方が、兎季さんが人助けをして代わりに死にかけている、助けるように、と、おっしゃったの」

背後で兎季の家族がざわめいた。

視界の端に、カオラが近寄ってくるのが見えたので、ミラルは兎季に視線を向けたまま、傍らに立つマコウカンに囁いた。

「カオラをそばに来させないで」

マコウカンは眉をひそめながらも、カオラがミラルに近づけぬように、ミラルとの間に自分の身体を差し入れた。

兎季の家族が見ている。これ以上の動きは不自然になると判断したのだろう。カオラはそれ以上近づいてこなかった。

ミラルは床《ゆか》に置いている箱から血清をとりだして、兎季の目のそばに持って行った。

「これは、あなたが当たった毒を飲んで生き延びた馬の血から作った薬なの。獣の血から作った薬ではあるけれど、清心教医術に連なる古い医術では、土毒《どどく》に当たった者を神さまが救ってくださるために遣わした神馬の血として、大切に使ってきた薬だと聞いています。

これは、土毒に効く唯一の薬。でも、万が一身体に合わなければ、苦しむことも、死ぬことも、ないとは言えない」

馬の血、と聞いた瞬間、兎季《とき》の家族はざわめいたが、いまは魅《み》せられたように血清を見つめて、真剣な面持ちで聞いている。

ミラルは兎季の小さな皺だらけの手をとって、尋ねた。

「兎季さん、私を信じてくださる？　この薬をあなたに使っていいですか」

兎季の手に、かすかに力がこもった。

背後から兎季の娘が、絞りだすような声で言った。

「……使ってください。間違ったことだったら、私が代わりに神罰《しんばつ》を受けます」

ミラルは娘をふり返り、首をふった。

「間違ったことだったら、神罰を受けるのは私です」

ミラルは体水《たいすい》を混ぜた血清を慎重に量ってから兎季にゆっくり、少しずつ注入していった。それから、そっとその髪と頬を撫でて立ち上がると、兎季の家族の間を抜け、真那《まな》の寝台に向かった。

真那の目は瞳が散大していたが、その顔にはまだ表情があった。

「真那くん」

手をとると、真那はしっかりと握り返してきた。強すぎも弱すぎもせぬ握り方だった。

兎季に語りかけていたことを聞いていたのだろう。耳元で囁いたミラルの言葉に、真那は再び手を握り返すことで答えた。

抗毒素《こうどくそ》血清を入れてきた箱の内側に詰めた氷はかなり溶《と》けていたが、まだ半分ほど残っていた。その氷の中に、まだ四本、抗毒素血清を入れた壜《びん》が立っている。

ミラルが、空になった壜をその箱に戻していると、カオラが近寄ってきた。ミラルの脇に膝をつき、カオラは囁いた。

「……あなたはいま、オタワルの医術師すべてを崖から突き落としたのですよ」

ミラルはしっかりと箱の蓋を閉じてから、頭《こうべ》を巡《めぐ》らせてカオラを見たが、眉をすっと上げてみせただけで、何も言わずに立ち上がった。

そのとき戸口が陰り、ホッサルが入ってきた。

ホッサルは部屋の中の様子を瞬時に見てとるや、つかのま、しまった、というように顔を歪めたが、すぐにミラルに歩み寄ると、囁きかけた。

「……余分はあるのか」

ミラルはうなずいた。

「ふたりに、あと二回ずつ打てるわ」

「打って、どのくらい経つ」

「まだ、過敏反応が出るには早いわ。出ないことを祈《いの》っているけれど」

とくに打ち合わせるでもなく、ホッサルが真那《まな》、ミラルが兎季《とき》の脇につき、その容態を見守りはじめるのを、マコウカンが微笑《びしょう》を浮かべて眺めていた。

*

昼餉《ひるげ》が運ばれてくる時刻になっても、津雅那《つがな》は戻って来なかった。兎季にも真那にも、過敏反応が出る様子はなく、真那にはわずかだが回復の傾向《けいこう》が見られ、兎季も病状の進行が止まっていた。

ふたりの状態を慎重に見極め、ホッサルとミラルは、それぞれに二度目の抗毒素血清投与《とうよ》を行った。

城の奥で進行しつつあることを、ここでは知ることもできなかったが、真那の兄弟弟子たちは治療部屋を訪れず、真那の家族も顔を見せなかった。

控えノ間に戻った兎季の家族すら治療部屋に戻って来ることはなく、いつの間にか外廊下に警備兵が配置されていて、厠へ行くときも数人がついてきた。厠以外に行こうとすると、警備兵に無言で押し返された。

「……軟禁《なんきん》状態になったな」

厠から帰ってきたホッサルが言うと、ミラルが顔をあげた。

「何が起きているのだと思う？」

「わからんが、おれたちの逃亡《とうぼう》を防ぐ名目でここを封鎖《ふうさ》しておけば、津雅那も来られない。おれたちに治療ができる時間を与えてくださっているんだろう」

と、部屋の隅でカオラが、首を振った。

ホッサルはカオラに顔を向けた。

「なんだ？　違うというのか」

「……いえ、おふたりが治療できるようにしている、というのは、その通りだと思います」

「じゃあ、なんだ？」

カオラは髪をかきあげ、ホッサルを見つめた。

「貴方《あなた》さまなら、すでにおわかりと思いますが、ミラルさんを怖がらせぬように、敢えて口になさらないのですか」

冷たいもので首筋を撫でられたような気がした。ホッサルは、小憎《こにく》らしいほど冷静な顔でこちらを見ている若い女を睨みつけた。

「おれが、何を察しているって？」

カオラはひとつため息をつき、答えた。

「安房那《あわな》侯に、完全に嵌《は》められたことを、です」

戸口のそばにいたマコウカンが腰を浮かした。

「安房那侯が？　侯が、なに？　我々を……」

「しっ」

うろたえた声を上げたマコウカンを短く制し、カオラはホッサルに視線を戻して、外に漏れぬよう低い声で言った。

「比羅宇《ひらう》侯の暗殺が企てられたことが明るみに出れば、疑われるのは由吏《ゆり》侯。まあ、実際に、今回のことは彼がやったわけですが、彼は狡猾《こうかつ》な男ですから、たとえ薬を使われて、暗殺が未遂に終わっても、比羅宇侯が馬の血で穢れ、その身を穢したのは安房那侯となるよう仕組んでいたわけです。

それなのに、比羅宇侯は無事、安房那侯も無事。手を穢したのはオタワル人だけ」

カオラは苦い笑みを浮かべてみせた。

「事が明るみに出れば、たとえ証拠はなくとも、選帝侯たちは由吏侯が陰謀の裏にいることを疑うでしょう。王阿《おうあ》侯たちが効果的にこの状況を使うことができれば、比羅宇侯が皇帝への道を得ることになる。

比羅宇侯はもともと安房那侯を慕《した》っている。彼が皇帝になれば、安房那侯は今とは比べ物にならぬ大きな権力を得られる。——すべて、安房那侯に都合が良いとは思いませんか？」

　ミラルが首をふった。

「でも、真那《まな》くんの身が穢されたわ」

「ああ、そうですね」

　ちらっと、口を開けて眠っている真那に目をやって、カオラは言った。

「確かにそれは安房那侯にとって想定外のことだったでしょう。でも、命は助かりました」

　ホッサルは鼻を鳴らした。

「命が助かったのは、おまえが血清を持ってきたからだろう。そもそも、由吏侯が土《ど》毒《どく》での毒殺を企てていることを知らない限り、安房那侯には、そんな計画、立てようもあるまい」

　カオラがため息をついた。

「だから、です、ホッサルさま。花部《かべ》に土毒の薬があることを、リムエッルさまに話したのは、誰だとお思いですか」

　冷たい手で喉をつかまれたような気がして、ホッサルは一瞬、黙りこんだ。

「……安房那侯が、お祖父さまに話したというのか」

カオラがうなずいた。

「まあ、もともとのきっかけは、昨年の暮れに、安房那《あわな》侯の愛弟子《まなでし》が、土毒《どどく》に当たった娘を禁じられた薬で治して、宮廷を追われたことだったのですけれどね」

そう言われて、ホッサルは安房那侯の言葉を思い出した。

——……手持ちのものを昨年の暮れに弟子に渡してから、まだ補充ができてない。

眉をひそめたホッサルを見ながら、カオラは続けた。

「その話が由吏《ゆり》侯の耳に入り、由吏侯がひどく土毒に興味を持たれて、リムエッルさまを城に呼び寄せたのだそうです。その話を聞いて、リムエッルさまも強く興味をひかれた」

「……土毒に効く薬であるとすれば、血清である可能性が高いからな」

「ええ。もし清心教医術に血清薬があるのなら、乎来那《おきな》ノ大樹《たいき》に繋《つな》がりのある土地の領主であり、祭司医たちに深く敬愛されている男が、そんな薬を持っているということ自体、途轍もないことですから。

ぜひ安房那侯に会ってみたいと思っていたところに、なんと都合よく、安房那侯の方から便りが届いた」

事の順序が、そういうことであるとするなら、確かに安房那侯の動きには、ある意図が感じられる。

ホッサルはつぶやいた。

「それで、お祖父さまは安房那を訪れた」

カオラがうなずいた。

「安房那侯は実に老獪《ろうかい》です。ある意味、リムエッルさまの上手を行く策士ですよ。彼は自ら清心教医術の弱みを晒して見せたのです。古流と新派の対立を憂いている、という自分の心情を信じさせ、巧《たく》みに花部《かべ》のことや、土毒の薬の話をしてみせた。更には、オタワル医術への関心を見せ、貴方さまと御息女の縁談を告げた。――リムエッルさまですら、信じてしまったのです」

ホッサルとミラルは、ちらっと目を合わせた。

カオラは淡々《たんたん》と続けた。

「リムエッルさまは由吏侯のもとに帰り、土毒の薬の話を由吏侯にしてしまった。目を輝かせながらその話を聞いている由吏侯を見たとき、ふと、違和感《いわかん》を覚えた、と、リムエッルさまはおっしゃっておられました。うまく操《あやつ》られているような、嫌《いや》な気がしたと。それで、私を呼んだのです。

リムエッルさまはこうおっしゃられました。

由吏侯《ゆり》には土《ど》毒《どく》を使わぬよう進言した。だが、万が一にも使わぬとも限らない。比《ひ》羅《ら》宇《う》侯が土毒で死に、我らがその責を問われる形にならぬよう、由吏侯が土毒を使ったときは、必ず安房那《あわな》侯に薬を使わせろ、と」

カオラは少し姿勢を変えた。

「だから、私は、ミラルさんにオタワルの薬を持たせて、ここへ来させたのです。比羅宇侯がいよいよ危ないというときに、人前で、花部《かべ》から薬を持ってきたと安房那侯に渡させれば、それを使わないわけにはいかない。比羅宇侯を見殺しにすることになりますから、安房那侯は使うだろう、と思ったのです。

まあ、実際は真那《まな》が危なくなったのですが、それはむしろ好都合と思いました。わが子ですから、使うだろうと。――しかし、安房那侯は一枚上手でしたね。そもそも、あなた方をここへ招き、花部を見せていたというのも、安房那侯が予防のために張っていた網だったのでしょう。実際、実に巧く、あなた方は使われて、こうして真那を助けていますし」

カオラが顔をミラルに向けた気配があった。

「そうして、あなた方は、津雅那《つがな》に、オタワル医術を排除する絶好の口実を投げ与えたわけです」

ミラルは黙って聞いていた。顔は青ざめていたが、目の光は消えてはいなかった。

「凄《すさ》まじい話ね」

つぶやくようにミラルは言った。

「あなたの話が事の真相だとしたら、私のような者は簡単に餌食《えじき》にされちゃうでしょうね。でも、聞きながらずっと考えてたんだけど、あなたの話が事実だという証拠はないわ」

カオラがため息をつきながら笑ったが、ミラルは気にした風もなく言葉を継いだ。

「私には、安房那侯がそこまで冷酷な人だとは思えないのよ。領地守護のため、一族を守るために策を巡らして、こういう事態へと導いたのだとしても、その心には迷いもあり、真心もあるような気がする」

言ってから、ミラルは、ふっと自嘲《じちょう》するように付け加えた。

「まあ、私が甘過ぎるのかもしれないけれどね」

「……いや」

ホッサルは口を開いた。

「おれも、カオラの話には穴があると思う。そもそも、会を主催している立場で、わざわざ土毒を使わせるなんて、そんな危険な真似《まね》をする意味がどこにある？」

カオラはホッサルを見上げて、言った。

「危険の正体がわかっていた方が安全だからでしょう。使われる毒の種類がわかっていない状態で、毒殺を防ぐのは、難しいものです。土毒のように、かなり時間が経ってから症状が現れるような毒を使われてしまえば、お毒見役は何の役にも立ちませんから」

「しかし、由吏《ゆり》侯が土毒を使うよう仕向けられたとしても、お祖父さまが薬を手配するとは限らんだろう。いまは夏で、花部《かべ》にも土毒の薬がないというのが事実とすれば、比羅宇《ひらう》侯が死ぬ可能性が高い。彼が死んでしまえば、元も子もないだろう」

それでも、カオラは動じなかった。

「ホッサルさま、安房那《あわな》には氷室《ひむろ》があることをご存じですか？　確かめることはできませんでしたが、私はあそこに抗毒素《こうどくそ》血清があると思っています」

「いざとなったら、それを使ったと？　結局自分の手が穢れるじゃないか」

カオラは、やれやれ、という顔で言った。

「血清が手に入ったとき、安房那侯に打たせず、代わりに自分が打とうとしたのは、どなたでしたっけ」

そして、冷ややかな表情になった。

「土毒に当たったのが比羅宇侯で、安房那侯が氷室から血清を持ってきたとしても、あなた方はきっと、今回と同じように安房那侯をかばったはずです」

ホッサルは思わず、ミラルを見た。ミラルもじっとこちらを見ていた。

（……そうだろうか）

ホッサルは胸の中でつぶやいた。

確かに、カオラが言うように、そういう状況になったとしたら、自分は今日と同じことをしただろう。

しかし、薬はないのだ、と言ったときの、安房那侯の顔に浮かんでいたあの哀しみも、自分に見せるための演技だったとは、どうしても思えなかった。

単に、比羅宇侯暗殺の危険を予見可能なものにするために、こんなに手の込んだことをするものだろうか。

祖父やカオラのように、権謀《けんぼう》術数を日常として生きている者にとっては、そういうやり方はごく当然のことなのかもしれないが、ホッサルには、今回のことすべてが安房那侯の保身のための策だったとは、どうも思えなかった。

なにか、他に理由がある。そう思えてならなかった。

「……ホッサルさま」

カオラに問いかけられて、ホッサルは物思いから醒《さ》めた。

「うん？」

「逃《に》げますか？　——逃げるのであれば、方法を考えます」

ホッサルは口元を指でさすりながら苦笑した。

「なんでそんなことを聞く？　逃げれば、罪があると認めるようなものだろう。どこへ逃げても、捕《つか》まれば死罪だ。そんな馬鹿《ばか》な真似、する意味もなかろうに」

ちらっと真那《まな》を見て、ホッサルは言った。

「患者もいるし」

それから、ミラルに顔を向けた。

「な、津雅那《つがな》に追い出されたら、むしろ清々するかもな。海の向こうにでも行っちまうか。意外に、おれたちがまだ知らない医術や薬があるかもしれないぜ」

ミラルは、ふふっと笑った。安房那《あわな》に来てからずっとくすんでいたその顔が、いまは随分落ち着いている。

ホッサルは窓の外に広がる夏空に目をやった。ミラルの不安を和らげようと口にした言葉だったが、口にしたとたん、ふっと青く広大な海原《うなばら》が見え、潮の匂いを嗅いだ気がした。

叶《かな》わぬことだが、本当にそうできたら、と、思わずにはいられなかった。

八　諸侯ノ詮議

夕暮れが迫る頃、ホッサルとミラルは、真那たちに三度目の血清を投与した。

その直後、廊下の動きが慌ただしくなり、安房那侯の侍従が入ってきて、

「諸侯ノ詮議が行われるので、案《あ》内《ない》致す。ついて来られよ」

と、言った。

侍従について外にでると、真那の兄弟弟子たちが不安げな面持ちで控えていたので、ホッサルは彼らに声をかけた。

「土《ど》毒《どく》の薬は三度投与できました。誤嚥に気をつけながら脱水症状の管理をお願いします」

兄弟弟子たちは、つかのま戸惑ったように互いをちらっと見たが、すぐに、うなずいた。

歩きながら、ミラルが囁いた。

「諸侯ノ詮議って……」

ホッサルは前を向いたまま囁き返した。

「領主身分の者が疑われたときに行われる詮議のことだ」

「それは知っているけど、貴族の詮議は皇帝ご自身か、その代理の認可状《にんかじょう》を持つ大詮《だいせん》議《ぎ》官《かん》にしかできないんじゃないの？」

背後から、マコウカンが囁いた。

「会の列席者の中に、仁宜《にぎ》侯がおられました」

ホッサルは驚いて、マコウカンをふり返った。

「おまえ、よく見ていたな。――そうか、仁宜侯がおられたか……」

仁宜侯は長年、皇帝の傍らで様々な審議を司ってきた大詮議官だ。

（なんと都合よく、大詮議官までここにいたか）

比羅宇《ひらう》を推している王阿《おうあ》侯が暗殺未遂の話を聞けば、必ず公にし、諸侯ノ詮議を開くよう要求するだろうことは予測していた。

しかし、ミラルが言うとおり、貴族を裁くのは皇帝か、その代理を許された大詮議官のみなので、帝都に早馬をだし、皇帝の返答を待って、帝都の審議会堂に場を移して行われると思っていたのだ。

（……まずい流れだな）

那多瑠《ナタル》帝が審議に関われば、オタワル医術をかばってもらえる可能性があったが、ここでは、その庇護《ひご》は期待できない。

（それに、この場に、まるで図ったように都合よく、仁宜侯も招かれていたというのは……）

偶然にしては、駒《こま》が揃い過ぎている。

（お祖父さまが感じた嫌な感じというのは、これか）

いまのこの状況が、こうなるように図られて出来上がったものだとすれば、すべてを見通して場を調えられる者は、ひとりしかいない。

ホッサルは静かに、深く息を吸った。

これまで努めて平静を装ってきたが、正直なところ、恐ろしかった。事は次期皇帝候補の暗殺未遂。それが実証され、陰謀に加担したと判断されれば、死罪を言い渡されるだろう。

（……ミラルだけは）

なんとしても、助けたい。

別れがたくて、無理な関係を長々と引っ張って、随分つらい目にあわせてきた。

初めて誘ったとき、ミラルが浮かべた唖然《あぜん》とした表情を、いまもありありと思いだせる。うれしそうな顔では、まったくなかった。この人は何を言っているのだろう、という顔で、こちらを見ていた。

（翌日になって、誘いを受ける返事をしにきたのは）

多分、あきらめる覚悟《かくご》がついたからだ。

添い遂《と》げることはありえないと、ミラルがはなからあきらめていたのは、身分のせいだけではない。――ホッサルの思いを、心の底で信じきれていないのだ。

確かに、ミラルに対する思いは、義姉ルリヤのそばにいるときの、あの頭の芯《しん》が痺れるような恋《こい》とは違う。

（……それでも）

どちらと生きたいか、と、問われたら、いまは答えに迷うことはない。

そう思ったとき、夕風がひんやりと喉元をさすっていった。とたんに、泣きたいような思いが胸の底に生まれた。

（おれの人生が、こんな風に終わるのなら）

むしろ、ミラルには、こんな思いは知られない方がいいのかもしれない。はなからあきらめていた、その気持ちのままでいた方が、残りの人生をずっと楽に生きられる。

ホッサルは物思いに沈《しず》みながら、長い廊下を歩いて行った。

*

侍従に連れて行かれた先は、安房那《あわな》領に着いた日の夜に歓迎《かんげい》の宴《うたげ》が開かれた、あの大広間だった。

座敷一面に白布が敷かれ、左右に諸侯と身分の高い宮廷祭司医の座が設けられ、正面には詮議を司る仁宜《にぎ》侯が座っていた。

右側の上座には比羅宇《ひらう》侯が腰を下ろしている。次席は王阿《おうあ》侯で、比羅宇侯派の諸侯たちがずらりと並び、津雅那《つがな》もその中にいた。

左側に並べられた席の、比羅宇侯に向かい合う上座には由吏《ゆり》侯が座り、次席には安房那侯が座っている。

左側には席は少なく、席と席が離されて配置されており、ホッサルは安房那侯の次の席に座らされた。その次がミラル、カオラ、マコウカンの順だった。

次ノ間にも席が設けられており、そこには、由吏侯を推す選帝侯はじめ、安房那侯の身内が座り、下座の方には宮廷祭司医たちや安房那侯の弟子たち、そして、兎季《とき》の娘や大叔父のオウロの姿もあった。

ちらっと見ただけで、大叔父が激しく動揺《どうよう》していることは感じられたが、ホッサルは、大叔父とは目を合わせなかった。

（右が告発者、左が被疑者《ひぎしゃ》ということか）

チーン、と侍従が鐘を鳴らすと、予め伝えられていたのだろう、全員が立ち上がり、両手を広げてみせた。

ホッサルたちも見よう見まねで同じ仕草をした。

もう一度鐘が鳴ると、みな腰を下ろしたが、大詮議官である仁宜《にぎ》侯だけは立ったままで、大きく両手を天に伸ばすように広げると、しっかりとした仕草で両手を打ち合わせた。

パーン、という音が広間に響き渡った。

「天におわす神よ、私が誤った裁定を致したときは、この場にて我が命を奪いたまえ」

朗々たる声でそう述べると、仁宜侯は椅子に腰を下ろした。

「これから諸侯ノ詮議を始めるが、まずは、この詮議は予審であることを予め述べておく」

それを聞いて、ホッサルは思わず、つめていた息を吐いた。

（予審か……）

この詮議が、告発を受けて、皇帝の裁定を仰《あお》ぐに足るかを審議する予審であるなら、本番の詮議は帝都で、皇帝のもとで行われるのだ。

起訴《きそ》に足る証拠はない、と判断されれば、不起訴となることもありえる。

（……しかし）

告発されているのは皇帝の弟である由吏《ゆり》侯だ。起訴すべきという判定がでたときは、次期皇帝候補暗殺未遂の罪を問えるという確信があるからで、そうなってしまえばもう、皇帝がどう庇《かば》おうと、厳しい裁定が下ることは間違いない。

肌がぴりぴりするような緊張が戻ってきて、ホッサルは静かに深く息を吸った。

「さて、王阿《おうあ》侯、告発の理由を述べたまえ」

仁宜侯の言葉に応じて、王阿侯が立ち上がった。

「お集まりの諸侯に、まずは申し上げる。いま、由吏侯が左の上座に座っておられるが、これは私が由吏侯を告発したからではなく、由吏侯ご自身が、身の潔白を示したいとのご意向を大詮議官に伝えられ、自ら発言することを許される被疑者の席にお座りになっているものである。また、安房那《あわな》侯は、晩餐の主催者としての責任を果たすため、この席におられる」

諸侯はすでに事情を知っていたのだろう。ざわめきもしなかった。

由吏侯には動揺の色はなく、むしろ、この場を楽しんでいるようなくつろいだ顔で座っている。

ホッサルは、なるほど、と思った。

被疑者の席にいれば、身の潔白を証明するために自ら発言することが許される。傍《ぼう》聴《ちょう》席では、指名されるまで発言を許されない。

たとえ名指しはされていなくとも、比羅宇《ひらう》侯が暗殺されかけた事由での詮議となれば、告発されたも同じ。由吏侯は逃げ隠れせず、むしろ、正面から比羅宇侯に向き合って、この場の空気を左右できる発言者の立場を得ることを選んだのだ。

皇帝の資質として何を望むかは人それぞれだろうが、誠実温厚であることは、大国を率いる者に必ずしも求められる資質ではない。

由史《ゆり》侯は、窮地《きゅうち》に立たされたときの自分の振舞《ふるま》いを見よ、と、諸侯に伝えているのだ。

（……つまり）

いま行われていることは、詮議であるのと同時に、選帝侯たちによる「皇帝候補の資質の見極め」でもあるのだろう。

王阿《おうあ》侯は仁宜《にぎ》侯の方に向きなおった。

「大詮議官殿に申し上げます」

朗々たる声で、王阿侯は、詮議を願い出た理由を述べはじめた。

「私は、現在はこの場にいない人物と、現在この場にいる人物を、比羅宇《ひらう》侯の毒殺を企てた疑いがあると断じ、告発するものであります」

王阿侯のその言葉を聞いたとたん、ホッサルは、はっとした。――何が行われようとしているのかが明確になったからだ。

（……やはり、そう来たか）

王阿侯は視線をこちらに向け、平坦《へいたん》な声で言った。

「現在この場にいない人物とはリムエッル＝ユグラウル、現在この場にいる人物とは、ホッサル＝ユグラウル、ミラル＝オイと、その従者ふたりでございます」

次ノ間で傍聴している人々がざわめき、大叔父が腰を浮かしかけたのが目の端にちらっと見えたが、ホッサルは正面を向いたまま、そちらは見なかった。

　王阿侯の告発の言葉は、淡々と続けられている。

「現在、安房那《あわな》侯の御子息、真那《まな》殿が土毒《どどく》に当たり死の床《とこ》にありますが、真那殿が食したのは、比羅宇侯が晩餐にて食すはずであった〈香酢《こうず》魚《うお》〉であったとのこと」

　王阿侯は次ノ間に視線を向けた。

「この経緯は、真那殿と同じく、いま瀕死の床にある、真那殿の乳母兎季《とき》の娘、野季《のき》から聴取したものであります。

　野季、真那殿とそなたの母御が食したのは、比羅宇侯が晩餐にて食すはずであった〈香酢魚〉であったということは間違いないか」

　兎季の娘は緊張に青ざめ、ふるえながら立ち上がり、ちらっとホッサルを見、すぐに視線を王阿侯に戻した。そして、蚊が鳴くような声で言った。

「は……はい、間違いないと思います。母がそう申しておりましたから」

　王阿侯は静かな声で問うた。

「そなたも〈香酢魚〉は食べたのだったな」

「ええ、はい、食べました」

「しかし、そなたには、なんの症状もないな」

「はい、ございません」

「なぜだと思う」

野季《のき》はふるえながら息を吸い、おどおどと言った。

「あの……どうしてかは、私には、はっきりわかることではございませんが、その、私らが食べた〈香酢《こうず》魚《うお》〉と、母や真那《まな》さまが食べたのは、違う重箱の〈香酢魚〉だったからでは……」

「〈香酢魚〉の重箱はふたつあったのだな」

「え、いいえ、三つございました。母は、せっかく〈香酢魚〉の樽を開けたのだから、少し多めに分けてくれと頼んで、重箱ふたつに入れてもらって来たのです」

「そちらを、そなたらが食べた」

「はい」

「では、真那殿と母御が食べた重箱は？」

「……母は、その、比羅宇《ひらう》さまが召し上がるはずだった御膳の〈香酢魚〉を詰めてあると言っておりました」

かすかにざわめきが起きた。

「なぜ、そのようなものを母御は持ち帰ったのか」

野季はちらっと比羅宇侯を見た。

「それは、その、比羅宇侯さまが、そのようにせよ、と母に申しつけたのだと言っておりました」

王阿《おうあ》侯は比羅宇侯をふり返った。

「その通りだ。あれは私の好物ゆえ、安房那《あわな》侯は私をもてなすために、いつも特別に私の膳にだけつけてくれる。

　しかし、あの匂いが苦手な方も多かろうから、諸侯が集まる宴席で食するのは避けるべきと常々思っていたので、あの日偶然出会った兎季《とき》に、膳に載せぬよう頼んだのだ」

比羅宇侯はつらそうに顔を歪めた。

「……兎季が持ち帰って食したとは。捨てるのはもったいないと思ったのだろう。いかにも兎季らしいが、かわいそうなことをした」

王阿侯はうなずき、再び野季に目をやった。

「野季、母御はなぜ、その比羅宇侯の〈香酢魚〉を、そなたらには食べさせなかったのだ？」

「はあ……それは、多分、比羅宇侯さまの御膳用は、よい切り身を選《え》り分けてあったので、お客さまに食べさせようと思ったのだと思いますが」

王阿侯は眉をあげた。

「客？ 真那《まな》殿は確かに客だが、そなたの母御は客ではあるまい。なぜ、良い切り身を自分で食べたのだ？ 兎季《とき》とはそのような女なのか？」

野季《のき》は慌てて、手をふった。

「とんでもないことでございます。母は、慎《つつ》ましい人で、決して口汚《くちぎたな》い人ではありません。あの切り身はちゃんとふたつのお皿に盛って、真那さまとホッサルさまの膳に載せておりました」

諸侯の間に、かすかなざわめきが起きた。

王阿侯《おうあ》は野季を見つめて、問うた。

「真那殿だけでなく、ホッサル＝ユグラウルの膳にも載せたと。では、ホッサル＝ユグラウルもその切り身を食べたのか？」

野季は青ざめ、唇を湿《しめ》した。

「いえ……いえ、その、ホッサルさまは匂いが苦手とおっしゃって、召し上がらなかったので、それで、母がその切り身を頂いたのです」

ざわめきが大きくなった。

大詮議官の仁宜《にぎ》侯が、儀式杖《ぎしきじょう》で床を突き、静粛を促した。

王阿侯は野季に問うた。

「では、ホッサル＝ユグラウルは、〈香酢《こうず》魚《うお》〉をまったく食べなかったのか？」

「……え、あ、いえ、私が、自分の皿のを一切れ、ホッサルさまにあげて、それは召し上がりました」

辺りが静まり返った。

九　笑い声

王阿侯《おうあ》は野季《のき》に座ってよい、と言い、諸侯を見回した。

「比羅宇侯《ひらう》が〈香酢《こうず》魚《うお》〉がお好きであり、前回〈鳴き合わせ、詩合わせ〉が安房那領《あわな》で催されたとき、あの匂いの強い料理を召し上がっておられたことは、みなさまの記《き》憶《おく》にも残っておられると思うが、いかがか」

諸侯がばらばらとうなずいた。

「今回、真那《まな》殿と兎季《とき》が当たった土《ど》毒《どく》というものは、発酵させた食材で当たることが多いものだという。ここからは、土毒に明るい津雅那《つがな》師に説明してもらおう」

津雅那はうなずいて立ち上がり、まず大詮議官と諸侯に深くお辞儀をした。それから、ぴしっと背筋を伸ばして、口を開いた。

「土毒は極めて危険な毒でございます。もともと土の穢れを得ていた食材を腸詰にしたり、樽に詰めて発酵させたりしたときに生じるようで、ごく稀にではありますが、肉の腸詰などの穢れた食材を口にする山地民に、この毒に当たって死ぬ者がでます」

津雅那は、歯切れのよい口調で話し続けた。

「肉だけでなく、魚や野菜にも生じることがあり、とくに樽に詰めて発酵させた食材は危険です。他の食あたりと違い、物が二重に見えるなどの目の症状や、頬の筋肉の脱力、嚥下困難、発話困難などが起こり、やがて、呼吸ができなくなって、発症した者の多くが死に至ります。

治療をする術《すべ》はなく、また、食して、かなり間をおかねば症状が出ないため、毒見にては見抜くことができぬ毒でございます」

土毒《どどく》の説明はそこで終わったはずだが、津雅那は言葉を続けた。

「こたびの土毒による食あたりが比羅宇侯の御命を狙ったものであるとすれば、その裏に、皇帝の座を巡る争いがあるのでは、という疑念がすぐに心に浮かぶと思われますが、もうひとつ、比羅宇侯の御命を狙う、諸侯の皆さま方にはやや見えづらい動機もありうることを、宮廷祭司医である私から、伝えさせていただきます」

諸侯が再びざわめいた。

「比羅宇侯は清心教医術に造詣《ぞうけい》が深く、私共、宮廷祭司医の庇護者であられることは、皆さまよくご存じのことと存じますが、もうひとりの皇帝候補であらせられる由吏《ゆり》侯はオタワルの医術師を庇護しておられます。——いまも、かのリムエッル＝ユグラウルが由吏侯の城に滞在《たいざい》中であるということですが、それは間違いございませんか？」

由吏侯が眉をあげ、おっとりとした口調で言った。

「ああ、間違いない。そなたらでは治せぬ病も治してくれるので、大変重宝しておる」

その皮肉に一切《いっさい》反応せず、津雅那《つがな》は、ただ諸侯に向きなおった。

「いまのお言葉でも明らかなように、オタワル医術師にとっては、どちらが皇帝になられるかは、非常に大きな関心事であろうと思われます」

津雅那の目には、冷ややかな光が浮かんでいた。

「関心事、というより、彼らにとっては、その命運がかかっている、と言っても良いでしょう。なぜなら、比羅宇《ひらう》侯が皇帝になられた暁には、私たちはオタワル医術の完全なる排斥《はいせき》を願い出るつもりでおり、そのことは、情報通であるリムエッル＝ユグラウルは、すでに承知しているはずだからです。由吏《ゆり》侯は、リムエッルが病を治せるとおっしゃいましたが」

津雅那は静かに言った。

「病を治せる者は、病に罹《かか》らせることも、また、可能なものです」

いつの間にか、静寂が広がっていた。

「……津雅那師」

由吏侯が口を開いた。

「そなたが描いて見せている構図は、こうか。オタワル医術が排斥されることを恐れたリムエッルが、その孫を使って、土毒《どどく》を用いて比羅宇侯の暗殺を謀《はか》った？」

うすい笑みを浮かべて、由吏侯は言葉を継いだ。

「その図には、大きな穴がいくつか開いているぞ」

「……」

「そもそも、ホッサル＝ユグラウルは自ら安房那《あわな》に来たわけではなく、安房那侯に招かれてきたと聞いているが、違うか、安房那侯？」

安房那侯はうなずいた。

「はい。私が招きました」

諸侯の中でも、祭司医の動向に関心がある人々が、驚きの表情を浮かべた。

「貴公がなぜオタワルの医術師、それもリムエッルの孫にあたる、オタワル医術師にとっては皇子のような男をここへ招いたのか、そのことにも興味があるが、それはまた後で聞くとして、津雅那師」

「はい」

「先程、土毒には治療法がないと言っていたが、あれは本当か？」

「本当でございます」

津雅那は平然とした顔で答えた。

由吏侯は唇の端を歪めた。

「それが嘘であるとしたら、なんとする」

「私の首を差し上げまする」

由吏《ゆり》侯は笑いだした。

「よく言った！……まあ、そなたが、なんと答えて斬首《ざんしゅ》を回避《かいひ》するかは先刻承知だから、余計な追及《ついきゅう》はせぬが」

そう言って、由吏侯は諸侯に向きなおった。

「みなの中にも、すでに、いま津雅那《つがな》師が言ったことは、おかしいと思った者がおるのではないか？——気づいた者は手を挙げてみてくれ」

ためらいがちに、数名の諸侯が手を挙げた。由吏侯派の者がほとんどだったが、まだ、どちらにつくか意を鮮明《せんめい》にしていない選帝侯もふたりほど手を挙げていた。

その中立の立場の選帝侯を指して、由吏侯は、

「気づかれたことを、話してくれるか」

と、言った。

その選帝侯は立ち上がり、

「多分、由吏侯がおっしゃっておられるのは、昨年の末、宮廷で起きた土毒《どどく》の事件であろうかと存ずる。宮廷祭司医の娘が、宮廷で催された宴の料理に当たって死にかけたという」

由吏侯がうなずいて、先を促した。選帝侯は続けた。

「私はそのとき初めて土毒というものがあるのを知りました。恐ろしいことだと思い

ましたが、確か、その娘は命が助かったはず」

思い出した人々もいるのだろう、諸侯がざわめき始めた。

「娘の父である宮廷祭司医が薬を与えて助けたと聞いたが、その父親は……」

その言葉を由吏侯がひきとった。

「そう、その父親は宮廷を追われたのだ。――穢れた古流の薬を使った、という理由で」

由吏侯は津雅那を見た。

「土毒の薬はある。そなたも、もちろんそれがあることを知っている。しかし、それは穢れた古流の薬であり、使ってはならぬ薬である。それゆえ治療法はないと言ったのだ、というのが、そなたの言い分だろう？」

津雅那は顔色を変えるでもなく、

「その通りでございます」

と、答えた。

由吏侯は微笑んだ。

「諸侯、聞いたか。使えると思うかどうかは別として、土毒には治療の術があり、それを津雅那は知っていたのだ。

そうなれば、こたびのこと、見える図はいくらでも変わり得《う》る。いかにもオタワルの医術師、その裏に私がいるように見える図を描くために、治療法のある毒を比羅宇《ひらう》侯に盛った、という構図もありえるわけだ」

諸侯のざわめきが大きくなった。大詮議官が再び杖を鳴らしたが、そのざわめきは、なかなか静まらなかった。

そのざわめきを圧するように、津雅那《つがな》の声が響き渡った。

「それは、ありえぬこと。由吏《ゆり》侯がおっしゃる土毒《どどく》の治療薬とは、馬の血を使う穢れた薬！　そのようなものを比羅宇《ひらう》侯に使えば、御身《おんみ》は穢れ、皇帝になることはかないませぬ」

水をかけられたようにざわめきが静まった。

その中で、由吏侯はひとり薄い笑みを浮かべたまま、比羅宇侯を見た。

「聞いたか、侯。そなたが毒を盛られて、苦しみ悶《もだ》えて、死に向かいつつあっても、津雅那は何もせずに死なせる男だぞ」

比羅宇侯は答えなかった。

「ま、いずれにせよ」

と、笑みを消して、由吏侯は退屈《たいくつ》そうに言った。

「なにひとつ証拠はない話だ。大袈裟《おおげさ》な、と言っては、比羅宇侯に申しわけないが、ふつうに考えれば、予審にかけるほどのことではなかろう。

この詮議は、私には、単にオタワル医術師を排斥し、ついでに私にも悪評を立てたいという思惑《おもわく》で開かれたとしか思えぬがな」

　その言葉に、津雅那が厳しい声で反論した。

「〈香酢《こうず》魚《うお》〉の樽に土毒が発生したのなら、兎季《とき》の娘もホッサル＝ユグラウルも土毒に当たっているはず。比羅宇侯のみを狙ったものであると考えるのは決して大袈裟ではありますまい」

　そのとき、ホッサルが大詮議官に向かって手を挙げた。

「異論があるのですが、発言してもよろしいでしょうか？」

　仁宜《にぎ》侯がうなずいたので、ホッサルは立ち上がり、津雅那に向きなおった。

「ひとつお伺《うかが》いしたいのですが、真那《まな》くんと兎季さんは、なぜ、比羅宇侯の膳に出されるはずであった〈香酢魚〉を、私の目の前で食べたのでしょうか？」

　つかのま、ホッサルの真意が読めなかったようで、津雅那は眉をひそめた。

「……その経緯は、先程、兎季の娘が述べたと思うが」

「いえ、そうではなく、そもそも私が毒殺を企てたのだとすれば、その〈香酢魚〉がそこにある時点で、私は、比羅宇侯の暗殺の企ては失敗に終わったと知っているわけですよね？

　そういう場合、できることなら土毒まみれの魚を捨てて、陰謀の証拠を消し去りたい、と思うでしょうが、目の前で真那くんが食べようとしている。となれば、せねばならないことはただひとつ。——暗殺の企てを知らなかった、と思わせることではないでしょうか？」

ホッサルの言葉の意味が見えてきたのだろう。津雅那《つがな》の顔色が変わり始めた。

「とすれば、あのときやるべきだったのは土毒《どどく》まみれの魚を真那《まな》くんや兎季《とき》さんに食べさせておいて、自分だけ食べないなどという、いかにも犯行者であることを晒してしまうような間抜けなことではなく、私も口にしてみせることだと思われませんか？」

一瞬、広間は静まり返り、次の瞬間、ざわめきが沸《わ》き上がった。

津雅那は手をあげてその騒ぎを抑《おさ》え、よく通る声で言った。

「ホッサル＝ユグラウル、そなたは土毒の恐ろしさをよく知っているはず。たとえ一口でも食べることは恐ろしかったはずだ。たんに、怯《おび》えて食べられず、比羅宇《ひらう》侯に症状がでないのだから、食あたりとして処理されるだけと思って済ませたのだろう」

ホッサルは苦笑を浮かべた。

「あなたがここにおられるのに、ですか？　確かに土毒にまみれているとわかっていて食べるのは嫌でしょうが、でもね、私も一応、オタワル医術師の運命を背負わねばならぬ立場の若造です」

笑みを消し、ホッサルは津雅那を見据《みす》えた。

「自分も含《ふく》めて、オタワルの医術師たちが粛清される危機を招くくらいなら、一口ぐらい食べる勇気はだせますよ。オタワルには、土毒によく効く薬もあることだし」

それを聞いた瞬間、津雅那の目に光が浮かんだ。

「……そう、薬があるのだったな、馬の血を使う穢れた薬が」

津雅那はミラルに顔を向けた。

「そなたは、オタワルの薬を真那と兎季に打ったそうだが、なぜ、都合よくそのような薬を持っていたのだ。土毒が使われると知らねば、この夏の暑い時季、腐《くさ》りやすい血を使う薬など持ち歩いているはずもあるまい」

ミラルが口を開くより先に、カオラが横から言った。

「失礼ながら申し上げます。あれは、私が、ミラルさまにお渡ししたのでございます」

津雅那は冷ややかな目をカオラに向けた。

「そなたはオヒラ商会の者と聞いているが、相違ないか」

「はい。さようでございます」

「オヒラ商会といえば、リムエッルのために医薬品などを仕入れている商人であると聞いているが、それも相違ないか」

かすかなざわめきが起きた。

「はい」

カオラがうなずくと、津雅那は続けた。

「では、同じ質問をそなたに致そう。なぜ、これほど都合よく、土毒《どどく》の薬をミラル＝オイに渡せたのだ」

カオラは少しためらってから、言った。

「リムエッルさまに、土毒の薬を用意しておくよう、申し付かっていたからです」

ざわめきが大きくなった。

津雅那《つがな》は、しかし、やや警戒《けいかい》したように眉をひそめた。

「なぜ、そのようなことをリムエッルが申したと？」

カオラはちらっと安房那《あわな》侯を見た。

「リムエッルさまは……その、安房那侯さまを御案じになっておられました。安房那に諸侯が集まるが、昨年の末、宮で起きた土毒の事件を知る者も多かろうから、万が一にも誰かが土毒を盛られるようなことが起きたら、安房那侯のお人柄を考えれば、古流の薬を使ってでも助けようとなさるに違いない。

そうなれば、安房那侯は愛弟子と同じように祭司医の資格を剝奪《はくだつ》されるだろう。それは、古流を排したい津雅那師のような新派の祭司医たちにとっては都合よく、オタワル医術師にとっては最悪のことだ、と。

そのようなことが起きた場合は、安房那侯が古流の薬を使う前に、オタワルの薬でその人を助けよ、と、私にお命じになったのです」

ざわめきがどんどん大きくなった。

ざわめきを消したのは、大詮議官の杖の音ではなく、いきなり笑いはじめた、安房那侯の笑い声だった。

十　安房那侯の思惑

安房那《あわな》侯はひとしきり笑い、やがて、目尻《めじり》に浮かんだ涙をぬぐいながら立ち上がると、大詮議官にお辞儀をした。

「厳粛な場で、大変失礼なことを致しました。何卒《なにとぞ》お許しください」

仁宜《にぎ》侯は顔をしかめて、いや、と、言った。

「……しかし、古くから貴公を知る者としては、いまの振舞いは、貴公にしては、いささか奇矯《ききょう》に過ぎると思えたが、いかが致した」

安房那侯は椅子に腰を下ろし、いや、いや、と言った。

「ミンナルの鳴き声に合わせるより、この告発合戦に合わせた方が、余程味のある詩を詠めるのでは、という思いがふと頭を過《よぎ》り、途端に、笑いがこみあげてきましてな」

そう言ってひとつ吐息をつくと、安房那侯は真顔にもどって、比羅宇《ひらう》侯に向きなおった。

「比羅宇侯さま、昨夜、深くお詫びを申し上げましたが、ここであらためてお詫びを申し上げます。〈香酢《こうず》魚《うお》〉を貴公の膳に載せようとしたのは、浅慮《せんりょ》でございました」

「……いや」

比羅宇侯は首をふった。

「昨夜も申したが、こたびのことで、安房那侯を責めるつもりはない」

その答えを聞き、安房那侯は頭を下げた。

「ありがとうございます。――しかし、侯こそは、こたびのことの被害者であらせられる。詮議の過程をお聞きになって、罪を問いたい者がおられるようなら、ぜひ、伺いたい」

比羅宇侯は厳しい顔つきになった。

「……そう、私に供するはずの〈香酢魚〉に土毒《どどく》を盛った者がいるのであれば、その者の罪は問う。真那《まな》と兎季《とき》の命を危うくしている罪は、必ず償《つぐな》わせる」

安房那侯はうなずき、それからホッサルとミラルを手で示した。

「侯も、その下手人が、ここにいるオタワル人たちであると思われまするか」

比羅宇侯はぐっと眉根を寄せた。しばらく黙って、ホッサルとミラルを見つめていたが、やがて、口を開いた。

「津雅那《つがな》師の話を聞けば、なるほど疑わしいとも思うが、ひとつ、腑《ふ》に落ちぬことがある」

「それは？」

比羅宇侯はミラルを見つめた。

「聞くところによると、そなたは兎《と》季《き》に土《ど》毒《どく》の薬を与えて、命を助けようとしているそうだが、なぜだ」

ミラルは瞬きをし、なぜ、そのようなことを問われるのだろう、という表情になった。

「兎季さんを死なせたくないからです」

そのミラルの顔を、比《ひ》羅《ら》宇《う》侯はじっと見つめていた。

安《あ》房《わ》那《な》侯が、比羅宇侯に問いかけた。

「なぜ、それが気にかかるのですか」

比羅宇侯はミラルから安房那侯へと視線を移した。

「私が土毒に当たっておれば、私に薬を与えて命を助けるふりをしつつ、皇帝になれぬように我が身を穢すのは、意味のあることだろう。

しかし、この者たちが、オタワル医術を守るためにこのようなことを企てたのであれば、先程、津《つ》雅《が》那《な》師が問うていたようなことを問われる危険を冒《おか》してまで、兎季を助ける必要はなかろう。土毒に当たったのが私ではなく真《ま》那《な》と兎季であり、また、ホッサル＝ユグラウルも土毒を食べてはいないという時点で、リムエッルから渡された薬など持っていないふりをすればよいではないか」

比羅宇侯が何を疑問に思っているのか、すぐにはわからなかった選帝侯もいたようだったが、数人はその意味を悟《さと》ったようで、わからぬ者に小声で説明している。

そのざわめきを抑えるように、津雅那が比羅宇侯に、おそれながら、と声をかけた。

「それは、安房那侯に恩を売るためであろうかと存じます。先程、オヒラ商会の女が申したように、リムエッルは安房那侯を取り込もうとしているわけですから」

比羅宇侯は眉根を寄せたまま、安房那侯を見やった。

「私には、そこも、いまひとつわからぬのだ。侯は確かに祭司医から深い敬意をはらわれてはいるが、しかし、宮廷祭司医ではないし、津雅那師のように、いずれ宮廷祭司医長となって、オタワル医術の命運を左右するような権力を持つというわけでもなかろう？　由吏《ゆり》侯を助けるならともかく、危険を冒してまで侯を取り込むことに、どのような意味があるのだ？」

比羅宇侯の問いを聞きながら、ホッサルは、那多瑠《ナタル》帝がなぜ、この男を娘婿にし、更には皇帝候補にしたのか、なんとなくわかったような気がした。

由吏侯のように才気溢れる切れ者という印象も与えず、押しも強くないので、真那が言っていたように一見保守的に見えるが、実際には、他に惑わされず、自分の疑問を疑問として保つことができる、冴《さ》えた目を持っている。

ホッサルは安房那侯の横顔に目をやった。――ここにいる人々の中で唯一、なにをしようとしているのか、まるでわからないのが、安房那侯だった。

（比羅宇《ひらう》侯の疑問を、うまく引き出したように聞こえたが、だとすれば……）

そう思ったとき、安房那《あわな》侯が口を開いた。

「リムエッル殿が私を取り込もうとなさっておられるのは、私が、乎来那《おきな》宗家《そうけ》から、次代の学堂長《がくどうちょう》になるよう要請《ようせい》されたことをご存じだからでしょう」

ホッサルは、弾《はじ》かれたように顔を上げた。

安房那侯の言葉に驚いたのは、ホッサルだけではなかった。むしろ、腰を浮かしかけるほど驚いたのは、王阿《おうあ》侯や津雅那《つがな》、そして、次ノ間に控えて、この詮議を聞いていた祭司医たちだった。

比羅宇侯は驚きの表情を浮かべたが、由吏《ゆり》侯は、まったく表情を変えなかった。

比羅宇侯は唖然とした顔で、安房那侯を見ていた。

「それは……そのようなことが、あるのか？　侯は、乎来那宗家の血筋ではないのに、宗家を継げるのか？」

「いえ、宗家を継ぐのではなく、あくまでも乎来那学堂の学堂長となるだけでございます」

安房那侯は淡々とした口調で言った。

「確かに異例のことではございますが、ご存じのとおり、宗家の御子息が早くに身罷《みまか》られ、孫の斗宇来《とうき》さまはまだお小さいので、私にお声がかかったのでしょう」

「……お受けになるのか？」

「はい。安房那領主の座は長男に譲《ゆず》り、私は帝都に参って、後進に医術を伝えることに残りの日々を捧《ささ》げようと考えております」

ホッサルはまだ驚きが冷めぬまま、安房那侯を見ていた。

祭司医の頂点に立つ権力者は宮廷祭司医長だが、平来那学堂の学堂長は、次世代の祭司医すべてを教え導く者であり、いわば清心教医術の道筋を決める者だ。

視線を正面に戻すと、津雅那と目が合った。その顔はひどく青ざめていた。

比羅宇侯は何か考えながら、由吏侯を見、それから、安房那侯を見た。

「……由吏侯はご存じだったようだが、私はまったく知らなかった」

安房那侯が言った。

「この話をご存じなのは平来那宗家と私、そして、皇帝陛下のみのはずでございますから」

比羅宇侯は眉をひそめた。

「そのような秘事を、なぜ、リムエッルは知ったのだ……」

言ってから、すぐに、そうか、と口の中でつぶやいた。

「……陛下が」

安房那《あわな》侯がうなずいた。

「お伝えになったのでしょう。リムエッル殿は、ここへ来られたときには、すでにご存じでしたから」

諸侯は複雑な表情で、そのやりとりを聞いていた。

那多瑠《ナタル》帝が、いかにオタワル医術師を高く評価し、守ろうとしているか、明確に伝わってくる話だったからだ。

比羅宇《ひらう》侯が口を開いた。

「それで、侯は、どうなさるのだ？　オタワル医術を擁護《ようご》されるのか？」

「……私は」

安房那侯は比羅宇侯を見つめ、表情をあらためた。

「リムエッル殿とここにいるホッサル殿が、皇妃《こうひ》の御命を助けたことが、多くの問題を生み出したのであろうと、考えております」

十一　ミラルの答え

ホッサルは、傍らで、ミラルが身をこわばらせたのを感じた。

その背に触れてやりたかったが、できるはずもなく、ただ前を向いて座り、安房那侯の言葉の続きを待った。

安房那侯は津雅那《つがな》の顔を見ながら、口を開いた。

「昨年の末、古流の薬を使ったとして宮を追われた野那《のな》は、私の愛弟子でございます。心根も良く、医術の技も優れた男でございましたが、土毒《どどく》に当たった娘の命を救うために古流の薬を使ったことで、宮廷祭司医の資格を剥奪され、穢れた祭司医であるとの烙印《らくいん》を押されました」

そこで一旦《いったん》言葉を切り、安房那侯は津雅那に問うた。

「あなたは、いまも、あの判断は正しかったと思っておられるか」

津雅那はうなずいた。

「勿論《もちろん》でございます」

「なぜ、そのように確信が持てる」

津雅那《つがな》は真直《まっす》ぐに安房那《あわな》侯を見つめて答えた。

「古流の薬は穢れた薬。それを祭司医の模範《もはん》たるべき宮廷祭司医が使って、罰《ばっ》せられないとなれば、清心教医術の清浄さが損《そこ》なわれまする」

津雅那は落ち着いた口調で言った。

「清きことこそ医術の根幹。それを蔑《ないがし》ろにして、身体の欲に囚《とら》われ、魂を穢しても生き延びようとする生き方を善しとされてしまえば、東乎瑠《ツオル》帝国の人々は、オタワルの穢れた医術師どもに穢され尽くすことでしょう。

雑草は、一本であるからと見逃《みのが》せば、気づいたときには庭を覆い尽くすものです。私は、そのようなことが東乎瑠帝国に起きぬよう、過剰《かじょう》と思われようと、基本を明確に示すことに誠実であろうとしているのです」

由吏《ゆり》侯が身じろぎをし、口を開きかけたが、彼が口を開くより先に、安房那侯が再び津雅那に問いかけた。

「あなたは、私の問いかけに答えておられない。きちんと答えていただきたい」

津雅那は眉をひそめた。

「お答えしたつもりだが」

安房那侯は首をふった。

「私の問いかけが曖昧でしたかな。では、もう一度問いましょう。

私があなたに問うたのは、なぜ、古流の薬を使ったことが、宮廷祭司医の資格を剝奪する正当な理由だと思うのか、ということです」

津雅那は強い光を秘めた目で、安房那侯を見つめた。

「……そのことは、別の場でお答え致しましょう。清心教医術の秘義に関わる事柄でございますゆえ」

安房那侯は、首を傾《かし》げた。

「今更、なぜそのようなことを。古流の薬が馬の血を用いたものだと、先程、あなたは堂々と口にしておられたが」

津雅那の顔に、初めて動揺の色が走った。

安房那侯は大詮議官に顔を向けた。

「元々の詮議事由とは話がずれてきているように思われるかもしれませんが、いま討議しておりますことは、リムエッル、ホッサル、ミラルなどを告発することが正しいか否《いな》か、そのご判断を明確にするために必要なことでございます。もう少し、このまま議論を続けてよろしかろうか？」

仁宜《にぎ》侯はうなずいた。

「お続けなされ」

安房那侯は居並ぶ人々に顔を向けた。

「津雅那《つがな》師がおっしゃったように、古流の薬の詳細は、確かに上師《じょうし》の資格を得た祭司医にしか明かしてはならぬ秘義でございます。

しかし、このことを明かさずには、こたびの告発の真相は諸侯に伝わらぬゆえ、ここから先の詮議をお聞きになる方には、秘義厳守の誓《ちか》いをお願いしたいが、いかがか」

諸侯が反応するより先に、比羅宇《ひらう》侯と由吏《ゆり》侯が立ち上がり、やおら、両腕を大きく開き、それを勢いよく閉じて、胸の前で柏手《かしわで》を打った。

諸侯など傍聴していた人々も続いて立ち上がり、一斉に同じ仕草をした。

ホッサルはミラルと顔を見合わせてから立ち上がり、

「オタワルには誓いの仕草はございませんが、我らから秘義が漏れたときは、厳罰に処されることを覚悟致します」

と、言った。

椅子に腰を下ろしながら、ホッサルは安房那《あわな》侯の表情を注視していた。

侯は、カオラが、オタワルの〈奥仕え〉であることを知っている。なんらかの理由をつけてカオラには退室を促すかと思ったのだが、その様子はなく、安房那侯は淡々とした表情で、さて、と、津雅那に向きなおった。

「では、お答えいただこうか」

津雅那は何か考えながら、じっと安房那侯を見つめていたが、やがて、口を開いた。

「私の答えは、すでに述べております。――馬の血を人の身体に入れ、その身を穢すような薬は毒よりも恐ろしい穢れた薬。そのようなものを使った野那《のな》は、娘の魂を毒によって穢したのです。もはや娘は死しても天ノ苑《その》には昇れません。いわば魂の毒殺でございます。処罰されて当然。わずかなりとも疑問の余地はないはずですが」

安房那侯は眉をひそめて、津雅那を見た。

「なんとも不思議なことを申される」

「……」

「あなたは乎来那《おきな》学堂で学んで祭司医の資格を得、ひとつひとつ試しを受けて上師《じょうし》に成ったはずだが、〈古流〉の薬とは何であるのか、まさか、それをまったくわかっておられぬのか？　それとも、わからぬふりをしておられるのか？」

「……」

安房那侯は、比羅宇侯に顔を向けた。

「古流の薬というのは、その名の通り、古くから清心教医術で使われてきた薬のことでございます。ただ、使い方が非常に難しい薬でして、未熟な祭司医に使わせるのは危険であるために、最も深く学び、最も高い技術を得たと認められた上師のみが使うことを許されているのです」

比羅宇侯は眉根を寄せた。

「そうなのか？　私はずっと、古流の薬というのは、もはや時流に合わなくなった、穢れた薬であるように思っていたが」

　安房那《あわな》侯は、ふっと目元をほころばした。

「その、時流に合わなくなった、というお言葉は、ある意味で正しいのですが、効果がないから見捨てられた薬というわけではございません。むしろ、とても良く効く薬ばかりでございます」

　安房那侯は静かな口調で言った。

「医術に携《たずさ》わる者なら、みな身に沁みて知っていることでございますが、毒と薬は紙一重。よく効く薬ほど、分量や使い方を誤れば、人を死に至らしめることがあるものです。

しかし、それを覚悟で、使わねばならぬときもございます。――ホッサル殿」

　いきなり声をかけられて、ホッサルは、瞬きした。

「そなたは、ひと月ほど前、山津波《やまつなみ》に巻き込まれて大怪我をしたな」

「はい」

「激流に押されて飛んできた木の枝が肩に当たり、骨が折れ、肌もざっくりと切れた。その傷には古流の薬を使ったと聞いているが、治り具合はいかがか」

　ホッサルが立ち上がると、ミラルもすぐに察して立ち上がり、ホッサルが上衣《うわごろも》を脱ぎ、当て布をといて傷を見せるのを手伝った。

安房那侯が目顔で比羅宇《ひらう》侯を示したので、ホッサルは比羅宇侯に近づき、傷跡を見せた。

比羅宇侯は目を細めた。

「……医術には暗いゆえ、この治りが早いのかどうか、私にはわからぬが」

言いながら、比羅宇侯は津雅那《つがな》を見た。

津雅那は席を離れて近づき、傷を見た。

「どうだ？」

比羅宇侯に問われ、津雅那は口を開いた。

「ひと月、という日数が誠であれば、治りが早い方かと存じまする」

戻ってよい、と安房那侯に促され、ホッサルは無言で席に戻って衣を直した。

「ホッサル殿に用いた古流の薬は、まず、痛み止めとしての貝毒、それから……」

「……安房那侯！」

津雅那が、厳しい口調で、安房那侯の言葉を遮った。

「薬の詳細をお話しになるのは危険と存ずるが、いかがか？　素人《しろうと》が試せば、それこそ大変な害毒になる」

安房那侯はうなずいた。

「なるほど、その通り。これは私の浅慮。制止していただき、感謝致す」

「……」

安房那《あわな》侯は比羅宇《ひらう》侯に視線を戻した。

「とにかく、いま傷をお目にかけましたとおり、古流の薬はよく効くのです。とてもよく効くが、しかし、津雅那《つがな》師が懸念《けねん》されたように、貝毒なども、ほんのわずかでも量を誤れば、ひどい麻痺が起き、死に至ります」

比羅宇侯が口を開いた。

「なるほど、よくわかった。――しかし、先程、あなたも時流に合わなくなった、と言っておられた意味が、まだわからぬ。危険であっても、よく効く薬であるなら、上《じょう》師《し》のみが使えばよいことで、そうしてきたのだろう？」

「はい、百年以上もの長きにわたり、そのようにして参りました」

「では、なぜ……」

言いながら、比羅宇侯は、ふっと顔を曇らせた。

「いや、そもそも、馬の血だの、貝の毒だのというような穢れたものを、本当に……」

「本当です」

比羅宇侯にそう答えてから、安房那侯は、津雅那に顔を向けた。

「古流の薬はそのようなものであり、清心教医術の祖である平来那《おきな》ノ大樹《たいき》の時代から長きにわたって使われてきた。その事実すら、あなたは否定されるか？」

津雅那は首をふった。

「いいえ。事実であることは、確かにその通りです。しかし、事実であることが、正義であるとは限りません」

「……」

津雅那は安房那侯を、そして、比羅宇侯を見て、言った。

「比羅宇侯が疑問に思われたように、誰が考えてもおかしいでしょう。清らかさこそ医術の基本と教えている者が、穢れを薬と称《しょう》して身体に入れる、などということは」

安房那侯が言った。

「だから、あなたは古流の薬の使用を禁じるよう、宮廷祭司医長に進言した」

「そうです」

「だが、はじめは、歯牙《しが》にもかけてもらえなかった」

津雅那の顔が、すっとこわばった。

安房那侯は続けた。

「清心教医術の歴史のはじめから正しきこととされ、長きにわたって行われてきたことだ。あなたひとりが何を言おうと、とりあってはもらえなかった」

「……私ひとりではございませぬ」

「そう。数年後、情勢が変わった。あなたの言葉に賛同する宮廷祭司医たちが現れ、たちまちにして、一大勢力になった。あなた方の言葉、思想が、宮廷祭司医たちを席《せっ》巻《けん》し、それに異を唱えた者は、穢れた思想に毒された者として排除された。……あのときから」

安房那《あわな》侯はくるりと踵を返し、正面からホッサルを見た。

「そなたと、祖父のリムエッル殿が、皇妃の病を治したときから」

その目の底には、抑えきれぬ強い怒りの色があった。

ホッサルを見つめたまま、安房那侯は言った。

「あれがすべての始まりだった。それまで穏やかに続いてきた清心教医術の思想が割れた。そして、みるみるうちに、あるひとつの、反論を決して許さぬ、過激な色に塗りあげられていった。使えば人を助けられる薬を、使うことすら許されなくなった」

安房那侯は津雅那《つがな》に向きなおった。

「清心教医術の祖、乎来那《おきな》ノ大樹《たいき》は、馬の血であろうが貝の毒であろうが、人の命を救える薬であれば使っておられた。

牛の乳を飲むことすら嫌うような心は、わずかなりとも災《わざわ》いを避けようとする人々の心には昔からあったことだが、それをあたかも神の教えであるかのように言い立てて、祭司医が人に強要するようなことは、少なくとも、私が子どもの頃にはなかったのだ」

安房那侯は津雅那を見据えたまま、言った。

「医術師であれば、病んだ人を救うために出来ることなど、ごくごくわずかしかないことを身に沁みて知っている。

何をしようと、我らの拙《つたな》い努力をあざ笑うかのように、病が千変万化《ばんか》して、人を苦しめ、死に至らしめていく様を、それをただただ見守るしかない虚《むな》しさを知っている。

神は、我らをこの世に生み出すが、また、この世から去らせもする——かつて、乎来那ノ大樹が言ったというこの言葉を、私は何度も何度も思い返しながら、これまで生きてきた」

安房那侯は津雅那に問うた。

「津雅那師、人はなぜ病むのだ」

津雅那は即答した。

「穢れを我が身に取り込んだからです」

「誠に、そう思うか？——長く、病んだ人を診てきて、まだ、そう思うか？」

「はい」

津雅那は澄《す》んだ目でうなずいた。

「私たちにはまだ見えぬ穢れ方があるのかもしれませんが、しかし、やはり、穢れたからこそ病むのです。そして、哀しいかな、人は弱きもの。低きに流れ易《やす》きもの。まったき清浄に至れる者はごく稀で、それゆえ天寿《てんじゅ》を全《まっと》うできる者もまた、稀なのでしょう」

「では、天寿を全うできた者は、まったく穢れを知らぬ清浄なる者だと？」

安房那《あわな》侯は苦笑を浮かべて、次ノ間に顔を向けた。

「八十、九十まで生き、天寿を全うして老衰《ろうすい》で亡くなった人の顔を、思い浮かべてみられよ。彼らはみな、穢れを知らぬ無垢《むく》な方でござったか？」

諸侯の間から、ふと失笑が漏れた。

その声を聞きながら、津雅那《つがな》は静かに言った。

「私が申したのは、単に老衰で死んだ者のことではございません。聖者は稀ゆえ、真の意味で天寿を全うできる者も、また稀である、と申したのです」

安房那侯は深く息をついた。

そして、由吏《ゆり》侯に視線を向けると、唐突《とうとつ》に言った。

「由吏侯、実は、私の孫娘が香枝《こうし》ノ病であることがわかりました」

それまで、どこか面白がっているような顔でやりとりを聞いていた由吏侯の顔が、すっとこわばった。

「……ほう、それは、おつらいことだ」

「はい。つらいのは、あの子でございますが、見守る家族も心が痛みます。

香枝ノ病の者は、生まれつき血が固まりにくい。ふだんは、ごく普通に暮らしておりますし、しっかりと養生しながら生きれば、他の人々と同じように、それこそ老衰で死ぬまで生きることもできましょうが、怪我をしたときなど、止血がうまくできない傷であれば、失血死することもありえます」

そう言ってから、安房那侯は付け加えた。

「由吏侯であれば、私の気持ちがおわかりになるでしょう。――御孫君が香枝ノ病であられるゆえ」

由吏侯は目を細めた。

「……何が言いたいのだ」

安房那侯は由吏侯を見つめたまま、言った。

「侯がリムエッル殿を庇護し、城に滞在させるほど重用しておられるのは、御孫君が大怪我をされたとき、偶然居合わせたリムエッル殿が輸血の技を用いて助けたからと聞いております」

広間がざわめいた。

由吏侯は冷ややかな目で安房那侯を見据えた。

「もう一度聞くが、そのようなことをこの場で明かすのは、なんのためだ」

安房那《あわな》侯は静かに答えた。

「私は、我が孫娘に失血の大事が起きたときのために、オタワルの医術師を城に常在させるようなことは致しませぬ。――私は、自ら、その技を習おうと思っております」

広間が静まり返った。

「先程、侯は尋ねられましたな。私がなぜ、ホッサル殿をここへ招いたか、と。それが、その答えでございます」

安房那侯は諸侯に顔を向けた。

「この場で誰々とは申しませんが、ここにおられる選帝侯、諸侯のうち、香枝《こうし》ノ病を患《わずら》っているお身内がおられる方は、ひとりふたりではないでしょう。なぜなら香枝ノ病は親から子へと伝わることが多い病。――そして、那多瑠《ナタル》帝の高祖父、子福者で知られた火多瑠《ホタル》帝がこの病を患っておられたことは、諸侯もご存じのこと」

人々の顔を見ながら、安房那侯は言った。

「火多瑠帝は戦《いくさ》の時代を生きた方ですが、その誠実なお人柄で知られた方でした。決して、穢れにまみれた御方ではなかった。まさに、高貴なる皇帝であられた。

ただ、東乎瑠《ツオル》帝国においては、火多瑠帝の聖なる血をどこかで受け継いでいる高貴な人であればあるほど、この病もその聖なる血とともに身に受けて、生まれてくることがある、ということなのです」

寂《せき》として静まり返った広間に、安房那侯の声だけが響いた。

「人はみな、親からこの身を与えられて生まれてきます。

親から病を受け継いだとしても、それを哀しむなど詮無き事。親もまた、その親から伝えられてきたのですし、何より、親からは多くの善きものもまた受け継ぎ、そうして人は脈々とその命を伝えてきたのですから。

香枝ノ病は、特別に恐ろしい病というわけではありません。もっと恐ろしい病は他にも多くありますし、そもそも、一生病とまったく縁なく生きられる人などいないでしょう。

なんと哀しきことなれど、これが人というものなのです。だから、私は、病に苦しむ者を穢れを得た、などとはとても言えません。ましてや非難するなど……！」

自分を見つめている諸侯を見つめかえして、安房那侯は言った。

「ただ、男子に多く発現する香枝ノ病は、戦場で生き残るには不利。もはや皇帝が自ら戦に赴《おもむ》かれることはないでしょうが、諸侯も、そのご子息たちも、兵を率いて戦場に出なければならぬ身。

東乎瑠帝国の祭司医として、私は、大量失血をした者を救える技があるのなら、学びたいと思っております」

安房那《あわな》侯は比羅宇《ひらう》侯に向きなおった。

「侯の毒殺未遂があったという告発から、随分と遠い旅を致した気分でございますが、侯はこの長い旅路を辿ってきたいま、どのように思われますか。王阿《おうあ》侯、津雅那《つがな》師の告発通り、オタワル医術師たちを告発すべきとお思いになりますか」

比羅宇侯は答えず、黙って何か考えていた。

かなり長いこと、少しうつむいて考えこんでいたが、やがて、顔を上げると、

「土毒《どどく》を盛った者がいるかどうか、その探索は、当然、手を抜かずにせよ」

と、言った。

「はい」

比羅宇侯は、ふっと、ミラルに視線を向けた。

「……そなたはミラルといったか」

いきなり声をかけられ、ミラルは驚いて背筋を伸ばした。

「はい、ミラル＝オイと申します」

比羅宇侯は、うむ、と、うなずいた。

「ずっと気になっていたことがあるのだが……」

言葉を探すように黙ってから、おもむろに口を開いた。

「私はここへ来る前、兎季《とき》の娘から聴取した口書きを読んだのだ。その中に、そなた

が兎季に、その、馬の血の薬を与えるときに、神様が兎季を助けるようにとこの薬を遣わす夢を見た、と話したという記述があった」

ミラルの顔から血の気がひいた。

「……はい」

「なぜ、そのようなことを兎季に話したのだ」

ミラルは息を吸い、それから、口を開いた。

「兎季さんが、身を穢したと思ってしまったら、かわいそうだと思ったからです」

唇を湿し、ミラルはゆっくりと言った。

「兎季さんは清心教徒ですから、助かりたいがために馬の血を我が身に入れる決断をしたら、我が身を自分で穢してしまった、もう天ノ苑《その》には行けないと思うでしょう。それは……そんな風に思わせてしまうのは、あまりにも、かわいそうだと思ったのです。それで、咄嗟《とっさ》に、神様がそうせよとおっしゃった、と言えば、兎季さんが自分を責めずに済むかな、と思ったのです」

比羅宇侯は少し前に身を乗りだすようにして、じっとミラルを見つめた。

「つまり、神様の夢を見たというのは、嘘なのだな」

ミラルはかすかにためらったが、すぐに、うなずいた。

「はい。嘘でございます」

「嘘をついて、兎季《とき》の身を穢し、兎季が天ノ苑へ行けなくなったら……とは、思わなかったのか？」

ミラルは比羅宇《ひらう》侯を見つめ、ふるえる声で言った。

「思いました。でも、打たねば兎季さんが死んでしまうので……。騙《だま》された者と嘘をついた者、どちらに罪があるか、わからぬ神などおられないだろう、罰《ばち》が当たるなら、当たるのは私だと思って、嘘をついて、血清を打ちました」

それを聞くと、比羅宇侯はゆっくりと身を起こした。

そして、安房那《あわな》侯に顔を向けた。

「安房那侯」

「はい」

「そなたはオタワルの医術を学ぶと言ったが、同時に、この者にも安房那流の清心教医術を教えるというのは、どうだ」

安房那侯は驚いたように、瞬きした。

「……は」

「しっかりと清心教医術を教え、最上の技を得るまで鍛《きた》えよ」

比羅宇侯は、微笑んだ。

「私が病を得たときには、この者の治療を受けたい」

十二　思わぬこと

すうすうと寝息をたてて眠っているミラルの肩に、ホッサルはそっと薄布をかけてやった。

マコウカンとカオラは控えノ間で休んでいたが、ホッサルは、ミラルとともに夜通し治療部屋に詰めて、真那《まな》と兎季の容態を見守るつもりだった。

(長い一日だったな)

頭の芯に重苦しい疲《つか》れがある。膝を立て、壁《かべ》に寄りかかったまま、つい、うとうと眠りに落ちかけたとき、なにか物音がした。

はっと顔を上げると、戸口から黒い人影が入ってくるのが見えた。

「……安房那侯」

慌てて身を起こし、ミラルを起こそうとすると、安房那侯は後ろ手に戸を閉めつつ、

低い声で、

「そのまま、寝かせておきなさい」

と、言った。

薄暗い部屋を横切り、兎季が眠っている寝台に近づくと、安房那侯はその小さな老

女の頬におちかかっている髪を指で直してやった。

そっと手首の尺骨あたりに指を当て、脈を診ていたが、やがて、ほっとしたように吐息をつき、そのしなびた手を寝具の中に戻してやってから、真那《まな》の寝台に向かった。

真那はよく眠っていた。

夜半少し前に兄弟子が来て、真那と兎季《とき》に薬湯を飲ませていったが、あの薬湯には眠りを深くする成分が入っていたのかもしれない。

幼子のように無防備なその寝顔を、安房那《あわな》侯はじっと見つめている。

ホッサルはミラルを起こさぬように立ち上がり、安房那侯の脇に立った。

「……侯」

「うん？」

「姿が見えなくなったという、料理場の若者たちは見つかったのですか」

安房那侯は低い声で答えた。

「見つかることはなかろう。暗殺の企てが本当にあったことを証明できる痕跡《こんせき》を、由《ゆ》吏《り》侯が残すはずがない」

「……」

安房那侯は真那を見おろしたまま、言った。

「この糸が、こう引っ張られれば、こう動くかと、頭の中で、いくつも予想を立てていたのだが、思わぬことが、まま起きるものだな」

「今回は、どれが、思わぬこと、だったのですか」

「ふたつ……いや、みっつ、あったな、予想外のことが」

安房那侯は顔を上げて、窓の外に広がる夜空を見上げた。

「由吏侯が土《ど》毒《どく》による暗殺を企てるかどうかということ自体、確実に予測できるようなことではなかった。だからこそ、万が一にも人死にが出ぬように、ない頭を絞っていたのだが。それが、なにより大切なことだったので……」

ホッサルは、静かに問うた。

「そうですか？」

安房那侯は窓から視線を戻して、ホッサルを見た。

「そうですか、とは？」

「侯にとってなにより大切だったのは、由吏侯が毒殺を実行してくれることだったのでは？」

安房那侯はうなずいた。

「それは、その通りだ。だが、人死にが出ないようにと思っていたのも、本当だ」

言ってから、ホッサルの表情を見て、安房那侯はふと苦笑を浮かべた。

「……むかし、祖父が良いことを言っていた。策士の哀しみは、策が外れることではない。策が冴え、見事に策が当たり続け、策士としての評価が高まれば高まるほど、真心を信じてもらえなくなることだ、と」

部屋の隅にひとつだけ灯されている燭台《しょくだい》の明かりで、うすぼんやりと見える安房那《あわな》侯の顔を見つめて、ホッサルは口を開いた。

「……いえ、侯が、人死にを避けようとしておられたことは、信じております。しかし、そもそも毒殺という手段を巧く操ろうとなさったこと自体、私には危ういことに思えるのです」

なにか答えかけて、安房那侯は口を閉じ、それから、そうか、と、つぶやいた。

「あなたは、リムエッル殿のやり方を嫌悪しているのだな」

ホッサルは顔を歪めた。

「嫌悪というか……そう、そうですね、確かに、祖父のやり口は嫌いです。大事のためには、小事を犠牲《ぎせい》にしてもやむを得ぬという、そういう切り捨て方で、捨てられてしまう命も、命ですから。人の命をどうすれば救えるか、日々悩《なや》んでいる身としては、嫌悪しますね」

安房那侯はしばらく、なにか考えながらホッサルの顔を眺めていたが、なにも言わず、真那《まな》の顔を見おろした。

やがて、安房那侯は低い声でつぶやいた。

「……私は、なんとしても、比羅宇《ひらう》侯の命を守りたかったのだ」

意外な言葉に、ホッサルは思わず瞬きをした。

「侯は、古流の医術を守ろうとしたのでは？」

「もちろん、そうだ。そのために随分と策を巡らした」

安房那侯は真那を見つめたまま、言った。

「なにしろ、今回の〈鳴き合わせ、詩合わせ〉は願ってもない最高の好機だったからな。次世代の皇帝候補と、宮廷祭司医長候補、それぞれの派の選帝侯すべてが安房那に来る。しかも、この時期に。これこそ、天から与えられた好機だと思った。――だが、その一方で恐ろしい危機だとも思った」

安房那侯の顔には、暗いものが浮かんでいた。

「今回、この時でなくとも、由吏《ゆり》侯が暗殺を企てる可能性は非常に高かったのだ。由吏侯は孫を溺愛《できあい》している。――オタワル医術が禁じられ、リムエッルが輸血の技を使えなくなるような事態が決して起きぬよう、津雅那《つがな》、その後ろ盾の王阿《おうあ》侯、更には比羅宇侯、その誰かひとりでも排除できる好機が訪れたら、ためらわず実行するほどに」

「……」

「私は比羅宇《ひらう》侯を守りたかった。彼を子どもの頃から知っているのでな。その人柄も能力も好ましい。皇帝に選ばれたら善政を敷くと思う。――しかし、彼を皇帝にと強力に推している王阿《おうあ》侯は、また、津雅那《つがな》の擁護者でもある」

ホッサルは黙って、安房那《あわな》侯の横顔を見ていた。多くのことが、胸の中で氷解しはじめていた。

「……そうか、侯は由吏《ゆり》侯に見せたかったのですね、比羅宇侯がオタワル医術を認める姿を」

感嘆《かんたん》の思いが胸に広がっていた。

「比羅宇侯が皇帝になったとしても、輸血の技を禁じはしないと由吏侯が得心すれば、危険を冒してまで暗殺を企てるような妄執《もうしゅう》的な動機が消える」

ホッサルは安房那侯を見つめた。

「暗殺という凶事《きょうじ》を、最も良い形に――というより最高の好機に――変えるために、土毒《どどく》を使うよう由吏侯を誘導《ゆうどう》したのですね」

安房那侯はうなずいた。

「土毒なら、由吏侯が食いつくだろうと思ったのだ。それに、私にとっては、昨年の暮れの事件は、とても大きなことだったので……」

ため息をつき、安房那侯は低い声で言った。

「野那《のな》は、良い医術師だった。……本当に良い医術師だったのだ」

ホッサルはしばし黙って、安房那侯を見ていた。

窓の外は、いつの間にか、少し明るみを帯びはじめている。

「しかし、危険過ぎますよ。土毒は猛毒です。たとえ血清があったとしても必ず救えるとは限らないし、抗毒素血清自体、まだまだ分からぬことが多い危険な薬です。激烈な過敏反応が起きることもありますし」

「そう、だから、比羅宇侯が毒を口にせぬようにするつもりだった」

「え？」

安房那侯は、暗い声で言った。

「さっき言っていた思わぬこと、というのはそれだ。まさか、比羅宇侯が兎季《とき》と出会って、〈香酢《こうず》魚《うお》〉を密《ひそ》かに下げてくれと頼むなど、思いもしなかった。

私は宴の席で、匂いが変だとかなんとか適当な理由をつけて、〈香酢魚〉の皿を下げさせるつもりだった。そして、それを犬に与え、犬に症状がでたら古流の薬で治してみようと思っていた。犬であれば、馬の血を使っても、さすがの津雅那も非難はできぬし」

ホッサルは眉根を寄せた。

「それは、そうでしょうが、しかし、犬が病んだくらいでは……」

「今回のように、事が運ぶことはなかったと？」

「ええ」

安房那《あわな》侯はわずかに首をふって、つぶやいた。

「私は、事の成り行きは、今回とさほど変わらなかっただろうと思う。あれは、比羅《ひら》宇《う》侯にとっては、思い入れのある犬だから」

それ以上、その犬については触れず、安房那侯は暗い眼差しで話を続けた。

「比羅宇侯の膳に〈香酢《こうず》魚《うお》〉の皿が載っていないのを見たときは、肝《きも》が冷えた。抜かった、と思った。由吏《ゆり》侯が土毒《どどく》を〈香酢魚〉に仕掛けていたら、下手をすると人死にが出る。

適当な時機を見計らって中座し、侍従を料理場に遣わして、〈香酢魚〉の皿がどうなったか探させて……」

安房那侯は真那《まな》の髪にそっと触れた。

「兎季《とき》が持ち帰ったと聞いたときは、全身が冷や汗でびっしょり濡れた。すぐに、侍従に、氷室から土毒の薬を持ってくるよう命じたのだが……それが、思わぬことの、ふたつめ」

そのときのことを思い出しているのだろう、安房那侯はこわばった顔をしていた。

「侍従が氷室で足を滑《すべ》らせて転び、壺《つぼ》を割ってしまったのだ。慎重で武術にも長《た》けた男が、よりにもよって、こんなときに足を滑らせた」

唇の端を歪めて、安房那侯は言った。

「……天罰は、こういうふうに下るのか、と思った」

土毒の薬はない、と言ったときの、安房那侯の表情を思いだしながら、ホッサルはつぶやいた。

「それでも、侯は、事を成し遂げられた」

安房那侯はそれには答えず、息子の髪をそっと撫でた。

その横顔を見ながら、ホッサルは尋ねた。

「思わぬことのみっつめは、なんだったのですか」

と、安房那侯の表情が和らいだ。

安房那侯は微笑みを浮かべて、ミラルの方を透かし見た。

「……あの娘の心根が、比羅宇侯を動かしたことだ」

終章　春

窓を開けたまま寝《ね》ていたらしい。

春風に浮《う》き上がった窓布に顔をさすられて、ホッサルは目を覚ました。

ぼんやりと天井《てんじょう》を見ていると、なにか白いものが目の前を横切った。――花びらだった。

（……シュダが咲《さ》いたのか）

そう思ったとき、ミラルの顔が目に浮かび、ホッサルはまた、目をつぶった。

傍《かたわ》らにミラルがいない寝床《ねどこ》にもようやく慣れてきたが、まだ、時折、寂《さび》しくなる。

この半年の間に、多くのことが変わった。とくに、ミラルの状況《じょうきょう》は一変した。

（去年、この花が咲いた頃《ころ》は、あいつが安房那侯《あわなこう》の娘《むすめ》になるなんて、誰《だれ》も想像もできなかったな）

昨年の秋、父ラハルの承諾《しょうだく》を得て、ミラルは安房那侯の養女となった。――帝都《ていと》の乎来那学堂《おきながくどう》に入って学ぶために。

ミラルは、乎来那学堂の門をくぐった最初のオタワル人となったのだ。

（あいつは、すごい）

祭司医《さいしい》に剃髪《ていはつ》は必要ないが、学堂に入るときは剃髪をしなければならない。

祭司医になるわけでもないのに、思い切りよく剃髪し、清心教《せいしんきょう》医術の書物を小脇《こわき》に抱《かか》え、目を輝《かがや》かせて、安房那侯と共に帝都に旅立っていったミラルを思いだすたびに、ホッサルはしみじみ、そう思う。

ミラルなら、オタワルの医術師を嫌《きら》い、憎《にく》む者が多くいる清心教医術の本拠地《ほんきょち》に飛び込んでも、見事に泳ぎきるだろう。

学堂長として赴任《ふにん》するとき、安房那侯は、ホッサルが学びたければ、学堂に迎《むか》えいれようと言ってくれた。

だが、ホッサルは、その申し出を断った。

「ありがたいお言葉でございますが、私は、オタワル医術を究《きわ》めようと思います。清心教医術を軽んじているわけではありません。……この数か月の間見聞きしたことで、私は初めて、オタワル医術の中にいては見えないことがある、と気づきました。正直に申し上げて、それは、私にとってはかなり痛いことで、なんというか、己《おのれ》の傲《ごう》慢《まん》さにも気づかされました。

ですから、ミラルが、清心教医術を本格的に学びたいと思った気持ちはわかるし、私も、いずれは教えを乞《こ》うこともあると思います。

　しかし、今はまだ、私はオタワル医術を究めることに専念したい。例えば、侯が興味を持たれた輸血の技《わざ》、あれも今はまだ安全な技というには程遠《ほどとお》い危険な技です。ああいう技を安全に使えるよう改良していきたい。——それに」

　ホッサルは安房那《あわな》侯を見つめて、続けた。

「中途半端《ちゅうとはんぱ》に、ふたつの医術を統合する必要はないように思うのです。むしろ、互《たが》いが、互いにとって、思ってもみなかった視点を持ち続ける方がずっと意味があるように思います」

　その答えを聞くや、安房那侯は笑顔《えがお》になった。実によい笑顔だった。

　この人が義父になる可能性もあったのだ、と思いながらその笑顔を見ていて、ホッサルはふと、あることに気づき、どきっとした。

　ミラルはもはやオタワルの平民ではない。清心教医術宗家と繋《つな》がる安房那侯の娘なのだ。

　ユグラウル家のような、すでに滅《ほろ》び去った王国の残影《ざんえい》に過ぎぬ聖家の嫡子《ちゃくし》より、むしろ、高い身分に昇《のぼ》ったとも言える。

「おまえとの身分差、なくなったのかもな」

と、囁《ささや》くと、ミラルはあきれたように笑った。

「今頃気づいたの？」

そう言われて、ミラルがなぜ、父の姓《せい》を捨てる決意をしたのかに気づき、ホッサルは何も言えずに、ただ茫然《ぼうぜん》と、ミラルを見ていた。

互いを隔《へだ》てていたものが消えたとき、はじめて、見えてくるものもある。——これまでのような曖昧《あいまい》さのない、永久の誓《ちか》いというものと正面から向き合った瞬間《しゅんかん》、情けないことだが、ホッサルはひるんだ。

ひるんだまま、ぐずぐずと悩み、まだ、帝都を訪ねていない。しかし、そろそろ訪ねよう、と、思い始めていた。

（シュダの花も咲いたし）

帝都にも咲いているようなら、少し手折《たお》って花束にして持って行ったら、ミラルはきっと笑うだろう。あの明るい声で。

階下から呼ぶ声が聞こえて、ホッサルはしぶしぶ薄《うす》い毛布をはねのけて身体《からだ》を起こした。

「……ホッサル師、急患《きゅうかん》です」

真《ま》那《な》の声はよく通る。

もう一度呼ばれる前にと、ホッサルはあくびをしながら衣《ころも》の袖《そで》に腕《うで》を通し、騒々《そうぞう》しく足音をたてながら、階段を駆《か》け下りていった。

完

あとがき

作家仲間の中には、常に、いくつかの物語のネタが頭の中にある、という方がおられますが、私は、ひとつの物語を書き終えると、ほぼ、空っぽになります。その茫漠《ぼうばく》たる空白を前に呆然《ぼうぜん》と佇《たたず》むことになるのです。

これは、とても恐《おそ》ろしいことで、私は作家に向いていないのではないかと、毎日自問自答しています。

とくに、長く物語に触《ふ》れていないと、身体《からだ》の中から「物語のリズム」のようなものが消えてしまって、それを取り戻《もど》すには、リハビリのような作業が必要になります。文章の勘《かん》は、比《ひ》較《かく》的早く戻って来るのですが、物語を書きたいという衝動《しょうどう》は、なかなか戻って来てはくれません。

老親に付き添《そ》って暮らした二年の間、私はまったく物語を書くことができませんでした。往復書簡を書いたり、ドラマ関係の仕事をしたりという細々としたことは続けていましたが、長編の物語を没《ぼっ》頭《とう》して書く、というようなことはできなかったのです。

母を送り、父は自ら望んで施《し》設《せつ》に入ってくれて、さて、という状況《じょうきょう》になったとき、私の目の前に広がっていたのは、これまで経験したことがない、物語の種どころか、種の欠片《かけら》すら落ちていないような空白の地平でした。

その空白の地に、一粒《つぶ》の種を落としてくださったのが、聖路加《せいるか》国際病院の津田篤太郎《つだとくたろう》医師です。

なにか、わずかでも、物語のきっかけになるような手がかりがないかと探し始めたとき、心の中にあったのは、医療《いりょう》にまつわることでした。母の肺がん治療に付き添う中で、生き物としてのヒトと、考える存在としての人のことを思わずにはおられず、ホッサルとミラルのことが、ちらちらと頭の中に浮《う》かんでいたからです。

しかし、それはあくまでも「関心」に過ぎず、どうしても物語としては、動いてくれませんでした。

そんなとき、津田先生が猛烈《もうれつ》に面白《おもしろ》いメールを送ってくださったのです。それは、ある歴史上の医学エピソードについての「逆転の発想」とも言える考察でした。

ここで、その内容に詳《くわ》しく触れることはしませんが、医者が治療しても効果が現れなかった患者《かんじゃ》を、医者ではない男が診《み》たら症状《しょうじょう》が改善したというエピソードで、そんな不思議なことが実際に起きた理由は、新薬での治療を試みた医師たちとは違《ちが》い、その男は何もしなかったからではないか？　という仮説でした。

これには、はっとしました。目の前が光ったような気がするほど、面白い、と思いました。

人を治したいと願う思いが導く結果は一様ではないこと、医療の限界や思考の逆転などが次々に頭に浮かんできて、本当に久しぶりに、書きたい、という思いがこみ上げてきたのでした。

本書の内容がリリースされたとき、『鹿の王』の続編を書くのであれば、ヴァンとユナのその後の話を書けばよいのに、という声も聞きましたが、私は、物語を、そういうふうに書くことができないのです。

物語は常に、身体の奥底からつきあげてくる衝動と共にやってくる何かで、技術や思惑《おもわく》で作り上げられるものではないのです。私は「物語を書きたい」という、猛烈な熱が心に噴《ふ》き上げて来ない限り、物語を書くことができません。これまで、そうやって、ぽつ、ぽつと、長い物語を書いてきましたし、これからもきっと、あるとき、ふいにやってくる熱に促《うなが》されて、書いていくのだと思います。

今年、私はデビューしてから三十年という節目を迎《むか》えます。

その三十年の中で、多くの年月を作家としてだけでなく、文化人類学者として、また大学の教員として過ごして来ました。

今回の物語に、大切な種を与《あた》えてくださったのはお医者さんですが、私はこれまでずっと、多様な知識と経験を持つ方々が発している情報に触れ、自分では思いつくことができなかった新鮮《しんせん》な視点を与えられて、物語を紡《つむ》いできたような気がします。

ホッサルが清心教《せいしんきょう》医術に出会って、それまで彼の目を塞《ふさ》いでいた鱗《うろこ》を落としたように、私もまた、多くの人々、多くの経験に助けられて、物語を紡いできたのです。

本書を書き終えたとき、私の中に鮮《あざ》やかに残っていたのは、新たな道へと一歩を踏《ふ》み出していったミラルの後ろ姿でした。

若かった頃《ころ》より気力や体力は確実に衰《おとろ》えていますが、好奇心《こうきしん》と物語を書く力が残っている限り、私もミラルのように、常に新しい何かを模索《もさく》し続けようと思っています。

今回も、多くの方々にお力添えいただいたおかげで、この本を世に出すことができました。物語の「種」をくださった上に、医学監修《かんしゅう》も引き受けてくださった津田先生。津田先生は、私が右目の黄斑上膜《おうはんじょうまく》の手術で聖路加国際病院に入院していた間も、度々《たびたび》病室にいらして、聴診器《ちょうしんき》による心音の聞こえ方の実際などを教えてくださいました。東洋医学と西洋医学についても多くの興味深いお話をしていただきましたし、津田先生のご助力なしには、この物語を完成させることはできませんでした。心から感謝しております。

お忙《いそが》しい中、お時間を割《さ》いて、素人《しろうと》の頓珍漢《とんちんかん》な質問に懇切丁寧《こんせつていねい》に答えてくださった、KMバイオロジクスの宇野信吾《うのしんご》先生、国立感染症研究所の加藤《かとう》はる先生。先生方のお陰《かげ》で、感染症《かんせんしょう》や毒素、血清などについて得難《えがた》い知識を得ることができ、安心して物語を紡ぐことができました。本当にありがとうございました。

毒物や感染症の知識は、使い様によっては恐ろしい毒にもなりえるものですから、本書の中では、実在する毒物とは少し異なる描写《びょうしゃ》をしたり、詳細《しょうさい》に書かずに留《とど》めたりしている部分もありますが、本書において、医学的に不正確な部分があった場合は、すべて私の無知ゆえの誤りとお考えください。

『鹿の王』に続き、今回も、『水底の橋』というイメージを、はっとするほど印象的な絵として描《えが》き出してくださった影山徹《かげやまとおる》さん、難しい構図を素晴《すば》らしい装丁《そうてい》のセンスで活《い》かしてくださった坂川栄治《さかがわえいじ》さん、細やかな心遣《こころづか》いをしながら執筆《しっぴつ》の伴走《ばんそう》をし、本書を完成に導いてくださった担当編集者の服部圭子《はっとりけいこ》さん、そして、うっかり者の私をいつも支えてくれている心優《こころやさ》しき秘書さんズ（加藤晶子《かとうあきこ》さん、前田《まえだ》さおりさん、福田《ふくだ》春子《はるこ》さん）に、この場を借りて、心からの感謝をお伝えしたいと思います。

みなさまのお陰で、本書を世にだすことができました。本当に、どうもありがとうございました。

平成三十一年一月　日吉本町《ひよしほんちょう》にて

文庫版あとがき　私たちはいま、歴史を作っている

文庫版のあとがきを書くときは、必ず一度、親本を通読するのですが、いつも、「これ、誰《だれ》が書いたのだろう？」と思います。

とても不思議な感覚で、自分が書いた物語であるはずなのに、自分がこんな物語を書いた、ということが信じられない気持ちになるのです。同じものを、いま書け、と言われたら書けない、と必ず思います。なぜなのか、自分でもわかりません。書いているときは、普段《ふだん》の自分とは少し違《ちが》う心の状態になっているのかもしれません。

本書『鹿の王　水底の橋』の場合は、その感覚が特に強く、読み返すうちに、思わず頁《ページ》をめくる手が止まってしまった一節がありました。物語のラストに近い部分で、安房那《あわな》侯《こう》が津雅那《つがな》に言う、

> 何をしようと、我らの拙《つたな》い努力をあざ笑うかのように、病が千変万化《ばんか》して、人を苦しめ、死に至らしめていく様を、それをただただ見守るしかない虚《むな》しさを知っている。

という言葉です。

これを書いたときには、もちろん、文庫版のあとがきを書く時期に新型コロナウイ

ルスのパンデミックが起きていようとは思ってもいませんでしたが、いま、この一節を読むと、書いていた当時の、少し遠いところから、この世の哀《かな》しみを見ているような感覚とは異なる、生々しい哀しみを覚えました。

ウイルスの恐《おそ》ろしいところは変異をするということで、人類の必死の努力を嘲笑《あざわら》うかのように、新たなウイルスが誕生するたびに、大流行が繰《く》り返されてきました。二十一世紀のいまも、人類はまだ、ウイルス感染症《しょう》を完全に克服《こくふく》する術《すべ》を持ってはいません。

感染症は、社会的な病だと、私は思っています。

私たちが集団（群れ）で生きる生き物であるからこそ、その脅威《きょうい》に晒《さら》されるわけです。絶海の孤島《ことう》にひとりで生きていたら、感染はしても、他の人に拡《ひろ》げることはないでしょうが、私たちは、基本的には、社会（群れ）がなければ生きられませんから、どうしても、他者を巻き込むことになってしまいます。

この「あとがき」を書いている三月二十八日現在、東京を始め首都圏《けん》では、初めて、週末の外出自粛《じしゅく》が呼びかけられていますが、これは、欧米《おうべい》の人たちから見たら、耳を疑うくらい「生温《ぬる》い」呼びかけでしょう。

ニューヨークやロンドン、パリ、「先進国」としてイメージされている国々の中心都市で、時々刻々、凄《すさ》まじいペースで感染の連鎖《れんさ》が起きていて、多くの「普段なら助けられる人」を助けられず、なんとか死者の数を減らそうと、大都市を封鎖《ふうさ》するロックダウンを実行して、三十億人以上の人たちが自宅待機を強《し》いられているのですから。

都市を封鎖するなんてことが、映画ではなく現実に起きるなんて、多くの日本人は想像もしていなかったのではないでしょうか。

私は、この文庫が出版される頃《ころ》には、日本でも、大都市圏（特に東京とその近県や大阪など）で事実上のロックダウンがなされて、医療崩壊《いりょうほうかい》、人工呼吸器が足りない、という言葉が、連日テレビやネットで叫《さけ》ばれているだろうと思っています。感染症は感染した人の人数が増加し始めた、と、感じられるようになってからは、驚《おどろ》くほどスピードを上げて拡大するものですから。

考え過ぎでしょうか。そうかもしれません。そうなっていなかったら、上橋《うえはし》は大袈《おおげ》裟《さ》だね、と、笑ってください。みなさんがこの本を読むときに、私を笑える状況《じょうきょう》であるなら、本当に、本当に、うれしいです。

私は臆病《おくびょう》者なので、真っ先に最悪を考えてから、次に、そうならなかったときのことを考えるというパターンで思考してしまいます。

いまも、自分にとっての最悪のこと——自分が感染して、他者にうつしてしまうことと、重症化して自分の人生が終わること——を、現実に起こりえることと思いながら、このあとがきを書いています。

自分の人生が終わることについては、人である限り、いつでも起こりえることですから、心のどこかで仕方がないことと思って生きて来ましたし、子どもの頃想像していた以上に充実《じゅうじつ》した人生の時を過ごして来ましたから、覚悟《かくご》をするしかないと思っています。もちろん、もっと生きていたい気持ちはありますが。

でも、他者にうつしてしまうかもしれないということは、純粋《じゅんすい》な恐怖《きょうふ》です。感染症では、誰もがみな被《ひ》害《がい》者ですが、同時に、誰もがみな加害者になってしまう可能性がありますから。

私は、『鹿の王』を書くとき、「人から人へ感染する感染症」を選びませんでした。きっと心の底で、それを物語にしたら、描《えが》かねばならない世界が、あまりにも悲惨《ひさん》であることが怖《こわ》くて、そんなものは書きたくないと感じていたのだと思います。

人・人感染症は、他の人たちと一緒《いっしょ》に生きていることの幸せを奪《うば》う病ですから。一緒に食事をしながらおしゃべりをしたり、ワイワイ騒《さわ》いだり、抱《だ》きしめあったり。ああ、一人じゃない、みんなと一緒に暮らしていて良かった、と思える「触《ふ》れあい」のすべてが、その大切な人たちを殺してしまう行為《こうい》になる——そういう病です。

それを私は書きたくなかったのです。私が描いた黒狼熱《ミッツァル》も充分恐ろしい病ではありますが……。

今回の新型コロナウイルスは、まるで、手袋《てぶくろ》をくるりと裏返すように、私たちが生きている世界を、反転させました。

豊かに暮らしていくための仕事も、先生から学ぶ機会も、親しい人との触れあいも、ありとあらゆる世界規模での「交流」のすべてが、あっという間に、私たちを殺すかもしれない行為に変わったいま、「交流」がいかに大切なことであったかが、くっきりと浮《う》かび上がって見えています。

私たちは、これほど世界の人たちと密接に関係して生きていたのだ——その「関係」が遮断《しゃだん》されたら、これほど甚大《じんだい》な影響《えいきょう》を受けるのだ——と、痛みを伴《ともな》う形で思い知らされています。

人から人へうつる感染症は、すべての人が、次々に敵の手先になっていくようなものです。パニック映画や小説が、好んで描いてきたことが現実になった世界に、いま、私たちは生きています。しかも、この状況は長く続くでしょう。経済的なダメージも莫大《ばくだい》なものになるでしょう。

けれど、やがては、終息していきます。

私たちがいま、祖先たちが幾度《いくど》となく経験し、乗り越《こ》えてきた「風邪《かぜ》の誕生」（風邪よりはずっと悪性ですが）を見ているのだとすれば、完全にウイルスが消えるのではなく、ワクチンが出来て、人類がウイルスと共存できる状態になっていくという形でしょうが、それでも、日常は戻《もど》ってくるはずです。

多くの専門家たちが、一年半から二年ぐらいで、と考えているようですが、長く思えても希望はある。長く悲惨なトンネルを抜《ぬ》けることができた人は、光のもとへ出ることが出来ます。

そして、ひとりでも多くの人が、トンネルの外へ出られるように、いま、このときも、己《おのれ》の命を危険に晒しながら、感染者に寄り添《そ》って働き続けている人たちがいます。

――医療従事者たちです。

『鹿の王　水底の橋』を書いていたとき、私は感染症のことは考えていませんでしたが、この物語を世に出していい、と思えたのは、ミラルが兎季《とき》に対して行ったことが、頭《あたま》に浮かんだ瞬間《しゅんかん》でした。彼女の姿に、これまでの人類の歴史の中で、他者を救うために懸命《けんめい》に道を探《さぐ》ってきた人々の姿が重なって見えたからです。

この裏返った世界の中で、人という生き物の負の側面を顕《あら》わに見せてしまう人たちもいれば、思いがけぬほどの美しさ、強さを見せてくれる人たちもいる。医療従事者たちは、私たちに、人はこうも在れるのだ、と示してくれています。

では、私たちは？　医学の知識がなければ、何も出来ないのでしょうか？

そんなことはありません。人・人感染症は、むしろ、ごく普通の人たち――子どもでも、老人でも、私たち全員が「他者の命を救うことができる」病ですから。

私たちが罹患《りかん》しなければ、ウィルスは増えることができません。

専門家でも感染してしまうくらいですから、感染しないことは、極《きわ》めて難しい。でも、少なくとも、なるべくかかるまい、と努力する人が多ければ多いほど、死者を少なくすることは出来る。――かかる人の母数が少なければ、重症化する人が少なくなり、重症化する人が少なければ、死ぬ人も少なくなる。

医者ではなくても、私たちは無力ではないのです。むしろ、私たちこそが、最も大切な切り札です。

私たちの武器は知識と想像力と忍耐《にんたい》力、そして、他者を助けたいと思う気持ちです。

本当に意味のある手の洗い方、マスクの付け方を調べて実行する。人との距離《きょり》を二メートルはとる。「三密」を避《さ》ける。それだけのことを、人に嘲笑われようが、何しようが、淡々《たんたん》と実行する。その覚悟ひとつで、他者の命を守るチャンスが生まれる。

わずか、一年かそこいらのことです。やってやろうじゃありませんか。

努力しても、かかってしまう日は来るかもしれない。それでも、私は「その日」をなるべく先にするよう努力してみます。感染者数のピークをなるべく低く抑《おさ》える一助となるために努力してみます。

この病が終息する頃、私たちは無惨な焼け野原のような世界を目にすることでしょう。でも、私たちの親や、祖父母たちは、焼け野原から立ち上がって、いまの世界を築き上げたのです。

私たちも、やってみせましょうよ。未来を生きる子どもたちのために。この感染症を経験した教訓を生かしながら。いまよりもっと、感染症に強い、明るい社会を作るために。いまいる場所は、苦しいばかりの場所じゃない。

私たちはいま、確実に世界史に残る歴史を作っているのですから。

この大変な状況のなか、素晴《すば》らしい解説をお寄せくださった東《あづま》えりかさま、いつもながら、「物語」を鮮《あざ》やかに感じさせる表紙で文庫を包んでくださったヤマモトマサアキさまと装丁の高柳《たかやなぎ》雅人《まさと》さま、ずっと私を支えてたすけてくれている「秘書さんズ」こと、加藤《かとう》晶子《あきこ》さん、福田《ふくだ》春子《はるこ》さん、前田《まえだ》さおりさん、親本を作ってくださった編集者の服部《はっとり》圭子《けいこ》さん、そして、見事なセンスと細やかなお仕事ぶりでこの文庫版を作ってくださった編集者の今井《いまい》理《り》紗《さ》さんに、この場を借りて心からの感謝を捧《ささ》げます。

令和二年三月　日吉本町《ひよしほんちょう》にて

解説

東《あづま》えりか

今は２０２０年4月8日。ちょうど日付が変わったところだ。先ほど安倍晋三《あべしんぞう》内閣総理大臣から緊急《きんきゅう》事態宣言が発出された。周りはシーンと静まり返っている。新型コロナウィルスによる感染症《しょう》の増加が止まらず医療崩壊《いりょうほうかい》に陥《おちい》りかねない事態であるため、東京、神奈川、千葉、埼玉、大阪、兵庫、福岡の7都府県を対象に5月6日のゴールデンウィーク終了《しゅうりょう》までを条件に発出された。

２０１９年12月「原因不明のウィルス性肺炎《はいえん》」として最初の症例が武漢《ぶかん》市内で確認《かくにん》されてから、あっという間に中国全土に感染が拡《ひろ》がった。わずか数か月で世界中に伝《でん》播《ぱ》したこの疫病《えきびょう》は、3月にはパンデミックであるとWHOが認め、２０２０年4月１日現在、180の国と地域に渡《わた》り感染が報告されている。

最初は普通《ふつう》の風邪《かぜ》の症状だ。だから油断していた。見くびっていた。それゆえ対応が遅《おく》れた。罹患《りかん》者の8割の症状は軽い。しかし重症になったとたん死亡率が跳《は》ね上がる。他人とは会うな、マスクをしろ、人込みには行くなと指示され、混乱した民衆は買いだめに走る。感染した人は差別され、情報を求めた末にデマに踊《おど》らされる。最前線の医師が命がけで治療を続けても医療崩壊は起こってしまう。これが地球上すべてで同時進行している。

今までにSF小説やファンタジー、あるいは過去の事例を基《もと》にした時代小説などでパンデミック小説はいくつも読んできた。まさか実際に起こり小説では到底《とうてい》考えつかないほどの冷酷《れいこく》な現実を知るとは思わなかった。

上橋菜穂子《うえはしなほこ》の『鹿の王』（角川文庫）は2014年に上梓《じょうし》されたハイ・ファンタジー小説である。発売当初より大反響《はんきょう》を呼び、翌年の本屋大賞と医療小説大賞を同時受賞。子供から大人まで夢中にさせた。

この物語を構築しているベースのひとつに医療がある。謎《なぞ》の感染症「黒狼熱《ミッツァル》」が持つ秘密を解くミステリーは、医療関係者や研究者たちも舌を巻くほど感染の様子や経路、治療法まで緻密《ちみつ》に組み上げられている。

『鹿の王　水底の橋』の解説依頼《いらい》を受け、改めて『鹿の王』を読み始めたのは2020年3月初旬《しょじゅん》。最初に読んだ時から5年余りが経《た》っており、正直にいえば主人公であるヴァンと拾い子であるユナの印象が強く残っていたのは否《いな》めない。

しかし読み進めるうちに私は震《ふる》え上がった。現実社会はパンデミックの真っ最中で、いつ自分が罹《かか》るかと世界中が恐《おそ》れ戦《おのの》いている。治療薬もワクチンもなく、対症療法で様子を見る以外にない。中国での医療崩壊を他人事《ひとごと》のように見ていたヨーロッパもアメリカも、あっという間に感染は爆発《ばくはつ》した。

手のなかにある『鹿の王』の世界もまた、謎の病気に怯《おび》え、治療法を探している。だが、この物語にはヒーローがいる。彼が何とかしてくれるだろうという希望が見える。悲しいことに、現実にはヒーローどころか後手後手にまわる為政《いせい》者たちの姿しか見えない。ファンタジー小説の『鹿の王』はまるで疫病の参考書のようにリアルに迫《せま》ってきたのだ。

『鹿の王 水底の橋』は「黒狼熱大流行」の危機が去った後、黒狼熱の謎を解き明かしたオタワルの天才医師ホッサルの施療院《せりょういん》〈小さき者たちの巣《チミャ・トロス》〉から始まる。助手で恋人のミラルと従者マコウカンと有能な医術師五人とともにこの施療院を運営している。

以前、黒狼熱患者《かんじゃ》の治療を行った際、手伝いに来ていた清心教医術の祭司医、真那《まな》から幼い姪《めい》の亜々弥《ああや》の病気治療を助けてほしいという懇願《こんがん》を受け、ホッサル一行は彼の故郷であり清心教医術の発祥《はっしょう》の地、安房那《あわな》に同道することとなる。真那の父、羽羅《はら》那《な》は安房那領主でありながら清心教祭司医の上師でもある。可愛《かわい》い孫娘《まごむすめ》のため、清心教医術とは相いれないオタワル医術の意見を求めていた。

ちょうどその時、アカファや安房那を治める強大な帝国《ていこく》「東乎瑠《ツオル》」では、二人の候補の間で次期皇帝《こうてい》争いが始まっていた。その結果いかんではオタワル医術は禁止、国を追放されてしまうかもしれない瀬戸際《せとぎわ》にあった。

東乎瑠の大貴族たちが年に一度、集まる一大行事「ミンナルの鳴き合わせ、詩合《うたあ》わせ」が今年は安房那で行われる。この時期にホッサルを呼んだ安房那侯《こう》の意図はどこにあるのか。権謀《けんぼう》術数、様々な思惑《おもわく》が密《ひそ》かに蠢《うごめ》きはじめるなか、人を治療するとはどういうことなのか、とホッサルは悩《なや》み始める。命を助けるためには手段を択《えら》ばないオタワル医術と、心の安寧《あんねい》に力を注ぐ清心教医術とは相いれないものなのか。

亜々弥の関節痛は女性には稀《まれ》な病気だったため清心教医術でも発見が遅れ、科学的な解析《かいせき》を行うオタワル医術でも処方を間違《まちが》ったが、そのことが医学の進歩を促《うなが》したともいえる。

興味深いのは清心教の原点である「花部《かべ》」の医術だ。古来、どこの国でも病気を治すために行われてきた呪術《じゅじゅつ》のひとつとして医療は存在していた。何万回、何億回と延々と繰《く》り返されてきた植物や動物から知りえた薬効は、現代医学でも活用されている。

20年以上前のことだ。インフルエンザの特効薬を試験中だという話を聞いた。原料の一つに漢方薬の八角を使うという。中国奥地に生える非常に特殊《とくしゅ》なダイウイキョウの一種で、風土病などに特異的に効く植物などを探すある種のプラントハンターを擁《よう》するアメリカのベンチャー企業が見つけてきたらしい。

それが数年後、インフルエンザ治療薬、タミフルとなって発売された。漢方と西洋医学が見事に融合《ゆうごう》した結果である。

私自身も若い頃《ころ》、インドネシアの小さな島で食あたりになり苦しんでいたところ、その地の医師兼《けん》呪術師に治療してもらったことがある。飲み薬を断ったらマッサージを施《ほどこ》してくれた。何かの草で腰《こし》のあたりをたたき、全身で下腹部の反対側を揉《も》み上げてもらうと、下半身が火照《ほて》り、吐《は》き気も便意も徐々《じょじょ》に消えていった。多分、日本の鍼《はり》治療に近いものではなかったか、と今ではそう思っている。

作家であると同時に文化人類学者でもある上橋菜穂子は、異世界のファンタジー小説の中で科学と精神のつり合いを説いた。身体が頑健《がんけん》であっても心の病は忍《しの》び込むし、終末を迎《むか》える日々であっても、安らかに暮らすことができる人もいる。『鹿の王』が世に出てから文庫化されるまでの3年の間に上橋は母を肺癌《がん》で亡《な》くした。発覚から亡くなるまでの2年間は母の看病と介護《かいご》に没頭《ぼっとう》したという。その折、聖路加《せいるか》国際病院リウマチ膠原病《こうげんびょう》センターで西洋医学と東洋医学の両刀を使って治療する津田《つだ》篤太郎《とくたろう》医師に出逢《であ》いその治療によって母親のＱＯＬ（クオリティオブライフ）は格段に上がったようだ。

この二人の書簡集『ほの暗い永久から出でて』（文藝春秋）は刺激《しげき》的な本だった。

人間だけでなく生命を宿す者すべてに対し、何のために生きるのかという永遠の課題を解き明かそうとしている。この中で上橋が医療の根源を語っている部分に胸を突《つ》かれた。

――病んだ他者をたすけられる技術は、結局、自分自身をもたすけるのだ、という思いがあって、人は熱心に医学を生み、洗練されていっているのかもしれませんが、そこにあるのは、自分の子でなくても、群れ全体を守ることが、やがては、自分の遺伝子の生き残りにつながるというような実利的な意識だけでなく、やはり、他者の生病老死を目の当たりにして、放ってはおけない、そして、他者の生病老死に、自らの生について思わざるを得ない、人の心のうごきも関わっているように思うのです――

新型コロナウイルスによるパンデミックもいつかは必ず終息を迎える。喫緊《きっきん》の問題はいかに患《わずら》わないかだが、遠くない将来、人類すべての問題として、その世界をどう生きるかを模索《もさく》しはじめなくてはならないだろう。

「鹿の王」シリーズはきっと何十年先も読み継《つ》がれていく。そのとき、この文庫解説を読んで「こんな時代もあった」と思い出してほしい。物語のなかに永遠の真理が隠《かく》されているのだから。

鹿《しか》の王《おう》　水底《みなそこ》の橋《はし》

上橋《うえはし》菜穂子《なほこ》

令和2年 6月25日　初版発行
令和6年 11月25日　7版発行

発行者●山下直久

発行●株式会社KADOKAWA
〒102-8177　東京都千代田区富士見2-13-3
電話　0570-002-301（ナビダイヤル）

角川文庫 22203

印刷所●株式会社KADOKAWA
製本所●株式会社KADOKAWA

表紙画●和田三造

●お問い合わせ
https://www.kadokawa.co.jp/（「お問い合わせ」へお進みください）
※内容によっては、お答えできない場合があります。
※サポートは日本国内のみとさせていただきます。
※Japanese text only

ISBN 978-4-04-109292-7　C0193

◆◇◇